小川征也
Ogawa Seiya

風狂ヴァイオリン

作品社

風狂ヴァイオリン／もくじ

風狂ヴァイオリン

序章　五十になったら風来坊

私は今、四十九歳。わが国で五番目ぐらいに大きな製薬会社の大阪支店長を務めている。社長から内々に来年の役員昇進を約束されていて、この先取締役会において出しゃばることなく、五月の風のようにそよそよしていれば、確実に常務の椅子にとどくだろう。

私はうぬぼれてなどいない。別にやることがあり、来年会社を退職するから客観的になれるのだ。高校三年の秋、お前は五十になったら風来坊になるんだよ、と運命的に定められた。風まかせ雲まかせ、ヴァイオリン一つを身のよすがに、鳥のようなコスモポリタンになるのだと。

どうしてそんなことになったのか。だれがそう決めたのか。この本を書くうちに、いくらかのヒントは見出せようが、ほんとのところはわからない。抗い難い血の法則なのか、天の思し召しであるのか。ともかくこの定めは、体内に奈良の大仏が入り込んだみたいで、絶対にどかせられない。

そんなことといって、奥さんも子供もいるじゃありませんか。人はそう非難するだろうが、子供は下の子が二十歳になったから、もう見放してよいだろう。女房の亜紀はこのことはとうに承知しており、結婚するときも、五十になったら風来坊になるからねと念を押した。じつをいうと、私は亜紀のことを男だと思っていた。色の黒い、さばさばした性格の、およそ色気のないこの人物と、私は男同士の篤実な友人関係を築いた。それが或る日プロポーズしてきたので、あごがはずれるほど驚き、しばらく息も出来なかった。それでも数日後、懊悩の果てに結婚を承諾した。これを断って友人関係まで壊れるのを怖れたからだ。

ついこのあいだ、二十四年ぶりに念を押した。頭の一隅にあったと見え、「あれ、生きていたの」「あたりまえさ」私は憮然として答えた。彼女は鍼《はり》の治療院を自宅に開き自立している。だから今後の暮らしについては触れず、「野垂れ死にしたらどうするの」と私を説得にかかった。「実母の萬里は二十七で、僕らの友人多田進は二十三で死んだ」私はそれだけをいい、ぷつんと口を閉じた。傷《いた》ましくやりきれない気持とともに、またしてもあの映像が瞼に浮かんだ。原爆資料館の、黒く炭化してしまった人、人、人……。いったい自分はあれらの死をどう受けとめたらよいのか。いやいや、どんな死も天の思し召しなんだろう。亜紀は茶を一杯飲むと、もうさばさばした顔で「一年後に話し合いましょう、離婚も含めてね」「まあ、どっちにしても友達であることには変わりないいんだけどな」

さてこの作品は四十九歳の私が、京都・修学院で下宿住まいをし、勤務のかたわら、風来坊を試みた日々を綴ったものです。もしこの本が当たれば、初期の風来坊暮らしは優雅なものとなるでしょうが、売れなかったら、しょぼくれ山頭火になってしまう。だけどそんなこと、どうだっていいのです。人の一生なんて、夢、幻の走馬燈に過ぎないのだから。

1　ピストル突きつけ下宿契約

もう十二、三年も前、めずらしく出張を買って出て、京都へ来たことがある。支店へはバスで行くことにし、桜を眺めようと一番後ろのシートに腰かけた。市中を通るコースであるが到る所に桜があった。社屋の前庭、児童公園、交番の傍ら、町の辻々……。桜はどれも匂い立つばかりに花ひらき、つぎつぎと、レビューを見せるように車窓を流れた。私は仕事を二時間で済ませ、ぶらぶら歩きをし、賀茂大橋で足をとめた。ここは右の高野川、左の賀茂川の合流点で、どちらの堤もずっと先までゆったりうねる、桜ひと色。そこへ、眩いほどの日が射すと、花は白い光沢をおび、ふわっと雲の湧くように空へ浮き立った。私はその、ほんのり甘そうな綿菓子色を眺めながら、どこかでハモニカを吹いてくれないかと、そんな突拍子もないことを考えた。

さてこの春、大阪支店に赴任する二週間前、私はこの近くに足を運んだ。賀茂大橋から二百メートルほどの所に叡電の始発駅「出町柳」があり、駅前で運よく不動産屋の看板を見つけた。社宅は何かと窮屈だろうと考え、下宿をさがしに来たのだ。「塩川不動産」というその店は表の硝子戸にべたべた物件のチラシを貼り、店主は髪の薄い、へらへら笑ってるような目の中年男だった。「下宿を紹介してほしい、農家の離れなんかがいい」「叡電の沿線、畑はごっつう少のうなりましたからね」「何とかさがしてもらえませんか」「一つ、あることはあるけど、条件がついてますんや」「どんな」「哲学科の学生に限るという。ロケーションはそれにふさわしく閑静でね、風に匂いがありますわ」「私、哲学、やろうと思ってます」「あほな、仕事、何してはります？」「哲学する人間が仕事持ってるわけないでしょ」こう答えたのは、会社の名で信用させて部屋を借り、あとで奇行、愚行をやらかすのはフェアじゃないからだ。「保証人は」「ありません」「こらあかんわ、お引き取りください」「貸主って、どんな人？」「奥さんが畑やってて、旦那は元校長ですわ。だいぶユニークな人やけどな」「連絡だけでもしてもらえないかな。私から頼んでみます」「無料サービスやれってか。まあしやない。僕、先生の教え子やさかい」塩川氏はすぐに電話してくれた。「哲学に専心するといっておられます。会うだけ会ってあげたらどうです。僕、今日は手が放せへんのです」塩川氏は業務用の略図を戸棚から出してよこし、叡電なら修学院やと教えた。

そのとおり叡電に乗り、駅を降りて東の方角へ五分ほど行くと、なだらかな上りになった。大学オーケストラの途次、曼殊院をたずねたときのこの辺《あたり》は半分が畑だったと記憶しているが、今はほとんど住宅が占めている。それでも所々二段屋根の家や瓦のこぼれた土塀、古木らしい節くれだった花樹などが見られ、街とはちがい青くさい匂いがする。

比叡山がすぐそこに、見上げるほどの角度にあった。連なる山並の濃い藍色と、山桜の色づきがほのかに溶け合い、何とかここに住みたいものと、私の思いをつのらせる。会社へも一時間少しで行ける距離なのだ。

駅から一キロほどか、御影石の門柱に「吉川良一」の表札を掲げる宏壮な屋敷に着いた。四角く生垣がめぐらされ、松、柏、柿などの大木が垣根の外へ枝を張っている。木の門に接してくぐり戸の通用口があり、インターホンを押し「塩川さんの紹介で」と告げると、「はいどうぞ」と優しい声がかえってきた。くぐり戸が開けられ中に入ると、敷石の先の白壁に黒の梁を渡した玄関らしい構えが見え、車を何台もとめられるスペースがあった。敷石の中程に来たところで、ガラガラと米蔵を開けるような音とともに、ベージュのセーターを着た老紳士が登場した。白髪をきちんと分けた面長な殿様顔。背はしゃきっと伸び、鷹揚な風格がある。

「塩川君、用事があるんやて」

「そのようです」

「息子さんは?」

「はあ、息子といわれますと」

「哲学の学徒ですがな」

「そ、それ、私のことなんです」

吉川氏は長い顔をさらに長くし、呆れたなあこいつ、を無言で示した。それから五、六秒も、切れ長で探求的な目を私に注ぎ、「まあ、上がんなさい」と、くるっと踵を返した。その動作がいかにも軽やかだったので、第一次面接に合格したような気がした。玄関を入ると、土間につづいて板の間があり、高い天井の明り取りから日の光が壁際の仏像を照らしていた。私はそれに気を取られ、廊下との段差につまずきそうになった。通されたのは十五、六畳の座敷で、吉川氏は障子と縁側の硝子戸を開け、「ちょっと話、聞こか」といって縁側に腰を下ろした。私も同じ姿勢をとり、「哲学をやる、というのはほんまか」の質問を受けるまで、じろじろ外を観察した。手前の百坪ほどは土と砂だけで、それを躑躅《つつじ》や背の低い松が囲み、その向こうは畑のようだった。かんじんの離れは畑の左端にある小屋掛けみたいな木造がそれらしい。

私は吉川氏の質問に対し、気合を込めてこう返事した。

「哲学といっても、遊びの哲学の研究です。いやむしろ、その実践と申せましょう」

「酒と女か」

「それも含みますが、もっと無邪気な子供じみた遊び、ですかな」

「梁塵秘抄に、遊びをせんとや生まれけむ、戯れせんとや生まれけん、とあるが、それみたいなもんか」

「そうそうそれです。あの遊びには、子供の無心の遊びと流浪の人生と、二つの意味があるようですがその両方です」

「あなた、いくつになる?」

「四十九です」

「今まで仕事を持ってたんやろ」

「一応、サラリーマンを」

「羨ましいな。私にはそんな生き方、出来んかった」

「よくいってくださいました」私はしめたと意気込み、話を進めた。「あそこの建物、あれが賃貸物件ですか」左端を指さすと、「そうや、南向きで日当たりは申し分ない。それに母屋からブラインドになるから下宿人のプライバシーは守られる」なるほど、ここから見える開口部は、小さな格子窓があるだけで、あれは洗面所らしい。「中、見せてもらえますね」さりげなくいうと、「まあ、そやな」と吉川氏、気乗りしなさそうに腰を上げた。

縁側の沓脱石に二足つっかけが置いてあり、氏は「これを」といって私に履かせ、先に歩きだした。土の所を通り、植え込みを抜ける小道に来ると亀に似た大石があり、猫を一匹乗せていた。茶トラの、顔も胴体もでっかいやつで、香箱をつくって眠っている。立ちどまり、「名前、何ていうんです」と氏にたずねると、「タマボール」と一言返事した。「いい名前だな、きみ、たぶんオスだろう」そう声をかけ耳の後ろをくすぐったら、ぬーっと首を伸ばした。「僕になついたようだ」私は大家に聞こえるように独り言をいった。

今は休耕している畑を右に見て、ちょっと回り込むようにして離れに着いた。建物のやや右側に玄関、中に上がると短い廊下があり、右が炊事場、左が八畳の居間、その向こうに便所、洗面所、シャワー室。「こないだまでシャワーはなく、便所は汲み取りやった」吉川氏が付加価値をつけたといわんばかりに弁じたが、人の住んだ空気が感じられない。たまに風通しはしているようで、さほどかび臭くはなかったが、畳の湿ったようなにおいが漂い、そのせいか柱も天井も戸棚もくすんだ黄土色に見えた。まあ、借りられるなら、このぐらいは我慢しよう。

「吉川さん、貸していただけますね」

「津村さんでしたかいな、こちらはあなたがどこの誰べえか、何も知らんのですよ」

「そりゃ住所も電話番号も教え、保険証を見せるのもやぶさかではありません。しかし、そんなもの何の役にも立たないのです。私、純粋のヴァガボンドとしてここを借りたいのです」

「例の遊びの哲学ですな。けど、保証人はちゃんとつけてもらわんとなあ」

「おりません」

「奥さん、いないの」

「一人いるにはいるんですが」

「普通配偶者は認めんけど、しゃない、例外とするか」

「女房、保証の資格はあります。でも、頼めない事情があるのです」

「それではこの話、お断りです」

「吉川さん、僕、死ぬほどここに住みたいです」

「あかん、保証人保証人」

「タマボール、僕になつきましたよ」

「あれは八方美人なんや」

「もう一度伺いますので、そのときは考え直してください」

「奥さん、説得するんやな、一週間猶予するわ」

「粉骨砕身、努力いたします」

一週間後の朝、「下宿が決まったら連絡する」「そう、それはそれは」とやりとりし、千葉の家を自家用のワゴン車で出た。

　高速道をトイレに一度寄っただけでひた走り、二時頃吉川宅に着いた。インターホンを押すと主人の声が応じた。「津村です、車で来たので、門を開けてもらえますか」というと、「ええっ」と声を跳ね上がらせ、その二分後、閂を抜く音がし門が左右に開かれた。私はゆっくり車を進め、母屋との中間で停止し外に出た。吉川氏は腕組みしながら車を前から後ろまで見分した。

「千葉から車で来たんか」

「そうです。善は急げとね」

「というと、奥さん、保証人承諾したんやな」

「それが超多忙でね……ところでこの車、お宅のどこかに置かしてもらってよろしいか」

「そら、うちの車庫にスペースはあるけどな」

「もちろん駐車料はお払いします」

「あんた、何考えてるんや」

「女房のかわりにこの車を担保にしたいと思いまして。中古ですが一年分の下宿代より値打ちがあります。キーも預けます」

「キーは何個持ってる?」

「はーそれは……二個です」

「二つとも預けるんか」

「いやそれは……自分もときどき使うもんで」

「あかんあかん、夜逃げされたらしまいやがな。わるいけど帰って」

「吉川先生、それはむごい」

「あんたに先生呼ばわりされる覚えはない」

「大事なもの一切合切持って引っ越してきたんですよ。それを断るんですか、吉川校長」

と、このとき、ケッコウケッコウと聞こえる声がした。その方を見ると、全身赤褐色のニワトリが一列縦隊に行進して来る。怒ったように首を立て、尾羽をぴんと張ったのが吉川氏の直前で停止し、砂煙を上げた。

「このトリたち元気で結構ですが、騒がしくもあるな」

「運動してるんや」

「しごく閑静と、塩川さんいってたのになあ」

「さーてと、近所の寄り合いに行く時間や」

「待ってください、この家どこかに肥溜めあるんですか」

「三年前まであったけどな」

「ウンチのにおいがしますね」

「あれ、家内が鶏糞を肥料にしてるんや」

「塩川不動産、風に匂いがありますとすすめたのに」

「あんた、こちらの弱点を突いて有利に立とうというんやな」

「そんな……」

「さーてと」

吉川氏がまた寄り合いを持ち出そうとしたとき、「あーら、遠くから来はったのやね」と、近くで弾んだ声がした。三メートル先に紺絣の上下、地下足袋すがたの女の人が立っていた。「家内や」と吉川氏が渋い顔で紹介した。こんがり灼けた丸い顔、好奇心といたずら心がせめぎ合ってるような、きらきらした眼。

「津村澄人と申します」

「ミエです。美しい枝と書きます」

「美枝さん、聞いてください。僕、大事な大事なものを持ってやって来たのに、ご主人、うんといってくれないのです」

「まあ、それはそれは。で、大事なものって？」

「今お見せします。かなり危険なものなんで、まずご主人に見せます。奥さんは、もういいよというまで目をつぶっててください」

車に首を突っ込みグローブボックスから一丁の拳銃を取り出した。これは専門店に何度か通い店主から、SエンドW何とかかんとかにそっくりですとお墨付きをもらった代物だ。私はしゃがんだまま車からそろそろと出て、くるりと向き直った。もうこのとき拳銃は吉川氏の鼻に向け一メートルの距離にあったが、ほぼ同時にそれが二メートルにひろがった。相手が後じさりをしたのである。

「吉川さん、賃貸契約しますよね」

「う、うー」

美枝夫人を見ると、両手で目を押さえ、そのじつ隙間を空けている。私は彼女に向かいパチパチと二度ウインクした。

「津村さん、それ、ほんまもんですか」と美枝夫人。

「ニセものです。でも大事なもの、もう一つ見ていただきます」

私は後部シートに置いたヴァイオリンを二人に見せ、かの名曲「この道」を、白秋に無断で改変し、弾き語りした。

「この家は　いつか来た家　ああ　そうだよ　気持良き人の住める家だよ」

美枝夫人は跳び上がらんばかりの喝采、ご亭主は渋面の極み。

「お父さん、津村さんに貸してあげましょうよ。畳も新しくしたことやし」

「この人のために畳を替えたんやない」吉川氏は懸命に抗弁したものの、「けど、畳屋さん、えらい急かされたはったこと」と夫人にやり返された。


ともかく、こんな変なやり方で契約へとこぎつけたのだが……自分はもともと奇人変人であったろうか。それとも後天的な何かが、このような私へとみちびいたのか。ここでは小学生時代の二つの出来事を記しておこう。これらこそ、自分でもよくわからぬ私という存在の底にどっしり根を張っているのだから。

私には兄が一人いる。私の養父母の実子で、私とは十五も齢がちがうが、自分がもらいっ子と知るまで、実の兄と思い込んでいた。私が小学生になったとき彼は国立大の学生で、多摩の寮に居て、たまにしか千葉の実家に帰ってこなかった。帰ってくると、ガーデニングで狭くなった庭の隙間でよく相撲を取った。兄は接戦に持ち込むのがうまく、力相撲の後、「澄人は腕力が強い。勉強なんかせず、関取になれ」と真顔でいったりした。

二年生の終わった春、四月から通産省の役人になる兄に、東京へ映画を見に行こうと誘われた。このときはもう実の兄でないと知っていたけれど、「うん行く行く」と私は声を弾ませた。着いたのは映画館ではなく、海沿いの原っぱに建つ大きなドームの前、周りに色鮮やかな看板や幟が立ち、絵本で見たサーカスそっくりだった。「さあ、何が見られるかな」と兄は私をわくわくさせ、私の肩を抱くようにして中へ入った。

大きな筒のような空間、円形の舞台、それをぐるっと囲む観覧席。私たちの席は前から二列目で、兄は天井を見上げながら「これ、みんなテント張りだよ」と教えた。テントといえばキャンプ用しか知らない私は「こんな大きなもの、どうやって運ぶの」とたずねた。

「誰もそれを見たこと、ないのかもな」

この一語で私は世にも不思議な世界に引き込まれた。おどけたようなラッパとともに舞台が始まった。とりどりの衣装を着たピエロたち、リング上を疾駆する馬と馬上の軽業師、象と象使いのおねえさん。これまで私が目にしたものは一つとして、ここにはなかった。唯一見たことのある竹馬も、ピエロがおそろしい高さに足を置き、ズンタッタの音楽に合わせ、軽やかに歩く。

四つの足をきちんとそろえ玉にのる象、前足をハンドルに乗せゆらゆらと自転車をこぐ熊、炎の輪をくぐるライオン、空中ブランコ乗りは雲から雲へ飛ぶ鷹のように宙に舞い、綱渡りの少年は小枝を渡るリスのようにすいすいと足を運んだ。

中でも瞼に刻まれたのは道化師の二人だった。一人は小人のピエロで、おやじ顔のくせに三歳ぐらいの体つき、リングへの登場もよちよち歩きだった。ほかのピエロみたいに白粉を塗らず、鼻だけ赤くし、出来る芸も少ないようだった。とんぼ返りだけは上手に出来るので、この芸で二周した。そして中央で、これ以上何も見せられないと肩をすくめると、後ろから大男が現れ、彼の尻を思いきり蹴飛ばした。体は宙に浮き、床に落ちるとすーとすべってリングの縁でとまった。どうするのかと注視していると、客席に尻を向け股のぞきの恰好をし、どんな仕掛けなのか、尻の真ん中から風船をぽんと出した。するとトロンボーンが鳴りだし、それに合わせて風船がふくらみ、吹奏がやむと同時にぱちんと弾けた。私はゲラゲラ笑い転げた。

もう一人は黄や青の水玉模様、漫画に出てくる囚人服みたいなすとんとした衣装で現れ、一輪車を引いていた。ピエロは「ひひーん」と自分で一声いななくと、サドルにまたがってリングを一周し、バックでも一周した。そして「ちょっと待て」観客にそんなポーズをとってさっと消え、ヴァイオリンを手に再登場した。今度は右へ左へ、ギクシャクと車輪を進めながら、楽器をかき鳴らし、ちょっと車をとめると、楽隊が間奏を受け持った。間奏はひと吹きの風みたいに短く、またピエロがキィーキィーと奏でる。兄が「ティティナ、ティティナ」と口ずさみ、私の膝で拍子をとった。ヴァイオリンはピエロの腰振りに合わせるようにコミカルに鳴り、たまの間奏はしごく真面目な音を出した。終わるとピエロは一輪車にまたがったまま、弓をしなやかに振り下ろし、バレリーナがやるような優雅な礼をした。

サーカスの後、兄は私を銀座のデパートに連れて行き、チョコレートサンデーをご馳走してくれた。

「世界中を回るというけど、あのテント、どうやって運ぶんだろう」

「貿易風に乗せて運ぶんじゃないか。だけど着地が難しいな」

「象なんか、旅行させるの大変だよね」

「飛行機じゃ無理だな。重過ぎるし、大量にウンチするからその臭気で墜落しちまうよ」

「船で運ぶのか。僕も同じ船に乗りたいな。毎日サーカス見られるもの」

「君、いっそサーカスに入ったらどうだ」

「僕、何も出来ないもの」

「それは、初めはみんなそうさ。澄人、顔を白く塗って鼻を赤丸にしたら可愛いぞ」

「ほんと？　そうだ僕にはヴァイオリンがあったな。あの曲何というの」

「ティティナだよ。チャップリンという名優が『モダン・タイムス』という映画で歌ったんだ。君もあの映画、見とくといいよ」

「サーカスの人、何語をしゃべるの」

「エスペラント語かな。ま、日本語でないことは確かだ」

「僕、日本語しかしゃべれないよ」

「英語ぐらい話せなくっちゃ、ブランコ乗りの美人を恋人に出来ないよ」

「僕、そんなことしないもん。でもヴァイオリンの稽古がんばろう」

「体もやわらかくなきゃならないぜ。一日一合酢を飲むこと」

「わあ、どうしよう」

「べつにサーカスにこだわることはない。俺なんかこれからは役所の机にしばりつけられ、しこしこと一日一日を生きることになるが、君は自由奔放に、つまりやりたいように生きればよい」

兄はちょっと言葉を切り、こころのこもった目で私を見つめ、それからこう付け加えた。

「母さんには動物園に行ったことにしておこう」

「サーカスっていわないほうがいいの」

「あのひと、ピエロが屁で風船ふくらませたなんていったら、卒倒しかねないからな」

兄はさほど深く考えないで口止めしたのかもしれないが、私にとってこのサーカス行は人生における大事件だった。これまでの日常とまったくちがった、蠱惑《こわく》に満ちた世界があり、それを営む旅芸人という存在があることを初めて知ったのである。このことは、兄の「やりたいように生きればよい」という言葉とともに胸底深くに刻印され、この半生ついに色褪せることはなかった。

私の育った家は千葉と東京の中間、農家と商家の混在する町がベッドタウン化している所にあり、私は公立小学校に通っていた。二つ目の事件は五年生の或る日、転校生が入り、私の左隣に席が決められた、そのときにはじまった。その子は黄色いリボンのストローハット、長い巻毛を肩まで垂らし、細身の体をくねくねさせて席についた。「山口真澄です、よろしくね」とその子は鼻にかかった甘い声で挨拶し、女特有のヨーグルトのような匂いを漂わせた。私は授業がてんで耳に入らず、姿勢が左に傾きそうになるのを、どうにか抑えた。一時限が終わると「トイレどこ」と聞かれ、胸をドキドキさせながら案内した。「君はあっち」と私がいうと、「あっちは女じゃないの」と言い返され、山口真澄が女でないことが判明した。

真澄少年は旅巡業の座員の息子で、自分も舞台に立つんだ、とそっと私に告げた。いまはあまり使われない、町に一つの映画館の名を口にし、「あそこが舞台よ」と女言葉で教えてくれた。言葉ばかりか身のこなしもしゃなりしゃなりと女のようで、早速クラス一の悪ガキが「おかま」とからかった。すかさず私はそいつを廊下に連れ出し横っ腹に拳骨を見舞ってやった。

真澄は大変な博識家で、男と女のことや、あの俳優とあの女優はあれをしている、といった類の話を山ほど聞かせてくれ、その方面の私の情操はとても豊かになった。巡業先のエピソードも数々披露し、下関のフグがどれほどうまかったとか、ひいきのおばさんに家へ誘われ、ズボンを脱がされそうになったなどということも。

「津村君、マチネーに来ない」

真澄にいわれ、私は意味がわからず、きょとんとした。つまり、日曜の昼興行に誘われたわけで、開演三十分前に入場口に行くことになった。問題は母親が旅芝居をどう思っているかで、前に兄がサーカス行の口止めをしたことを思い出し、なかなか言い出せなかった。しかし、母の信仰する神は私にも慈愛の手を差し伸べてくれた。教会のバザーのため彼女を夕方まで奉仕させるようはからってくださったのだ。

おかげで私は花吹月之丞一座のマチネーをはじめからしまいまで見た。芝居が二つに、舞踊と歌謡ショウ。真澄ばかりかどの舞台にも惹きつけられ、旅芝居ってなんて素敵なんだ、といたく感動した。

芝居の一つは桃太郎の鬼退治をドタバタ仕立てにしたもので、桃が流れてくる前に鬼と孝行娘が登場し、その娘を真澄が演じた。父は大きな角を生やし顔は真っ赤、娘は色白の顔に親指ほどの角があり、膝までのピンクの着物を着ている。「父ちゃん、酒は体に毒だよ。そんなんじゃ桃太郎と戦えないよ」といさめるが、父鬼はガーガーと高鼾。「誰か、ティッシュをくれませんか」と娘が客席に呼びかけ、袋をもらうと中を取り出し父ちゃんの鼻に詰める。「ハー、ハクションくしゃみと同時にドラが鳴り、娘はびっくり仰天、尻もちをつく。こんな掛け合いがいくつかあり、父と娘の別れのときが来る。桃太郎軍が迫って来たので、女子供は女護島に移ることになったのだ。

「父ちゃん、あたい、きっと帰ってくるよ」
「だどもおらあ、一つ心配なことが」
「それ、何ね」
「お前、女の子だから、途中海賊にさらわれないかと」
「父ちゃん、心配いらないよ、ちょっと待ってて。お客さんもね」

真澄は一旦引っ込むと、ものの一分で出てきて大股に真ん中まで歩いた。そして着ているものをぱっと脱いだ。裸の体に六尺ふんどしがきりりと締められていた。

「おいら、男の子だーい」

踊りの部では剣舞や安来節のあと、「本日のメインイベント」のアナウンスとともに藤娘の真澄が登場した。藤の花を手にお盆のような黒い笠、振袖も裾模様も銀地に藤が描かれ、顔まで蒼白く化粧されていた。裾が引き摺るように長いので、つまずきはしないかと気になったが、それも初めだけだった。真澄は、花が幽かに揺れるように、波がしずかにたゆたうように、しなやかに踊った。私は生まれて初めて男としての興奮を覚え、ズボンが突っ張って恥ずかしかった。

旅回りだから仕方ないのだけれど、真澄がクラスにいたのはわずか三週間だった。退学する前日、彼はこんなことを私に話した。「自分は母親が早くに亡くなり、父一人子一人の身の上なんだ。父親は一座の座長をしているけど病気のため今度の興行には出ておらず、病状が重いため四国の実家に帰ることになった。僕と一緒にね」

別れは覚悟していたのに、私はがっくりとし、「そうなの」としかいえなかった。

「それで、君にあげたいものがある」

「何を」

「明日の夕方五時、君んちの近くの公園で待っててくれないか」

「小便小僧がある公園だね」

約束どおり私たちは会い、ブランコに腰かけ半時間ほどたあいない話をした。私はじりじりとし、ブランコを降りて彼の前に立った。

「山口君、いずれまた芝居にもどるんだろ」

「いや、もどらない」彼は毅然と言い切り、はっきり将来の展望を語った。「自分は運動神経がずば抜けてよいし、体もやわらかいから、サーカスに入ろうと思う。一流にならなきゃ意味がないから英語やほかの学科も勉強し、出来ればリングリング・ブラザーズかボリショイにね」

私はふーんと感心するばかりで、「君は何になる」と聞かれても答えられなかった。しばらくして、「君、ニューヨークやモスクワのおばさんに気をつけろよ、ズボンを脱がされないようにね」口惜しまぎれにいうと、真澄は巻毛がかかった肩をすくめ、にこっと笑った。

「津村君、僕がいいよというまで目をつぶっててね」

「ああ、こうだね」

頭にそっと何かがのせられた。ああ、黄色いリボンのストローハットだな、これを記念にくれるというわけか。

「まあだだよ、まだ目を開けちゃダメ」

鼻にかかった声とともに甘酸っぱい匂いが立ち、頬っぺたに温かな濡れたものが押し当てられた。私はぶるっと震え、膨張する股間に気をとられた。

「もういいよ、もういいよ」

少し遠くで声がし、目を開けると十メートルほど先に真澄の後姿があり、手を上げながら振り向くことなく闇に消えた。

真澄のことは、くっきり記憶に刻まれ、今も生きている。サーカスではかなわないと思い知らされたのだが、といって私の夢を打ち砕きはしなかった。むしろ、サーカスにこだわらないで、少しでも類似のものをと、志向を広げる作用をしたようだ。

ここで一つ触れておきたいのはストローハットのことだ。私は早速これをかぶり、自分に似合うかな、などと暢気なことを考えながら家に向かった。そしてあと十歩のところで、母親の顔が瞼に浮かんだ。その帽子どうしたの、誰からもらったの、その人はどんな人、なぜそれをあなたにくれるの。自分はこれらの質問に無難に答えられるだろうか。藤娘を見たときや、さっき頰にキスされたときのあの現象を考えると、しどろもどろになりそうだった。母はいよいよ気持ちを高ぶらせ、こちらを質問攻めにするだろう。私はあわてて踵を返し、先ほどの公園に戻った。そして帽子を小便小僧の頭にかぶせ、「山口君、ごめんね」と真澄に詫びた。

吉川氏との賃貸借契約は玄関前での立ち話で決まった。このとき、「じつは私」と勤務先を告げたところ、「あーそうか」とそっけない反応しか返ってこなかった。家賃は駐車料込みで一〇万円、期限一年、それだけ取り決めただけで、後になって水道・光熱費に思いが及んだ。さてこちらから言い出したものかどうか。見回したところ離れにメーターらしいものはついておらず、そうかすべて家賃に含まれてるんだ、と私は都合よく解釈した。といっても食事まで付いてないから、契約の日にフライパン、鍋、食器を寝具とともに整えた。ここの燃料はプロパンガスで、一応レンジがついており、炊飯は土鍋でやることにした。便所は水洗にして洋式であるが、吉川氏はこれが気に入らぬようだった。和式便所でしゃがみ、肥溜めの匂いを嗅ぐことで、哲学徒の思索が深まると信じ、「水洗にせいと嫁はんがいうのをはねつけていたんや、一種の文教政策としてな」と私に説明した。

畑のほうは美枝夫人、吉川氏はニワトリ担当だそうで、五羽にみんな名前をつけている。モンロー、ドヌーブ、一番威勢のいいのがソフィア・ローレン、あと二羽はメリーとベティ。母屋から庭へ出る戸口の手前に毛布でくるんだ箱を置き、そこへ電線を引き込み三十ワットぐらいの電球をぶら下げている。一羽三百円で買ったヒナを二羽飼っていて、電球は暖房用だそうだ。「この子らも半年後には卵を産むから、下宿人にも食べてもらえる」

氏は養鶏のほか、週に三日文教関係の団体に出勤し、あとはぶらぶらしていると自称し、下宿して初めての休日、駅前商店街にある「パステル」という喫茶店に私を連れて行った。店の前で私は目にしたものの不整合性にぽかんとしてしまった。葡萄の柄をカットした硝子扉と横の壁に付けられた赤い看板。ブリキ製らしい細い板には「風邪の頓服あります」と妙な文句が書かれている。店の中はカウンターの五席と四人掛けのテーブルが二つ。壁も木製の椅子もレモン色に統一され、二方の張り出し窓にゼラニウムの鉢が一つずつ。カウンター席に腰を下ろし、「はい、僕もコーヒーを」と返事をし、ふと正面の壁を見て、またぽかんとした。張られた色紙に、なかなかの達筆で「ここは元うどん屋、長居は無用」と筆書きされ、作者も明示されている。私はその人に向かい「あれ、何ですか」とたずねた。

「ほんまにここはうどん屋だったんや。うどん屋はむかし風邪の頓服も売っていて、それが政府の愚策によって禁止され、風邪が治りにくくなったあげく、鳥にもうつるようになった」

吉川氏は二枚目の慇懃な顔でそう説明し、ママのユキさんはうどん屋の娘で、私の教え子で、元新聞記者で、メリーウィドウやと教えた。その声はコーヒーのドリップ具合を見ている彼女に

も達し、

「先生が担任の頃は、わたし、健康優良児やったんですけど、転勤しはったとたん、ぶくぶく肥りだしてね……」

今、そんな面影は少しもなかった。肩の線でカットした髪がちょっと重く見えるほど小ぶりな、彫りの深い顔、涼しげな眼差し。

「そうそうユキさん、こちら、離れの新しい住人や」

「よろしく、津村です」

「ユキと申します。どうぞごひいきに」

「あのなユキさん、この人無職と自称し、保証人もないから断ろうとしたら、ピストル突きつけてきたんや」

「わかった。その場に美枝ちゃんがいたんやね。彼女面白がって、この方に貸してあげましょうよ、ねえお父さん、とかいって話をまとめたのでしょ、吉川先生」

「そうそう、吉川先生」

「何や、あんたまで」

「美枝さんとユキさんは同級生とちがいますか」

「それがどうしたんや」

「いやべつに」

つまりは美枝さんも吉川氏の教え子ということになるわけだな。私は一つ、大きな咳ばらいをするにとどめておいた。

「おもろいな、ピストル持ってるやなんて」

カウンターの左端で、発言機会を待ちかねていたような大声がした。眉の太い丸刈り頭の、相当年配の男で、トレーナーの上に茶羽織を重ね着している。

「洞口さんや」と吉川氏が男の名を教え、この辺で一番の料亭「川瀬」のオーナー・シェフにして、元禅宗の坊さん、訳あって還俗したといえば、わけは一つにきまってるわなあ、と人物紹介に及んだ。

「先生おおきに。わしの半生、上手に要約出来ました、百点あげますわ。さて、そこの客人」

「はあ？　私のことで」

「ピストル、見せてもらえんやろか」

「持ってきてません」

「今度店に持ってきて、わしを脅してほしい」

「無銭飲食、やれというんですか」

「とにかく、それで何かしでかさんと、人生つまらんやろ」

「私に何が出来るというのです」

「銃撃してもらいたいやつが何人かおる」

「例えば誰？」

「あんた、女、撃てるか」

「これまで一度も」

「すると、初めての経験をさせることになるな」

「商談は別の場所でやりましょう。そろそろ行かなくっちゃ」

「えっ、もう行くの」

私は黙って壁の色紙を指さした。ユキさんが「ちがいますねん」と口を挟んだ。「あれは、吉川先生が自分に与えた訓戒です。ほかの人には適用ありません」

元坊主が反論した。

「ちがうな。二時間もいるとママがあれに叩《はた》きをかけよる。それで客はすごすご帰ってゆく。明日こそはママを口説き落とそうと思うてな」

「和尚、そろそろママを口説いたらどうや」と吉川氏。

私は先に帰ろうと、伝票をとり席を立った。すると吉川氏も立ち上がり、先に金を出し「客人の分も」といった。帰り道、「これからは一人で行ってよろしいか」と聞くと、「店で偶然会ったら、口を利かんことにしようか」と、二本指で私の腹をつついた。

離れに戻り、下宿の住所をまだ連絡していないと気づき、亜紀に葉書を書いた。

「　ここは比叡山の真下、農家の離れです。大家は元校長、私が気に入ったらしいから、よほどの変わり者。奥方は野良着の似合う、わが食料の生産者。別嬪の鶏が五羽、彼女らの卵のお蔭で野垂れ死にを免れています。

「それじゃまた。

なお、座禅の最中、用もないのに顔を出したりするの、やめてください。」

亜紀は律儀なところがあり、すぐ返事を寄こした。

「ときどき、澄人氏がいないのにはっと気づき、すぐにまた寝入ってしまいます。

弓が五月の連休に父さんところへ行こうかな、というのであそこの便所たぶん汲み取りで、中で座禅をさせられるよといったら、『くっちゃい』と鼻をつまみ首を振りました。

澄人氏、座禅の最中、人妻のことを思い浮かべるなんて、先が思いやられます。」

2　すみれの花咲く神戸のソープ

この修学院の地で、私は次のような暮らしを始めている。朝は夜明けとともに目が覚める。モンローたちが起きてトキを告げるのはその半時間ほどあとだ。眠気がすっきりさめると、禅の坊さんの本でヒントを得た、我流の座禅にとりかかる。座ってではなく、仰向けに寝たまま、手の平を上に向け、全身の力を抜いて呼吸する。息はかかとから吸い込み、かかとを通して吐き出す。意識としてはへその下あたりが息の終着駅である。およそ三十分の修行であるが、その間、意識に変化が生じるかといえば、ぼんやり雑念が浮かぶだけで、無念無想に至ることはない。ときたま雑念の中に女房の亜紀が現れ、そこらで会ったような会話をするが、その映像はモノクロの、古い記念写真を見ているようだ。

朝食はきっかり七時にトーストと牛乳と生野菜。これに母屋からの卵がついたりつかなかったり。このあと、ウイークデイは出勤、休日はシャワー室の洗面器で洗濯をし、居間に付属している箒と塵取りと雑巾で掃除をする。この二つの作業と湯を沸かし茶を飲むのとで約一時間。それからは、ラジオも聞けるプレーヤーにCDをセットし、音楽を伴奏に体をほぐし、続いてヴァイオリンのレッスン。その後は風まかせの自由行動である。

ヴァイオリンは、時間があれば手に触れている。小学校に上がると同時に習いに行かされ、それ以来の付き合いである。家には兄の使った子供用が残されていて、クリスチャンで倹約家の母は絃を張り替え、私に持たせた。それを見てヴァイオリン教室の江頭先生は「リトル・ストラディヴァリウスだね」と感心してみせ、私の指を仔細に点検し、こうコメントした。「君はパガニーニかサラサーテの再来かもしれないな。ただし左手の三本がすくすく伸びてくれればだけどね」

母は讃美歌以外の曲を歌ったことがなく、父は会話さえ少ない人だったから、パガ何とかといわれてもチンプンカンプンだったけど、なぜか無性にうれしくなった。江頭先生は当時五十代半ばぐらい、ふさふさした白髪、奥まった目、中高の赤ら顔などマントヒヒそっくりだった。東京芸大を出てヨーロッパに留学し、ソリストを目指したところ、指にたこが出来る体質が災いしたそうだ。それともう一つ、ソリストにならなかったわけをこう説明した。

「僕は独り言をしゃべる癖があってね、それも休符のときじゃなく弾きながらなのさ。何だあいつ空中遊泳みたいな指揮しやがってとか、あのホルン、死人を呼び覚ます屁のような音だな、とかね」

先生はおよそ三か月、ボウイングをすることを厳に禁じた。つまり弓を動かしギーとでも音を出すのは許されないのだった。私は音楽には音階なるものが存在し、それが算数と同じように堅苦しいきまりによって形づくられているとは、ちっとも知らなかった。風のあいだを気ままに飛ぶ蝶とは大違い、基礎理論の習得は必須であり、毎回その授業が行われた。これは苦痛ではあったけれど、三十分も費やされなかった。無味乾燥な、生徒に筆記を強いるような、その反音楽性に先生も辟易していたのだろう。

「音楽ってなんと不思議なものなんだ。物理的にいえば、ただの空気の振動に過ぎないのにさ」

江頭先生のこの言葉を、私は今もよく反芻し、共感を新たにしている。そうそう、これは他の音楽教室に見られぬ光景だろうが、一レッスンに三十分は体を動かす、が先生の確固たる指導方針だった。教室には数人の生徒が飛び跳ねるだけのスペースが取ってあり、先生が手本を示した。ヴァイオリニストに一番要求される身体条件は背骨がやわらかいことというのが先生の持論で、柔軟体操、それと背筋腹筋の鍛錬もやらされた。先生のこんなやり方についていけず、一緒に入った三人のうち二人が脱落したが、先生は平然としていた。私もときどきやめたくなったが、天気がよいと近くの公園へ行き、キャッチボールの授業に変更される。これがリトルリーグに入らせてもらえない私の渇きを癒してくれたし、体操のときレコードをかけてくれるのもしだいに楽しみになった。クラシックばかりかジャズ、タンゴ、歌謡曲のこともあった。初めてパブロ・カザルスの「鳥の歌」を聞いたとき、私は体がすくむほど感動し、体操を中断してしまった。先生はそんな私をとがめず、こんな話をした。

「以前、チェロの弾き方というのは、右肘を体のわきに密着させるのが正当とされていて、本を右脇に挟んで練習したものだ。今は右腕をやわらかく、このように大きく使うようになったが、カザルスがパイオニアなんだ。彼のバッハの無伴奏組曲は最高だよ。体操の伴奏にかけるには奥が深くて不向きだから、いずれべつの機会にかけてあげるよ」

先生は当然のように生徒を大人として扱った。「余談ではありますが」で始まる脱線話や、レッスンの締めくくりに必ずやる「のんき節」には色っぽいものが多く、たまに意味がわかったとき、どんな顔をすればいいのか困ったものだ。

「ははのん気だね。教師教師といばるな教師、教師生徒のなれの果て、ははのん気だね」

これなんか、わかりやすかったが、次のは何をいわんとしているのか、普通の家庭風景としか思えなかった。

「ははのん気だね。母さん今朝は機嫌がいいな、父さんぐっすり朝寝坊、ははのん気だね」

我が家の日曜もこれに似た風景がよく見られた。母は機嫌がいいというより張り切っていたというべきだろう。教会の主日の礼拝がそうさせるのだった。十歳頃だったか、テレビの名画番組で見た「キューリー夫人」に、雰囲気が似ていた。グリア・ガースンという女優の演じる理知的で、何事にも真摯に向き合う、求道的な女性。

母はむきだしの愛情よりも、そういった背筋正しさを前面に出し私に接した。起床、食事、帰宅、就寝の各挨拶はもとより、嘘は絶対につかないこと、買物を頼まれたときのお釣りは一円残さず渡すこと、買い食いは絶対にしないこと、などなど。こんな母に対し私はちょくちょく反抗した。同じクラスに金持ちの息子がいて、ときどき下校の途中、ケーキや何かをおごってくれ、彼にならって三個は食べた。家に帰ると母の焼いたクッキーが用意してあり、手をつけないでいると、「どうしたの」「具合が悪いの」と気遣い、答えられないでいると、「何か外で食べたんじゃないでしょうね」と詰問調になった。あるとき、そういう機をとらえ、私は攻勢に出た。

「グローブとバットがほしい、どうしてもほしい」

母は異常なほど頑なにこれを拒んだ。いまにして思うと、プロに入って華美な暮らしをするのをおそれたのではなかろうか。私はとうとう会話の稀な父に頼んだ。

「僕、リトルリーグに入りたいんだ」

「まあ、母さんとよく話し合うことだな」

父は馬のような静かな目でそう答え、息子の教育、しつけに関する不干渉主義をこの日も貫いた。

この人は電車製造のエンジニアで、カメラを唯一の趣味としていた。人物を除いてひろく、コガネムシから富士山までを被写体とし、たまに、不干渉の穴埋めのため私を外へお伴させた。そんなときも母は帰る時刻を父に約束させていた。

ヴァイオリンといえば、これとセットのように教会学校へも通わされた。午前八時半から一時間、礼拝堂の十分の一ほどの部屋で行われるのだ。主日の礼拝は十時からなので、母は私に合わせ八時半の小礼拝に切り替え、服装はいつもどおりびしっと決め、私にもセーラー服を新調した。教室には一応オルガンと説教台がそろえてあったが、生徒は十人ほどしかおらず、頭の上に大きなリボンをつけた女の子が隣に座り話しかけてきた。

「ここへおじいちゃん、運んできたの」

「へえー」

「死んだおじいちゃんよ」

「へえー」

「ほら、木の箱に入れてよ」

「ああ、それ棺桶というのじゃない」

私はきゅうにこの部屋が冷え冷えとしたものに感じられ、その後もここの椅子に腰を下ろすたびにこの感覚にまとわれた。

楽しいことなど一つもなかった。以前は日曜学校と呼ばれ、紙芝居を見たり、ゲームをしたり、お菓子をもらったりなどしたらしいけど、そんな遊びはなく、一人前に「主の祈り」「十戒」を唱え、讃美歌を二度歌い、説教を聞く、という行程で一時間が過ぎるのだった。

先生はひげそりあとも青々しい、背の高い青年牧師で、トキをつくるニワトリのように声を張り上げ、一点に目を据え説教した。その内容はとても難解で、隣の子はいつも居眠りしていた。

私は理屈っぽく、早熟な子であったらしい。三度目ぐらいだったか、神とキリストと人との関係をわかろうと、説教のあとに手を上げた。

「先生、質問していいですか」

「はい、何でもどうぞ」

「神さまはどこにいるのですか」

「天におられるのです」

「どんな形をしているのですか」

「形はありません。だから、偶像を作って拝むのは禁じられています」

「イエスさまの像を見たことがあります」

「神はわが子イエスを人の形にしてこの世につかわされました。その血をもって人間の罪を償うために」

私は、イエスが人間の形をしているのに、父親の神に形がないなんて変だと思ったが、おしっこをしたくなったため質問を打ち切った。

別の日に、別の質問をした。

「主の祈りにある、日ごとの糧とは何ですか」

「人間が生きるに必要なすべてのものです」

「神さまはなぜそれを与えられないのですか」

「津村君、何をいいたいのですか」

「地球には飢えている人がたくさんいます。その人たちに、神さまはなぜ糧を与えられないのですか」

「それはね……神には色んなお計らいがあるのです」

「その人たちも、祈れば糧が与えられるのですか」

「そう……そうだと思います。しかし、祈るということはそう簡単なことじゃない……現に私にしたって全身全霊をもってそれをしているかといえば……」

青年牧師は口をつぐみ、しばらく首《こうべ》を垂れて黙考した後、厳かな声でいった。「それでは賛美歌を歌いましょう」

生徒の誰かが、先生を困らせる男の子がいると告げ口したのか、これが恐るべき速さで母の耳に入り、質問はぜったいにダメと言い渡された。

教会学校の時間、友達が野球に興じていると思うと、胸の鬱屈はいや増しに増した。六月半ば礼拝の途中で腹痛を起こし、主任牧師の部屋で十五分ほど休ませてもらった。次の日曜の朝、前日に予感したとおり腹痛が起こり、翌週もまた同じことが起こった。今回のはたぶんに意識的なような気もしたが、これで私は教会学校を免除された。母は、これ以上私を強いると、とんでもない質問をやらかすのではと、外聞を怖れたのであろう。

母は、じつは、産みの親ではなく養母であった。このことを知ったのは翌年の夏休み、母方の従妹である里美から聞かされたのだった。彼女は私の一つ年下、おしゃべりの甘えっ子で、家に遊びに来ると、くっつかれてはなるまいと私は逃げ回っていた。あるとき隠れん坊に付き合わされ、「もういいかい」に返事せず、鬼があきらめるのを待っていると、「澄人の大事な秘密、教えてあげないから」というではないか。私は納屋の後ろから飛び出て、里美の手をつかんだ。「秘密ってなんだ」「忘れたもん」「なら、一生遊んでやらないからな」のやりとりがあり、あっさりと里美が母のことを白状した。しゃべりたくてしようがなかったのだ。

それは、ここのおじさんには年の離れた妹があり、澄人はその人の子で、その人が病気になり育てられなくなったので、おじさんとおばさんがもらいっ子にしたんだって、というもの。私は里美を叱りつけるように、「その人、今どうしてる?」とたずねた。彼女は、私を悲しませたくなかったのだろう、言い渋ったものの、「アメリカで死んだんだって」と小さな声で教えた。

そうか、僕には別に産みの親がいて、あの母は養母だったのか。だから僕に厳しくするんだな。当時はそんな思いしか持たなかったけれど、ずっと後になってこんな風に考えるようになった。もしかするとあの人は、クリスチャンとしての義務感から私を養子にしようと言い出したのではないか。それに、しつけにも勉強にも厳しいのは、夫に対しても世間に対しても顔向け出来るよう、立派に育てることを自分に課したのではないか。

話を今にもどすと、下宿暮らしも三週目、風来坊を試みようと体がむずむずしてきた。どうせやるなら派手にぱあっとプロローグを飾りたい。祇園の一力茶屋で芸者総揚げにするのはどうだろう。このアイデア、ぱっと閃き一瞬にして消えた。懐具合においても、度量においても、その資格無しだからだ。

もともと花街やネオン街に関心が薄く、縁がなかったせいか、ふいに視線が遠くへと飛び、アムステルダムの飾り窓が目に浮かんだ。海外出張の折、駐在員に連れて行かれたそこは、港近くの路地の両側に、硝子窓を広くとってならんでいた。男たちは動物の檻を見物するように歩をゆるめ、立ちどまり、中の女はランジェリー姿でポーズをとって男を招く。暗赤色の灯が女の白い肌を照らし、それに誘われ男が入店すると、さーっと窓のカーテンが引かれ、暗くなる。そのカーテンの音は外へまで聞こえるはずがない。それなのに私は鋭い軋み音を聞いた気がし、「帰ろうか」と駐在員をうながした。

この記憶に抗うように、「あそこはよかったで」と懐かしく回想する声が聞こえた。会社の先輩が神戸の「浮世風呂」について語る弾んだ声。家の構えも部屋も和風の作りでな、座敷はゆったりと落ち着くし、酒を飲むだけでも満足できるんや。女の子は気立てがええから、俺は四国に行く前に立ち寄り、帰りにその子を呼んだら、ただでさせてくれたんや。

私はセックスを無料でする気はないが、浮世風呂なら「一力」の真似事が出来るのではないかと思いつき、するともう矢も楯もたまらず、午後早々に下宿を出た。蝶ネクタイにツイードのジャケット、ヴァイオリンを背中に背負って。

電車で神戸駅まで行き、タクシーに乗って、ぼそっと行先を告げた。「福原の浮世風呂まで」「はあ、何ですか。浮世風呂やて？」「そうや」「そんなん、もうありまへんで」「へえー、無くなったのか」「とっくですわ。今はみなソープになってます」「そうだったのか。どこかその辺りで面白いとこ、ない？」「お客さん、ソープで満足でけへんのでっか」「ま、そういうこと」「そや、喫茶店のマスターで、福原の生き字引みたいなおっさんおりますわ。そこへつけます」

白いペンキが剝げて、朽ちかけた山小屋みたいなボロ屋の前で降ろされた。そこはソープ街の鼻先にあって、私は店に入らず歓楽街へと足を運んだ。なるほど和風建築は見当たらず、コンクリートかモルタルの、何様式かわからぬ建物ばかりだった。夜ならば赤い灯青い灯、さまざまな電飾に誘われその気になるだろうが、青空の下のがらんとした街は、廃業したテーマパークみたいだった。

時刻は午後三時、それでも何軒かの店に呼び込みの男が立っており、私にも声をかけてきた。背中のヴァイオリンを指し、顔の前で手を振ると、実直な音楽教師に見えるのか、あっさり引き下がった。

「第九番」というその喫茶店はカウンターと二人掛けのテーブル二つの小さな店で、つるっぱげの、あごひげが顔の九割を占める、年齢不詳のおやじがカウンターの中にいた。「浮世風呂、入りに来たんだけどね」と初対面の挨拶をすると、手まねでカウンターの椅子をすすめ、「ご注文は」とぶっきらぼうに聞いた。「コーヒーや」私も乱暴に答え、しばらくお互い無言のあと、よい香りのコーヒーが出された。

「浮世風呂なあ……今のソープのほうがよっぽどええで」

「竜宮城みたいやと聞かされてたけどね」

「そら、あいかたがよけりゃ、そういうわ」

「落ち着いた座敷でゆっくりできたそうですね」

「ちっちゃな座敷に座布団二枚や。今はダブルベッドかセミ・ダブルや」

「ふーん」

私は落胆を態度で示し、「ぱーっと華やかにやりたかったのになあ」と吐息を洩らした。おやじは眼球を鼻に寄せ、顔を近づけた。

「あんた、二輪車とか三輪車やりたいのか」

「それ、どういう意味？　面白そうだけど、そんなこと出来るの」

「なんや、知ってるやないか。そやけど、えらい金がかかるで」

「そのぐらいの金はある」

私は憤然とした調子でいい、ヴァイオリンケースを開き、中身を見せた。

「それ、ストラディヴァリウスか」

私は肯定に近い微笑を浮かべるにとどめ、おやじの後ろを指さした。

「あのオールド・パーをオンザロックで。マスターの分もね」

おやじは「あぶないあぶない」といいながら二人分をこしらえ、「ほないただきます。ただしぽん引はやりません」と釘を刺した。

「じつをいいますと」私は声の調子を下げ、神妙な顔をした。「二輪車とかとはちがうこと、してみたいのです」

「というと」

「芸者遊びみたいなこと、酒を飲み、歌をうたい、どんちゃん騒ぎすること」

「あかんあかん、あそこはそんな遊びするとこやない。ソープ嬢はその種の芸は習うておらんからな」

「ぽっぽっぽ鳩ぽっぽ、でいいんですよ」

「しかし……その希望に彼女らが応えてくれるかな」

「マスター、それが出来そうな店ありませんか」

「うーん」

思案しているのか、たんに渋っているのか、ともかく「うーん」の間におやじのグラスへ酒を注ぎ足した。

「ぶっちゃけた話、予算はどのぐらいや」

「手持ちは十二万、ここの払いも入れて」

「それでは中クラス以下の店で三人しか呼べへんな。それに、女の子がそんな遊び、承知する保証もないわ」

「どこか紹介してもらえませんか」

「まあ、懇意なマネージャーがいるから紹介はしてみる。あとはあんたのやり方しだいというこっちゃ。ところで名前は」

「春野夏夫です」

「マネージャーの名は林や。こっちは本名やで」

私は風来坊としての名をこう決めており、初めて使ったわけだ。マスターは早速電話をかけ、「前にえらい世話になった春野という人が行くさかい、ごっつう歓待してや」と、抽象的ではあるが、熱意をこめて頼んでくれた。

勘定を済ませ店を出ようとしたとき、「ちょっと待ち」とマスターが呼びとめた。「そうや、あの歌、女の子にうたわせたらおもろいな」マスターは戸棚から歌集のようなものをとり、「留守番しててや」といって、十分ほどして戻ってきた。どこかで何枚か歌詞のコピーをとってきたようで、それは宝塚のシンボル・ソング「すみれの花咲く頃」であった。

紹介されたのは「金チャク」という名の店で、ごめんといって中に入ると、ラッキョウ型の顔をした、長身痩軀の男が出てきて、「春野さんですね」と私を玄関奥の部屋に案内した。そこはレプリカらしい裸婦の絵のほかは、壁のしみ、椅子の硬さなど小企業の応接室並みだった。私はヴァイオリンを下ろし、すぐさま交渉に入った。「表に九十分、三万三千円と出ていましたが、ことによっては融通が利きますか」「それ、どういうことで」「ここ、昼間はひまなんでしょ」「まあ、日によりけりです」「女の子、三人呼んでほしいんです。時間は余裕をもたせて、延べ三時間として」「三人と三時間遊ぶといわはるんですか」「そう、九万九千円でね」「あのね。第九のマスターが何といったか知りませんが、うちは二輪車三輪車はやらせませんから」「二輪車とか、そこまではいかんと思いますよ」「というと一人を相手にして、二人に見物させるとか」「女の子と飲んで歌うんです。そうそう、これも使うかもしれません」

ヴァイオリンをちょっと持ち上げると、マネージャーはちらっと目をやり、思案の姿勢になった。あごを深く下げたので、油をつけた前髪の、Vの字があらわになった。私はこの隙に財布から一万円を出し、マネージャーの胸ポケットにねじ入れた。

「なに、しはるんです」

「乱痴気騒ぎ、死ぬほどしたいんだ。ぜひ聞き入れ願いたい」

すかさず財布から十万円を出し、テーブルに置いた。これで万札はすべて私から離れたことになる。

「春野さん、三人の子を三時間あなたの部屋に居させることは黙認しましょう。しかし、三人の子に同じ部屋に行けという指示は絶対に出せません」

「店のきまりとしてですね。それじゃ、どうすればいいんですか」

「女の子を説得して、彼女の口から同僚を呼ばせるんですな」

「まずAさんを口説いてBさんを呼び、次はA、Bさんを説得してCさんを呼ぶという具合に？

難しいけど、やむをえん。それでお願いします」

一礼し下《さが》ろうとする彼を「そうそう」といってひきとめた。

「酒は飲み放題にしていただきたい」

「えっ、この十万で」

「もちろん、そうですとも」

十万を手にしてる以上、のまざるを得ないだろう。ウイスキーは何が出てくるかな。まさか角瓶ということはあるまい。

「わかりました。ただし酒はビールだけです。いいですね」

「そう、そうか、そりゃそうだよね」

マネージャーに案内され「舞子」と名札のかかった部屋に通された。入ったところに、ベッドとスツールと小卓、それに衣裳ロッカーのある六畳ほどの部屋があり、奥に同じぐらいの広さの風呂場があった。ソープランドが初めての私は、予習のため、靴下を脱ぎ奥へと足を進めた。バスタブは楽に四人は入れるほど広く、二輪車をさせないという店の方針に疑問を抱かせたが、もっと疑問に思ったのは洗い場に置かれた箱型の物体だった。高さ五十センチぐらい、四角い筒を横にして上を丸く刳《く》り抜いたようであるが、用途がさっぱりわからない。

そのとき「あけみです」と元気な声とともにソープ嬢が入ってきた。私は「やあ」というと、箱を指さし、「これ、何」とたずねた。「それはね、くぐり椅子といって、お客さんを座らせ、横から手を伸ばして性感帯をくちゅくちゅするの。あとで実演してあげる」「そう、ありがとう」

私は上にあがり、ジャケットをロッカーに入れてからベッドの端に尻を下ろした。あけみはローブというのか襦袢《じゅばん》というのか、絹織のようにつやのある着物をまとい、細紐を腰に結わえていた。

「お客さん、脱がはったら」

「まあ、そう急ぐこともないからね」

「そやけど、もう靴下、脱いでるやん」

「おやゆびのとこに穴があいてたから」

「下着にもあいてるか、見てあげよか」

「まだまだパンツは脱ぎとうない」

「けったいなひと」

あけみは私の斜め前に立ち、腰の紐をぴしっと引っ張った。着物の前がばらけ、その恰好で何のためかスツールに片足をかけた。肩の線がほそく、ほつれ毛が首筋にまといつき青い翳のように見えた。ああこの子はまだ若いな、と目をしばしばさせていると、バサッと着物が肩から落ちた。これらの動作は芝居なのか儀式なのか、ともかくあけみは下着姿になった。

私は女性の下着について無知蒙昧であるが、彼女がつけているのはビキニより生地が厚く、幅も広く、色も野暮ったい白だった。あけみは私の前に仁王様のように立ち、命令した。

「起立しなさい。下着を脱がせます」

肩や胸は内気な少女のようだが、腰から下はむっちり肉がつき紡錘形をしている。自然安産型という言葉が脳裏に浮かび、これが今や死語であると気づいた。こうなったのはなぜだろう。医学の進歩でお産が楽になったのか、米を食わなくなって女の体形が変わったのか。

「お客さん、何考えてんの」

「お客さんと呼ぶのはちょっと冷たいね。以後、スミトと呼び捨てにしてほしい」

「スミト、何しに来たん」

「僕な、必ずしもセックスしに来たわけじゃない」

「神戸の人とちがうね」

「あたりや。それがどうしたの」

「よそから来た人、ヘンタイが多いねん」

「へえ、どんなことしたがるの」

「ハイヒール履いて、ふみちゃちゃくりにしてくれ、とかな」

「僕はそういうタイプのヘンタイじゃない」

「失礼ですけど、スミト、インポなんか。それやったら、絶対、立たせてあげる」

「それに答える前に、二、三神戸について質問してよろしいか」

「どんなことを」

「神戸市の人口は」

「知らん」

「市長の名は」

「知らん」

「男か女かぐらいは知ってるでしょ」

「それ聞いて、どないするん」

「女で、美人だったら、ここに呼んで一緒に楽しもうと思ってね」

「お客さん、冷やかしに来たんやな」

「ごめんごめん、お詫びに一杯ご馳走したい」

マネージャーを呼び出してくれというと、あけみはしぶしぶインターホンへ行き、私に取り次いだ。「春野です、お蔭さんでスムーズに進行してます。とりあえずビール二本とグラスを三つお願いします」「はい、ただいま」すぐに彼自身が注文の品を運んで来た。

「スミト、コップが三つって、どういうこと？」

「いいからいいから、乾杯しよう」

乾杯をし、一瞬もおかず酒を注ぎ足し、「ふたたび、乾杯しよう」とグラスを上げると、彼女もすんなりこれに応じた。林マネージャー、酒宴を考慮し、酒の好きな子を付けてくれたのだろう。

「あけみさん」親しみをこめて名を呼ぶと、「何やのん、スミト」と同じ調子が返ってきた。私はロッカーに立てかけたヴァイオリンケースを指さし、こういった。

「僕は街のヴァイオリン弾きでね、あけみさんのために一曲奏でたい」

ケースから楽器を出して江頭先生から教わった正しい姿勢をとり、「さあさあ、リクエストを」とうながした。こうなっては乗るしかないと観念したのか、「最近の曲、弾ける」とあけみがたずね、次のように会話が続いた。「それは苦手です、出来れば古いものを」「これ、知らんと思うわ」「それ、知ってるかもしれないよ」「あのう、トラジです。朝鮮民謡の」

「おお」と私は天井を仰ぎながら、弾けるかなと自分に問うた。トラジという曲は、オールラウンド・プレーヤーの先生に何度か聞かせてもらい、耳に残ってはいる。トラジは桔梗のことで、この根っこが貴重な漢方薬になるんだ。それをチマ・チョゴリを着た娘が険しい山を越えて取りに行くんだが、その姿がじつに清らかで美しい。先生はそうコメントし、こういう川柳があるといって二度朗唱した。

「貧に処す娘に似たり冬の灯や」

このころ中学生だった私はこの句をよく理解できずにいたが、先生の演奏を聞くうちに、胸にしーんと沁みてくる清冽さを感じた。三拍子のはっきりしたリズムなのに、先生はとつとつと口ごもるように弾くのだった。

「トラジ　トラジ……」

私は遠い遥かなところから先生の手を記憶によみがえらせ、先生よりもっと、とつとつと弾いた。その間あけみは目をつむり、小さくハミングしているようだった。弾き終えると、あけみは深いお辞儀をし、「おじいちゃん、よく歌っていたんです」と恥ずかしそうに教えた。

私はすかさずズボンのポケットから、さっきもらったコピーの一枚を取り出した。

「これ、歌える？」

「あっ、宝塚のあれやね。メロディーは知ってるけど、歌うのはちょっと」

「どうして」

「あちらは、清く正しく美しく、やもん」

「それじゃ、こちらは何なの」

「そやなあ……がめつく、しりふとく、エロっぽくかな」

「それでいいそれでいい。タカラジェンヌも卒業したら、そうなるんや」

私は、すみれの花咲くころをひと節だけ歌い、少なくとも女は三人必要だなとつぶやいた。

「えっ、三人も」

「あけみちゃん、とりあえず一人、適当な人考えて、マネージャーに来させるよう伝えてもらいたい。彼には話がついている」

あけみはスツールのまわりを三周し、「一番近い人忘れてたな、姉貴分のリリーがいるわ」とひとりごち、そやけどなあと首を傾げた。

「どうしたの」

「姉貴、宝塚の試験落ちたんやそうです。この歌うたうの、ごねると思うわ」

「まあ、当たって砕けろや。呼んで呼んで」

五分後、ノックの音もつつましく、リリーが登場した。すっきりした目鼻立ち、均整のとれた体つき、優雅な身のこなし。こんな人をなぜ宝塚が落したか、校長に聞いてみたいな。

リリーは私とあけみを交互に見てたずねた。「林さんに行けといわれたんや、わたしになんの用？」客もあいかたも裸でないのに不審をいだいたか、黒水晶のような目をぴかりと光らせた。

「あんたたち、何してんの」

「べつに、特別なことは」

「お客さん、ヘンタイ？　それとも童貞？」

「いや、普通の妻帯者です」

「ほな、なんでせえへんの」

「まあまあ、一杯飲んでください。あなたのためにコップを用意しておきました」

リリーも酒好きらしく、放り込むようにグラスを空にし、「うめえ」といった。これで、宝塚を落とされたのか。

「姉ちゃん、こちら、スミト。呼び捨てにしてええのよ」

「あんたたち、いやに親しいな。もう出来てるのとちがうか」

「あたし、神戸検定受けて、答えられへんかったんや」

「それで、わたしを呼んだのやな。さあ何でも聞いて」

「六甲の標高は？」

「東六甲か、西六甲か」

「質問を変えます。福原ソープ街の人口は」

「夜は七九五人」

「湊川神社は誰が祀ってあるか」

「楠木正成」

「正解です」

「前に同じ問題出され、答えられへんだんや」

「灘高の入試ですね」

「宝塚や。こんちくしょう」

「いやなことを思い出させて悪かった。さあ、もっと飲んで」

リリーが私に注がせて二杯飲む間に、「姉ちゃんにもっと悪い知らせがあるんや」とあけみが歌詞の紙片をちらちらさせた。

「それ、何や」

「スミト、これ、歌ってほしいんやて」

リリーは、渡された歌詞を一目見て、突っ返した。

「バカバカバカ、こんな歌、死んでも歌いとうない、あけみのバカ」

「姉ちゃん、ごめんね。そやけどええ曲やと思うわ。清く正しく美しくや」

「あけみ、頭、坊主にしてほしいんか」

「まあ、まあ、まあ」

私はヴァイオリンを手にとり、「すみれの花咲くころ」のさわりだけ、アンダンテで弾いた。

「いやや、いやや、わたし、死んでやる」

リリーはくるりと背を向け、腰の紐をほどくと、一瞬のうちにローブを脱いだ。床の上に、背中に描かれた虎がぺちゃんこになり、リリーはといえば、手を下に進め、ゴムに手をかけて、ずらせようとしている。

「待った待った」インスピレーションが閃いた私は「この曲、きっと好きだと思うよ」といって、弾きだした。本邦において初めて試みる、ジプシーヴァイオリン風「愛の讃歌」で、私のテクニックでは、絃のしのび泣きを洟水をすする程度にしか奏でられなかった。

「わあ、わたしがこの曲好きて、なんでわかるの」

「リリーのこと、もっと知りたい。お姫様抱っこがしたい」

「うわー、びっくりや、光栄や、やってやって」

私は楽器を下に置き、リリーに両手を差し伸べた。彼女は勝手知ったように体を少し斜めにし、右手を首に巻きつけてきた。私はテレビで関取が女の歌手を抱っこしたのを見たことがあり、その残像どおり行った。高校時代相撲部の副将を務め、吊り出しが得意だったので、スレンダーなリリーを抱き上げるのは何でもなかった。

「わあ、姉ちゃん、ずるいずるい」あけみが体をくねくねさせた。

「ああ、ずっとこうしていたいなあ。リリーさん、すみれの花、歌ってくれるね」

「姉ちゃん、思いっきり歌ったら、ぜんぶ吹っ切れるって」

「うーん、そうやろか」

リリーを下におろすと、間髪を入れず練習に入り、三度目には、体つきに似合わぬ豊かなリリーの声が、隠微であるべき空間に響きわたった。

とそのとき、これに拮抗するほど威勢よく戸がノックされた。「だーれ」とあけみが出ると、「中村です。えらい賑やかやけど、どうしたん」「中村さん、三人に一人、やる気ある？」「えっ」「花の三輪車やねん。ヘンタイ遊びとちがうよ」「何や面白そうやな。入ってええか」と会話が続き、あけみがインターホンで中村の参入を知らせ、ついでにビール二本、コップ一個を注文した。

中村は肩から腰までどーんと分厚く、顔は目のほそいこけし人形みたいだった。そんな顔に似合わず彼女も酒が強く、ぐいぐい二杯を飲み干した。私は神戸検定を一問だけ実施した。

「神戸のどんなとこが好き？」

ほそい目をさらにほそめ、瞑目してるのと区別のつかない顔が答えた。「そんなこと、考えたこともないところかな」私はふーんと感心した。

中村はこの部屋と風呂場をひとわたり見て「けったいやな」といった。「みなさん、なんで裸やないの」

「この人、元ストリッパー。脱ぐのが商売なんや」とあけみ。

中村がヴァイオリンに目をとめ、「うッふん」と鼻を鳴らし腰を振った。「何ぞエッチな曲弾いてもらえへん」

「たとえばどんな」

「このひと、ワイセツ罪で捕まったんやて。『エリーゼのために』を踊ってるときに」

「警察はしまいまで見てから逮捕しよったんや。そのくせ、現行犯逮捕だとぬかしたから、時間にずれがあります、料金払ってくださいといってやった」

パチンと、中村が指をはじいた。それを合図にテーブルなんかがロッカーの方へ寄せられ、ワイセツ・ダンスが出来るほどの隙間が空けられた。あけみとリリーは戸の傍に立ち「スミト、スミト」と私を煽った。

私は「エリーゼ」がワイセツならこれだってと、ドヴォルザークの「ユーモレスク」を選んだ。この曲は所要時間三分ぐらいだが、それに合わせたように踊り子は脱いでゆき、床に仰向きになって最後の一枚を取り去り、百八十度開脚したところで、弾き終わった。中村がさっと立ったので、ワイセツ物を見るいとまを私はつかめなかった。

「アンコール、アンコール」

私がそれに応えると、リリー、そしてあけみと踊りが続いた。二人とも中村と同じペースで全裸になったが、立位のうえに礼儀正しかったため、女の徴兵検査に立ち会ってるような気がした。

「お次はスミト、お次はスミト」

掛け声とともに、中村の手が有無をいわさず私とヴァイオリンを離れ離れにした。あけみが浴槽に湯を入れに行き、リリーが私のズボンのベルトに指をかけた。「待った待った、大事な話がある」私は進行中の事態をストップさせ、ビールを二本持ってくるようリリーに連絡させた。すぐにマネージャーがこれを運んで来て「ラストオーダーですね」と念を押した。私は彼のVの字の前髪を見ながら「あと二本。ぐずぐずしてたらもっと増えるよ」とたたみかけた。彼は考えたらしく、今度は三本持ってきて「これで打ち止めです」と宣言した。

あらためて乾杯し、四人のコップがたちまち空になるのを見て、「君たちね」と私はねんごろに話しかけた。「本日のメインイベントはすみれの花を、君たちが合唱し、僕が伴奏することであります が、ヴァイオリニストが裸になることは想定されていないし、楽器だってびっくりするでしょう。そこで、君たちは洗い場を舞台に歌い、かつ踊る、僕はここで、蝶ネクタイのいつものスタイルで君たちの熱演を盛り立てることにする」私はそういって、ゴムバンド式のネクタイを前に伸ばしぱちんと弾いた。

「スミト、裸だと、ヴァイオリン、びっくりして音出さないの？」

リリーが疑問を提起し、中村が私の前に立ちはだかった。

「あたしの体、コントラバスみたいでしょ。裸のほうがええ音出るよ」

「あのね、歴史上どんな淫らな時代にも、全裸でヴァイオリンを弾いたりはしなかったよ。メディチ家においてもね」

「本日、福原ソープにおいて、歴史を作ったらええのや」

「スミト、湯船に入って、弾きなさい。男らしく」

「楽器を濡らすわけにはいかんからね」

「そんなん心配ないて。お湯、このへんまでしか入れてへんもん」あけみが、漆黒のデルタ地帯の真下を手で示した。

「あのね、ヴァイオリンというのは、バランスが大事なんだ。ペニスを露出してぶらぶらさせていたら、低音部がぶれてしまう」

「そんならぴんと立てたらええのや」

やにわに気勢を上げた三人が腹を空かせた嚙歯《げっし》類のように私に襲いかかった。中村が私を羽交い絞めにし、リリーがベルトをゆるめてズボンを下ろし、パンツも脱がせた。その間にあけみがワイシャツの襟に手を入れ、蝶ネクタイのフックを器用にはずした。

私は最後の抵抗を試みた。「僕の場合、絃と弓ともう一つがそろって、初めて音が出るんだ。それ、何だと思う。そう、蝶ネクタイなんだ。君たち、それを取っ払っちゃったね。さーて、どうする」

三人が輪を作り、ぽんと手を打ち合わせ、直ちに行動に移された。想像もしなかったことだが、私の裸の首にネクタイが結わえられたのだ。観念した私はヴァイオリンを手に湯船に入り、洗い場へ向き直った。くぐり椅子とかマットが素早く窓際へ寄せられ、三人が私に向き、並んで立った。それぞれコピーされた歌詞を手に持って。

「歌詞の初めの六行、いわばイントロに当たる箇所はリリーさんのソロで、あとは三人の合唱とし、三回繰り返そう」

三人は三十センチほどの間隔で胸をそらせ立っている。

「一、二、三、はい」

「春すみれ咲き　春を告げる　春何ゆえ人は汝を待つ……」

「はい、声を合わせて、清く正しく美しく」

「すみれの花咲くころ　はじめて君を知りぬ……忘れな君われらの恋　すみれの花咲くころ」

三人はきりっと背を立て、口を明朗に開け、脚と脚の間に隙間を空けることなく、すがすがしい歌声を響かせた。一糸まとわぬ桃色の裸身と繁茂する春草。もし彼女らに黒の紋付を着せて歌わせたら、宝塚歌劇学校の卒業式になったろう。

歌が終わると、「スミト、そのままそのまま」とリリーが私に命じてヴァイオリンを取り上げ、あけみがネクタイをはずした。そして三人でフロアに上がり、ビールを一本ずつ持って湯船に入ってきた。「そーれ」掛け声もろとも三方から私にビールがふりそそがれた。頭のてっぺんから、へそから、何か立ち迷ってるようなペニスに至るまで、どぼどぼと。

そのあと私たちは湯の中で目茶苦茶ふざけ合った。彼女らはビヨンセのバックダンサーみたいに、右へ左へ真ん中へとめまぐるしく入れ替わるうえに、油を塗ったようにぬるぬるしている。これでは誰か一人をつかまえるのは難しかろうと、三人へ等分に手を伸ばすことにした。私は女の体に手をすべらせながら、彼女らのテンポに合わせ、四肢、体幹をしゃにむに動かした。私は関節も骨も持たない、蛸男になって、存分に「三輪車」を楽しんだ。

3　河馬を相手に初ライブ

「風に匂いがあります」は、塩川不動産の名言であった。五月に入り、起きぬけに硝子戸を開けると、畑の匂いにまじり、ほのかにミントの香りがした。風は葉を揺するほども吹いていない。だのにこの香り、どこから来るのか。大気が澄んでいて、生垣のへりにある柿の木がうんと近くに見える。身の丈五、六メートル、シンメトリーに伸びた枝が若葉の鎧をつけ、朝日を受けている。どの葉も目にさやかな光を反射し、金管の合奏を聞くようだ。

一番やりたい、ヴァイオリンの路上ライブを、まだ一度も行っていない。すでに宣伝の立札と金受けの容器は用意してあり、あとは決断だけだ。立札は縦五〇センチ横一〇センチ厚さ一・五センチの木製で、裏に支えとなる木を蝶番でくっつけ、畳めるようにしてある。材料はホームセンターで買い揃え、道具は吉川氏に借り、私が筆ペンで「どんな曲でもリクエストを」としたためた。これを氏に見せると、「ふーん豪気なもんや」と評し、「金はどうやってもらうんや」とたずねた。「アルミの灰皿をさがしてるんですが」「もうちょっとランク上げたらどうや」氏は提案した責任をとって、胡桃材の菓子鉢を、「これ、もう使わんから」と私に与え、おまけにそれら小道具を入れる袋もくれた。キャンバス地の、一升瓶が二本入るぐらいのもので、「何に使ったんですか」と聞いたら、「タマボールの核シェルターにとっておいたんや」と答えた。

五月第二週の土曜日、意を決しヴァイオリンを背負い、小道具の袋を持って下宿を出た。ともかく第一回なので、三年前部長になったとき誂えたタキシードに白の蝶ネクタイ、よく磨いた黒靴と外形を整えた。まず向かったのは平安神宮で、好奇の目にさらされながら、電車とバスを乗り継ぎ到着した。境内のど真ん中で第一発をと意気込み、二層の楼門をくぐると、白砂が眼球いっぱいにひろがり、そこかしこ、人の群れが雲の落す影のようだ。ああ、ここは茫漠として、俺の絃ではたちうち出来そうにない。早くも意気の衰えを感じつつ、砂を踏みしめ踏みしめ進んでゆく。真っ青な空、白砂の海原、そして彼方には緑の甍、朱塗りの大極殿が巨艦のような威容を見せている。私は頭がくらくらするほど圧倒され、ここでのライブをあえなく放棄した。

とはいえ、さらに歩を運び大極殿に参拝した。賽銭箱に百円を入れ、「どうかご加護を」と十秒ほど祈ると、動物園へ行け、と奥の方から厳かな声がした。私は賽銭箱にもう百円入れた。

動物園には五分ほどで着き、案内図を眺めていると、きゅうに河馬に会いたくなった。すぐ近くのキリンの隣にいるのがわかり、その方角に目をやると、キリンが長い首を蒼穹へと伸ばし、身じろぎもしない。東寺の五重塔のもっと彼方、サバンナへ想いを馳せているのだろう。

河馬はプールから顔の三分の一ほどを出し、水平に静止していた。絨毯のような背中が陽をうけてあずきアイスのような色をしている。河馬よ、君は水に浮かんでいるのか、それとも足を底につけているのか。私は長い間、河馬が水を移動するのを、肥ったおばさんがプールの中を歩行するのと同じ風景として見ていた。最近になって、河馬が水中で出産すると赤ちゃんがすぐ泳ぎだすことを知り、一つ賢くなった。

いま河馬は私に対し横向きの姿勢でおり、目は片一方しか見えない。幾重もの瞼の奥に大事に庇護された丸くちっちゃい目。それが二度三度とウインクを送ってきた。もう片方は見えないからウインクとは断定できないけれど、その目を見ていると、初恋にちなんだ曲を弾きたくなった。初恋といえば藤村の「まだあげ初めし前髪の林檎のもとに見えしとき」であるが、反射的に、林檎の連想から曲が浮かんだ。江頭先生直伝の「林檎の木の下でまた逢いましょ」というあの歌。アメリカがワイオミングの草原のようにみずみずしかった時代のあの曲である。私は、まだ動かないでいる河馬を見て、弾きだした。歌詞は冒頭しか知らないけれどメロディは終わりまで弾くことが出来る。拙い指づかいでも、爽やかで、何とも懐かしい香気が匂ってくる。

河馬は目を閉じ、しじみ蝶のような耳をそよそよとさせ、聞き入っていた。終わると、「ありがとう」と彼に礼をいい、くるりと体の向きを変えた。そこには、野次馬である五、六人がぽかんと立っており、彼らにも軽くお辞儀をした。

私は動物の中で虎が一番恐い。猛獣を動物園でしか見たことのない経験からすると、やはり虎である。百獣の王といわれるライオンの、とくにオスは、どこの動物園で見ても、たてがみがばさばさとそそけ、胴体に張りがなく、しっぽは火縄の燃えかすのように垂れている。

京都の虎は三頭もいて、らしからぬ二枚目の名を与えられ、空中通路という、下から人間に眺められる仕掛けを施されている。檻の中の一頭があんなものくそ食らえだ、といった態度でどたっと這いつくばっていた。よーし、こいつを驚かしてやれ、曲は何がいいかなと、彼の顔を凝視した。茶と白と黒の縞が左右均等に刻まれ、中でも黒の強烈さは歌舞伎の隈取に似て、悪相の極みであった。私は曲の選択に迷い、何かヒントはと案内板を読んだ。そして胸のうちでこんなつぶやきを洩らした（そうか、君たちアムールトラだったのか、遠路はるばるやって来たんだな）。曲目は浮かばないものの、虎の目に視点の定まらぬ虚ろさがあるのに気がついた。そして、アムール河からシベリヤへと連想が及び、「抑留」の二字が脳裡に浮かび上がった。かつての日本兵と同じように、お前たちも抑留されているのではないか。京都という僻遠の地に……。

私は気分を変えるため、トラはトラでも、タイガースの応援歌「六甲おろし」を弾くことにした。ファンじゃないから歌詞はわからず、うろ覚えのメロディだけを三回繰り返した。

虎は何の反応も示さなかった。スタッカートで弾いた部分も、耳に入らなかったようで、彼の視線はかわらず虚空の彼方に向いていた。私は虎に向かい弓を少し上げて別れの挨拶をし、無邪気な顔の七、八人の聴衆に一礼し、動物園をあとにした。この日はとうとう、立札も金受の鉢も出せなかった。

次の土曜日、カジュアルなジャケットを着て、三条大橋東側の高山彦九郎像の前に立った。この日は鉄の意思を持って胡桃材の鉢と「どんな曲でもリクエストを」の立札を置き、ライブを開始した。おとといからの大雨で鴨川がごうごうと鳴っている。それに負けまいと気合を入れたおかげで、あまり上がらずに済んだ。リクエストなしに三曲を弾き、「京の五条の橋の上」にかかったときだ。申し合わせたように肩を揺さぶり、がに股歩きをする二人組が目の端に入った。どちらも、スキンヘッドに黒の人民服、同色のサングラスをかけている。これはあぶない、一瞬弾くのをやめようとしたが、もう目前に来ていた。一人は立札を手に取り、もう一人は私の顔ぎりぎりにサングラスを接近させた。私はやむを得ず演奏を中断した。

「何かご用ですか」二人を交互に見、さりげなくを心がけていった。「お前、どこのもんや」目に近いほうの男がいった。こいつがスポークスマンのようだ。「本籍地ですか、現住所ですか」「何やと」「健康保険証、見せましょか」「あのなあ、誰に許可もろて、こんなことやっとるんや」「京都府警の方ですね。すみませんが警察手帳見せてください」「お前、わしら、なめとんのか」「いいえ、決して」「ここはどこや、いうてみい」「三条大橋、高山彦九郎先生の前です」「この方がどんな人か知っとるんか」「はあ、勤皇の士と聞いてます」「ほう、わかっとるやないか」立札を手にしていたもう一人が「知ってて先生にケツを向けるとはええ度胸やな」いいながら金受けの鉢を爪先でちょいちょいと小突いた。

　私はこれを見て体がぶるっと震えた。こいつらをサバ折りにして、背骨をこなごなにしてやりたい。なーに二人ともさほどごつい体じゃないから、やってやれないことはない。なにせ俺のサバ折りと吊り出しは一級品だからな。不思議なことにこのとき、京大の魚津教授のひげ面が網膜に浮かんだ。それは一瞬のことで、相撲からの連想でそうなったのだろうが、私はとたんに元気百倍になった。魚津教授とのあのことは、とてもいい思い出として記憶されているからだ。

　道草になるのをおそれず述べれば、それはこういうことであった――五年前、私は広告宣伝部の次長をしていて、担当外の相談を受けた。京大の先生に顧問を委嘱したいのですが、この人どえらい難物で何度アタックしても門前払いですわ、けど、何としてもこの人の協力がほしい、わが社の将来を考えた場合、というのだ。

近時の製薬会社は、清楚な感じの女優を使い風邪薬を売ってれば安泰というわけにはいかなくなった。バイオテクノロジーによる生物製剤の開発、経済のグローバル化などで競争が激化し、勝ち残るには新薬の創造が必須のことである。その一つが大学と提携し、研究開発を委託したり、共同研究を進めるなどの方法であり、それにはしかるべき先生に渡りをつけねばならない。会社が目をつけたその先生は、薬学と分子生物学の学際的研究で名を馳せ、三十代で教授になった俊秀であるが、酒豪のくせに付き合い酒はせず、学会にも顔を出さない、変わり者の横綱みたいな人物だという。「津村さん、何とかならんやろか」と相談された私も、こればかりは関わりたくないと「アインシュタインを口説くより難しいなあ」などと韜晦しつつ、「情報を集められるだけ集めたら」と進言した。これはただちに実行にうつされ、その報告書を見せられた私は、ついつい、「ダメモトでやってみるか」と口走ってしまった。報告書の中にとっかかりになりそうなのが三点あったのだ。一つはクラシック音楽を趣味としていること、一つは大学時代相撲部に属し吊り出しとサバ折りが得意技であったこと、もう一つは金曜の午後は原稿書きに専念し、ゼミテンも入室禁止となっていること。

次の週の金曜午後三時、会社のために使ったことのないヴァイオリンを携え、大学の研究室に赴いた。変わり者の教授でもさすがに魚津の名札は出しており、私は扉の前で息を整えた。製薬会社を名乗って門前払い食うよりは、ヴァイオリンに託し、一縷《いちる》の望みをかけたのだ。曲はカザルスの「鳥の歌」がいいだろう。想像するにこの教授、偏屈な性格だから奇妙なことに出くわすと、意外な反応を示すにちがいない。それにこういう人物はえてして内面に豊かな泉を秘めているもので、哀切なメロディが彼の琴線を揺さぶるだろう。

曲は四分足らずと短く、この間研究室では、こんな風にドラマが進行したのではあるまいか。教授は廊下の音に気づきペンをとめ、じっと耳を澄ます。ああカザルスだ、美しいな、すぐそこで弾いてるようだ。しかし何のために？　頭に疑問が浮かんだところで演奏が終わり、外を見に行こうかどうか腰を浮かせたところ、二度目がはじまる。教授は椅子を立ち、そこで、いったい誰がと考える。男のはずはないから、するとあの人なのか。いやいやあれは片恋だったから今頃訪ねて来るわけがない。とすると、いったい誰が弾いているのか。教授の足は止めようもなく扉の方へ向かう。

私は二度目を弾き終わると、ただちに楽器を横の壁に立てかけ、扉の前に佇立した。同時に扉が内側に開かれ、背が私と同じ一九〇センチぐらい、肩幅広く、濃い髪とあごひげのつながった、むさくるしい男が立っていた。

「魚津先生ですね。私、津村澄人と申します」

教授は私にぶつかりそうになりながら楽器の存在を確かめた。

「あなたが鳥の歌を」

「そうです」

「何のために」

「カザルスがここへ行けと命じたのです」

「ほうー、死人がね。何をせよと命じたのかな」

「これですよ、魚津先生」

いうが早いか、教授に組みついた。

「な、何をするんや」

相手は至近距離にいるし、予想もしてないからこちらの組み手になるのは簡単だろう、双差し《もろざし》になり左右どちらも深く差し、一気に押し込むかサバ折りをかけ、まず一本取って優位に立つ。それからじっくり交渉に入るとしよう。そう算段したのであるが、相手は一瞬の反応で左の脇をしめ、私に右を差させなかった。それでも私の出足が早かったから左四つの組み手で入口から一メートルほど押し込んだ。

「いったいこれは何のマネや」

わけがわからずとも、体が自然に反応するらしく、教授の反発力は強く、互いにベルトをつかんだまま膠着状態になった。

「あなた、聞きしにまさる取り手ですなあ」

「まだ力は入れてないがな。しかし、これが目的ではないな」

「拙者、道場破りに参った、それだけでござる」

「おぬし、背骨、折られたいと見えるな」

「魚津殿、驕慢でござらぬか」

「はっはっは、製薬会社の犬め」

「まいった、まいった、そのとおり私はですね」

組み手をほどき、会社と職名を名乗った。

「さっさと帰ってもらおか」

「先生、弱気の虫が起こりましたな」

「何をいうか」

「仕事なんかくそ食らえだ。けど、相撲は決着をつけたい。断じてつけたい」

「それなら、すぐにここの土俵でやろう。一回きりの勝負やで」

「ホームグランドでしか勝てないらしいな」

「何やと。どこの土俵でやってもええで。しかし何か策略があるな。私を顧問にと謀っているな」

「津村、仕事は放棄します。命にかけて誓います。ああ、すっきりした」

「ほんまやろな。ほな、小指出しなさい。そーれ、指切りげんまん」

やはりこの教授相当の変わり者だな、そう思いながらもよろこんで指を差し出し、その間にこうささやいた。

「祇園で、というのはどうです」

「何がや」

「相撲ですがな」

「土俵、あるんか」

「座敷に作らせたらよろしい」

「土と俵はどうするんや」

「そんなもん持ち込めるわけ、ありませんわ。けど、あなたが王者なら、土俵が三角でも四角でも受けて立つはずだ」

「祇園か、じつはあそこで飲んだことないんや」

「先生、飲みに行くのとちがいますよ」

「わかってるがな。そやけど何やおもろなってきたな」

「私がアレンジしてもよろしいか」

「結構です。しかし費用、どのぐらいかかるやろか」

「負けた方が持つということでは」


うーん、と教授は少しの間思案し、「あっそうか、こっちが勝つんや、うんうん」とうなずいた。

一週間後、会社が接待に使っている茶屋「遊月」に土俵が作られた。バーのつづきの板敷きの客間に、チョークで円を描いただけである。ここの女将は月に一度地元紙のコラムを担当し、桜のライトアップはやめよなどという尖鋭的な論調で知られている。やっぱり変人の一種なんだろう。大阪の支店長が出向き、「けったいなことお頼みしますが」と依頼の向きを話すと、「よろし、引き受けましょ」と即答し、「ただし、わたしが行司やらせてもらいます」と一方的に決めたそうだ。

魚津教授は祇園を知らないので、ヴァイオリンを携え迎えに行き、研究室の前でシューベルトのセレナーデを弾いた。「私をしんみりさせて、闘志を奪おうというんやな。そうはいかへんで」と教授はうそぶき、タクシーの中では無言を通した。タクシー代は、私が払おうとするのを「わりかん、わりかん」と主張し、そのとおり実行した。

私も初めての茶屋「遊月」は、堅牢な木造の二階建てで、白川沿いに、動かざる客船といった風情を見せていた。まだ五時だから客はむろんのこと、使用人の姿も無く、女将が迎えに出てきた。何と紺のジャージーを着て、化粧もしてないようであるが、顔も体も優美なふくらみのある、目の活き活きした女人だった。「さあさあ、どうぞどうぞ」靴を脱ぎ、バーの間に入ると、教授がカウンターの前で足をとめ、酒類の棚を見ながら質問した。

「サントリーの角、置いてへんのですか」

「はい、うちは」

「それじゃ、何を飲んでええのか、困るなあ」

「相撲のあと、お飲みやすか」

「しかし、こういう所、高いんやろな」

「戦前は、三高の学生さんも遊べたと聞きましたけどね」

「ああ、今日は戦前でしたかいな」

「さあ、どうでっしゃろ」

ぱっと花ひらくような笑顔を、女将は見せ、それから声低くたずねた。「まわしはお持ちやおへんの」

「はい」と私と教授は同時に返事した。

「ズボン穿いたままやらはるの？」

「そういうことで」

「あほらし」女将は肩をがくんと落とし、失望を露骨に表した。「場所、貸すんやなかったわ。男の中の男を決める決闘やと聞きましたのに」

「いや、それにちがいありません」私は懸命に抗弁した。

「まわしのことはさておき」教授がごく真面目な顔で「とりあえず、これから脱ご」とネクタイをはずしカウンターに置いた。

「素っ裸にならはるの」

「はい、女将がオーケーしてくれるのなら」

「裸で相撲とって、どこをつかまはるの？」

「はあ、そうつきつめられると」

「よろし、ズボン穿いたままおやりやす。そやけど決闘とは認めません」

「それは困ります。ねえ魚津教授」

「あきません。今日は遊びです」

女将はそう宣言すると、さっさと隣の間に歩を運び、チョークの土俵に置いてあった団扇を手に取った。これが軍配であるらしい。

「先生、今日は遊びだそうですが、どうします」

「遊びでも何でも、あんたの背骨は折られるんや」

女将にせかされ、上着だけ脱いで土俵に上がり、にらみ合った。「手をついて」の一声で、私は素早く立った。脇をしめ両上手を取るべく突進すると、相手はこれを受け一歩二歩と後退した。よかったのはそこまでで、結局研究室と同じ組み手になり、じりじり寄り詰められた。

女将は遊びといったくせに目茶苦茶張り切り「のこった、はっけよい、のこった」と声を上ずらせた。それに煽られたか、教授の攻めは容赦なく、私は剣が峰になってこらえた。

「行司殿、相手の足、出てるはずです」余裕のある教授はそんなことまでいった。

「まだまだ俵にかかとが残ってます」

行司がいうのと同時に「今から、うっちゃりをかける」と私は教授の耳にささやき、それで彼は前進力をゆるめた。その隙に私は一気に押し戻した。

「はい、水入り」

女将の声に私も教授もぱたっと動きをとめた。行司が当然足の位置を確かめるものとじっとしていると、二人の背中をぴしゃっと叩いた。

「この勝負、預かり」

ちょうどこのとき「ただいま」とバーテンダーらしい若者が戻ってき、女将に何やら指示された。

私と教授は、勝負預かりじゃしようがないな、帰ろうかと言い合った。

「お世話になりました」

女将に勘定をといおうとしたら、軍配を持った手を高くかかげた。待ったという意味らしい。

「サントリーの角、買いにやらせましたえ」

「わあー」

思わず声が出たのだろう。教授はあわてて「いやいや帰らんと」と、先細りの声でいった。

「飲んでおいきやすな」

「そらまあ……やっぱりあきませんわ。薄給の公務員やから」

「今夜は戦前とちがいますのか」

こうして酒宴がはじまり、私と魚津教授は女将をはさんで、たあいない話に笑い興じ一夕を過ごした。これ以降教授は角瓶をたしなむ客として特別待遇を受けることとなり、交際費で飲みに来るわが社の連中とも仲良くなったようだ。むろん顧問につくようなことはあり得なかったが、優秀な学生に我が社を推薦するぐらいの便宜は図ってくれたようだ。私がこんな言い方をするのは、あれから一度も彼に会っていないからだ——。

おっと、寄り道が長過ぎた。話を彦九郎像の前に戻すと、黒眼鏡の悪漢と組み合うかどうか、決断を迫られていた。相手が一人ならいいが二人いっぺんにやっつけるのは難しい。といって、一人ずつ相手にすれば、もう一人にヴァイオリンを壊されるかもしれず、それだけは避けたい。この際、時間稼ぎに持ち込むとするか。

それで、私にどうせよといわれるのか。そういおうとしたとき、ひょこひょこした歩調で、ごま塩頭、背の低いじいさんが近づき、黒眼鏡に何か話しかけた。それは一言にも満たないような短さだったが、じいさんが蠅を払うような仕草をすると、二人はへいへいとばかり頭を低くし、そそくさとこの場を立ち去った。

じいさんは立札を手にし、ニヤリと笑った。

「これ預かっとくで。ちょっと付き合うてもらおか」

やわらかいが、断定的な物言いだった。じいさんは三条大橋の方へ歩きだし、私は一本の糸でつながれているような、変な気持ちでついていった。

「今の連中、何者なんです」

「銀蠅や、エセ右翼いうやっちゃ」

このじいさん、しわしわの、すぼまった顔をしているが、ひょいひょいと人を縫ってゆくさまは若者みたいに軽快だった。鴨川を渡り、河原町通りを横断、新京極の中程で足をとめた。そこには、あぶらとり紙なども売っている和装小物店があり、じいさんは店にいた店主らしい男と話をつけ、「ここでやんなはれ」と私にいうと、道路にだいぶはみ出して立札を置いた。そこへ、おかみさんらしいのが出てきて、「何かステージみたいなもん、持ってきまひょか」とじいさんにたずねた。「そや、そうして」五分後に和服を入れるほどのサイズの、頑丈な木箱が運ばれ、店の前に置かれた。

「金受けの鉢、出してもよろしいか」

じいさんに聞くと「当り前や、なるべくお涙頂戴の曲頼むで」と私の耳元にささやいた。

新京極は修学旅行生の人気スポットだが、この店もあぶらとり紙が目当ての女学生を顧客としているらしい。私は彼女らの注意を惹くため、涙腺を刺激するよりはまずコミックソングをと、

「兎のダンス」を選んだ。はたして、女の子を行動的にする効用があったと見え、七、八人の女学生がステージを取り巻いた。二番目はシューマンの「トロイメライ」。これは、あの剛腕のリストをして、娘ばかりか私をも夢中にさせてくれるといわせたほど旋律が優しく、幼子《おさなご》の見る夢のような曲だ。弾きながらちらちら見たところ、うっとりとまではいかなくても、耳を傾ける気配は見られた。

三番目は「タイスの瞑想曲」。小品の名曲の中でも、聖らかな美しさにおいて比類のない、澄みきった珠玉。これをヴィブラートを利かせて弾いたら、傍らにいるじいさんだって涙ぐむだろう。けれど私の指先は太く丸まっちくて、この奏法に不向きなのだ。私は力不足のところを、鼻にかからせたハミングで補った。聴衆の何人か、目をしょぼしょぼさせているのが見てとれたが、格別な人が目前に現れた。涙まみれの頰を拭おうともせず、「感激や感激や」手を叩きながら「お父ちゃん、早う早う、お金」と強い語調でせかせた。声の主は店のおかみさんで、金を持ってきた亭主を、「こんなん、あきまへん」と一度追い返し、二度目に「ほら、これ」と威張っていう亭主へ「もっと大きいの、もってこられへんの」また文句をいいながら鉢に入れた。五千円札だった。じいさんが「おかみさん、世話になったな」とあっさりここの幕を下ろした。私はステージを降り、彼女とご亭主に礼をいった。「また来ておくれやっしゃ」濡れた頰が乾いたばかり、皮膚がちょっとつっぱってるのが幼い子供のようだった。

じいさんはこっちこっちと右に左に路地を先導し、さらに細い、私道とおぼしき所へ入った。

ホルモン焼きと運勢占いに挟まれ、上に天井がある通路で、この通路にまたがって建物があるようだった。五、六歩行くと家に突き当たり、表札が二つかけてあった。「都興行社」と「大楠公奉賛会」。階段を上がって通された部屋は、いま来た通路の真上にあたるようだ。六畳ほどの広さに白いシーツのかかった応接セット、黒檀の本箱に歴史書がずらり、壁の上方に美空ひばりと相撲興行の写真が掲げてあった。

ほどなく隣の部屋から銀白の総髪、ざっくりと頬のこけた和服の老人が入ってきて、向かいに座った。金縁の眼鏡の中の目が鷹のように鋭い。私のことをこいつ何者かとさぐってるようであるが、レンズの薄茶色がその目に知的な渋味を添えていた。

「私、東田文造です」

「はあ、はい、津村澄人です」風来坊用に「春野夏夫」という名を用意してあったが、眼光に押され、本名をいってしまった。

東田老は、恭しく低頭する私にわずかな目礼をかえし、じいさんに顔を向けた。

「どういうわけでこの方をお連れしたんや」

「はい、それは……わしらに通ずるところがあると思うたもんで」

「というと」

「高山彦九郎先生の前でエセ右翼と対峙されてたんですわ」

「ほほう、あなた尊皇家でしたか」

「は、はい……いやそんな大それた……」

私はあわててそんなことをいい、これはうかつなことはいえぬぞと自分に警告を発した。

「むろん、大楠公は存じておられような」

「はい、ご高名だけは」

私は大仏次郎の「楠木正成」を読んでいたので、ダイナンコウが正成を指すことぐらいは知っている。

「正成をあの行動に駆り立てたものは何だと考える?」

「さあ、私みたいな凡人には思い当たりません」

「そんなわけがなかろう」

「ほんとうです。ただ、青葉茂れる桜井の、の曲は弾くことが出来ます」

私はかたわらのヴァイオリンを持ち上げ、話頭を音楽のほうへ誘導した。

「会長、その点がこの方をお連れした第二の理由です。われわれと同じ大道商人のようです」

「津村さんでしたか、それ、本当ですか。ヴァイオリンの流しはとうに廃れたと思っていたが」

「あれを復活できないかと、思っているのですが」

「ほほう、ご奇特な」

東田老、一度大きくうなずくと、背をしゃんと立て、自己紹介を始めた。よほど折り目正しい人物と見える。自分はテキ屋の元締めと興行師をやっていたと前置きし、テキ屋はかつて、博徒、愚連隊とひっくるめてヤクザと呼ばれていたが、自分らの組織はクスリはむろんのこと博打にも手を出さぬよう鉄の規律を課していた。これを自分は露天商協同組合にまとめ、同時に興行師もやめて引退した。今はこの近くにちっちゃな映画館と清水の三年坂に陶器店を持ち、細々と暮らしている。なに、どんな映画をかけるかって、そうさなあ、駅馬車、炎のランナー、戦場のメリークリスマスとかだな。

「私、全部見てますよ」

「そうかそうか、うれしいね」

「興行は手広くやっておられたようですね」

私は写真の美空ひばりにうながされ、そういった。

「まあ、京都ではな」

テーブルの上にも、女の写真が飾ってあった。髪の裾をくるくる巻にした瓜実顔の美人で、東田夫人と見当をつけ、たずねた。

「この方、女優さんで」

「ちがうちがう、この人は」東田老の言い方がなぜかむきになった。このときじいさんが茶を持ってきて、続きは後回しにされた。茶は萌黄色をし、甘さの中に高貴な渋味があった。

老がまた話しだした。目が遠い雲海を見ているようにぼうっと優しくなった。

――この写真の人は夫が特攻で死に、若くして未亡人になったんだが、そのとき身ごもっていた。男の子が生まれ、この人は露店で、初めはカルメ焼きを、そのあとお好み焼きを売ってたつきを立てていた。私の親方が露店を仕切っていて、この人からもしょば代を取っており、自分が集金係だった。私は二度に一度はボンに何か買ってやってと金を受け取らず、組へは自分の金を渡していた。私はこの人が好きでたまらず、相手も私に好意を持っていたのだが、特攻の未亡人だけには手を出すまいと胸に誓い、そうして三年が過ぎた。しかし、とうとう我慢が出来なくなった。或る晩彼女のアパートの戸をノックし、ボンが寝ているのを確かめてから彼女の布団にもぐりこんだ。二人の関係はその後ずっと続き、彼女は小料理屋のおかみとなり、私は親方のあとを継ぐ身になった。そうして三年ぐらいして、私はある大歌手の興行でしくじり、大きな負債を負ってしまった。にっちもさっちもいかず、死んでしまおうかと本気で考えだしたとき、彼女がぽんと金を出してくれたんだ。それは負債の十分の一ほどだったけれど、彼女には清水の舞台から飛び降りるほど勇気のいることだったろう。私はこれで発奮し立ち直ることが出来たんだ——。

東田老の包み隠しのない身の上話にうながされ、私も大ざっぱにではあるが、半生を語った。そして「路上ライブも風来坊の実践なんです」と正直に告白した。老は「そういう生き方、うらやましいな」と意外な感想をもらし、実際、人を羨望するようなうるんだ眼差しを私に向けるのだった。

「バッハのシャコンヌ、聞きたいな」

だしぬけにぽつりと、老がつぶやいた。あれは難曲である。深い森のような静寂にあって、死後の世界を思念する、孤独な散歩者を連想させる、そんな曲である。弾けといわれたら困るので、私は無言でやり過ごそうとした。ありがたいことに老はまた話しだした。

「あれを初めて聞いたのはメニューインの音楽会だった。一九五一年、三条河原町にあった京都劇場で催されたんだが、著名なヴァイオリニストの来日は戦後初めてとあって、切符の入手は大変難しかった。小学校で二年間担任だった女先生が三等席をやっと手に入れ、私を命令的に行かせたんだ。母一人子一人で、その母も早くに亡くなり養護施設で暮らし、不良だった私を、先生は何かと気にかけてくれ、卒業後も交流を続けていた。先生が無理矢理にも私を行かせたのは第六感が働いたのかもしれない。その頃私はある大物政治家を暗殺しようと企て拳銃も手に入れていた。戦前は鬼畜米英、終戦と同時にデモクラシーに転向し、のし上がったやつなんだ。こいつを一発で斃し、破廉恥な日本人に鉄槌を下そうと考えていた。私は死を覚悟していて、この世の見納めのつもりで京都劇場に出かけた。そして、シャコンヌの出だしを耳にしたとき、そう、メニューインの弓のひと振りが私の胸を鋭い矢になって貫いたんだ。お前は生きよ、何としても生きるんだという神の声が、号泣するほどの波長で私の耳に鳴り響いた。そうして演奏が終わったとき、その声は、『お前、誰の生も妨げてはならぬ』という声に拡大していたんだ」

　私は無言でケースからヴァイオリンを出すと、椅子を立ち、「シャコンヌは手に負えませんので」と断り、まず「鳥の歌」を弾いた。それからバッハの「主よ、人の望みの喜びよ」と続け、次はがらりと趣向を変え、のんき節にした。

「清水へ祇園を過《よ》ぎる花月夜　ライトアップで月をほろぼし晶子絶望　ははのん気だね」

「入場料をお布施と称し　税を逃れる観光寺院　アミダさままでピカピカ金色　ははのん気だね」

「ナビあればどこへも行けるといばっていたが　腹こわし　トイレわからずピーピーシャー　ははのん気だね」

「うーん」

感に堪えぬといわんばかり、老は深くうなずき、「石田一松さん、懐かしいな」とぼそりといった。

「ご存じで」

「あの人、戦後第一回の総選挙に当選し、議員活動の合間に興行に来てくれたんや。寄席へ行く案内役を私が務め、道々半生を話してくれた。あの人、テキ屋をやったり、町工場の工員にもなり、待遇改善を訴え解雇されたりしたそうだ。まさに反骨の人であるらしく、地盤も金もないのに、ヴァイオリンとのんき節だけで当選したんだからな。あなたも、大いにのんき節をやるといい。あの、税を逃れる観光寺院というあれ、金閣寺の門前でやったらええ。蔭ながら応援させてもらうよ」

「何かあったときは、よろしくお願いします」

「いやいや、そんな力はないが、困ったことが起きたときはいつでもおいで」

老は、「あっそうや」と何か思い出したらしく、部屋を出てゆき、すぐに戻ってきた。

「これ、どうぞおさめてほしい」白い封筒を差し出した。

「えっ、何です」

「三万、入ってます。私の話を聞いてもらい、いい音楽を聞かせてもらった、わずかながらのお礼です」

「それ、困ります。お気持ちだけいただいておきます」

「津村さん、男らしく受け取らんかい。わしもここで木刀なんか振り回しとうないわ」

老の目は、遠い以前に見たような、あの鷹の目になり私を見据えた。

「ありがとうございます」

私は封筒を押し戴き、テーブルの麗人にも一礼し退出した。


あくる日曜の夕、離れの縁で爪を切っていると、美枝さんが卵と茹でたソラマメを持って現れた。ソラマメはむろんここの畑で取れたもので、手のひらほどの笊にいっぱい盛られ、一個つまむとまだ温かかった。私は「いただきまーす」といって指先でつるっと皮をむき、翡翠色の一粒を口に放り込んだ。

「津村さん」

声に、たしなめるようなひびきがあり、私はごっくんと豆をのみこんだ。

「あなた、奥さんいるといわはったわね」

「はい、一人おります」

「その連絡先、教えといてほしいね」

「どうしてです。先月の家賃払いましたよ」

「そんなことやないの。あなたに何か緊急の事態が起こったとき、知らせるとこがないと困ります」

「僕、コレステロール値正常ですよ。老眼にもなっていない」

「最近、路上ライブとか、やってますね」

「はい、二度ほど」

「わたしそれを心配してるんです。ヤクザにインネンつけられ怪我させられるんやないかと」

「それ、想像ですか、現場を見ての感想ですか」

「頭ボコボコにされ半身不随になったらどうするんです」

美枝さんは沓脱石に立ち、私は縁側にしゃがんで話していたのだが、彼女の鼻が何かを感知したのか、顔が台所の方へ向けられた。「あっ、サバを焼いてたんだ、ちょっと失礼」私は炊事場へ行き、魚の焼き色を見て火を消す間に、ここは彼女に従おうと決め、メモ用紙に電話番号と亜紀の名を記した。

「連絡先はここです。ただし、僕が死に瀕し、うわごとでこの名を呼んだら、連絡してもよろしいです。それ以外はノーです」

「お二人の間に、何か事情でも？」

「さあどうでしょう。まあ世間的に見たら、よほど変わった夫婦かもしれませんが」

私はこれ以上の会話は不要と考え、そうそうビールを冷やさなくっちゃと独り言をいった。美枝さんは気を利かせ、退場してくれた。

冷凍庫にビールを入れ、五分後にそれを出し、これとスーパーの三品とソラマメを加えると、下宿備え置きの茶袱《ぶ》台がいっぱいになった。ここはテレビがついていない。ラジオはＣＤプレーヤー兼用のを持ち込んでいるが、かける気がしない。物思いの赴くところ、自分と亜紀はいかなる関係か、の問題に逢着した。

旧姓田村亜紀とは大学入学と同時に知り合った。同じクラスのうえ大学オーケストラでもいっしょになった。目が丸っこく、顔の輪郭も紅茶の皿のように円く、野良仕事を日課にしているような皮膚の色をしていた。田舎の美少女といえなくもないが、私としては、目のりりしい、色白の、頬のきゅっとした女性が好みだった。セックスアッピールを感じたことなんてゼロ、それゆえ何でもあけすけに話し合える友達になった。性に関することもよく話題にし、彼女は「うちの両親がセックスするの、想像できないんだよな」などとうそぶき、けろっとしていた。同じクラス、同じオーケストラにもう一人、多田進がいた。彼も亜紀のことを「色気なかー」と評し、私と審美眼が合ったので、必然三人は男同士として、親友になった。三人とも卒業後の進路を決めている点でも共通しており、互いにそれを打ち明けることで、三人の意思はいよいよ強固になった。多田は中学の社会科教師、亜紀は鍼灸師の資格を取り自立する、結婚は絶対にしないと断言した。私は聞きながら、結婚しないのくだりでは、深く深く相槌を打った。

私はといえば、五十歳までサラリーマンを、以降は風来坊になると繰り返し語っていた。この決意に至る事情も折りに触れ話していたので、二人を納得させることが出来たようだ。

三人は卒業後決めたとおりの針路を進みだした。多田は福岡の中学教師、亜紀は鍼の専門学校、私は製薬会社へと。

けれど、これらの人生設計はさほど経たぬうちに頓挫することになる。一つは多田が一年もしないうちに胆のう癌で亡くなり、もう一つは亜紀に結婚願望が生じたことである。多田の場合、本人がどうする術もない運命と諦めるほかないが、亜紀は自身で急角度にハンドルを切り、しかもその願望を私にぶつけてきたのだ。卒業して丸三年、私にとって亜紀は女を意識させない親しい友であることに変わりなかった。この半年前、唐津へ多田の墓参りに出かけたときも、二人は自然にホテルのツインをとった。早逝した友のそばで肉の快楽に耽るなどあってはならないし、だいいち私と亜紀の間でそんなこと起ころうはずもなかった。

それから半年後、「今晩ご飯食べようよ」といつもの調子で誘われ、新橋のホテルで会うことにした。先についた私はロビーの椅子にもたれ、行く先を烏森の焼鳥屋にでもするかと考えながら、入口をぼんやり見ていた。亜紀が回転ドアを押しやるように入ってきた。いつもはゆっくり大股に英国紳士風に歩くのに、今日は歩調が速く、足元から風が起こるようだった。私は椅子を立ち「やあ」といって亜紀と対面し、思わずその顔をしげしげと見た。頬がこけてきゅっとしまり、顔も蒼みをおび、何かの変化をうかがわせる。亜紀はだいぶ前に鍼灸師の資格を取り、都内の施療院で実務についていたが、これが大変なのか。

「今日はここで食事しましょ」

「どうしてさ、ここは高いぞ」

「澄人と向き合って話したいの。居酒屋じゃ騒がしいから」

私たちはダイニングには行かず、低い階のレストランに入り、二人用のテーブルについた。ウェイターが来ると、「ちょっと打ち合わせがあるので、終わったら呼びます」と亜紀が断りをいい、しゃんと姿勢を正した。

「澄人、わたしと結婚してください」

ひくく抑えた声で、一語一語活字を拾うようにいった。私は「へえー」と頓狂な声を上げ、まさかねえ、の意を示すため首をすくめ眼球をくるくる動かした。

ふだんはこの目の動き、亜紀がやるのである。てっきり真似ると思ったら、ぴかっと光る弾丸が一直線、私に迫ってきた。

「澄人。わたし本気よ」

亜紀はいって、コップの水を一気に飲んだ。それを見て私は、これはまともに受けとめねばと観念し、「なぜ俺と結婚なのか、聞かせてほしいな」と、尻込みしつつも対応した。亜紀のいう理由は簡単といえば簡単なものだった。鍼に従事して人の体にいつくしみを覚えるにつれ結婚願望がふくらみ、とりわけ子供をほしいという思いがつよくなった。それで周りを見渡したところ、この人をおいてほかとは結婚したくないという気持ちに気づいた。その、この人が澄人なのというのである。

私は何か物足りなさを感じ、さらに踏み込んだ。

「何が何でも俺と結婚したいということか」

「うーん、そうじゃないな。あの人やこの人より、やっぱり澄人がいい、というところかな」

「終生の友じゃダメなのか」

「でもわたし、子供がほしい。あなたの子供を産んで、シングルマザーを通すというほど情熱的じゃないしね」

「自分の将来について、俺が何を考えているか、亜紀はよく知ってるはずだがな」

「五十になったらヴァガボンドをやるってことね」

「これ、ぜったいに結婚とは相容れないな」

「わたし、必ずしもそうは思わない。まだ二十五年先のことだし、少なくともそれまでは、子供をつくって一緒に暮らすこと、出来るでしょ」

私はうーんと唸ったきり、何ともいえなくなり、ビーフシチューの夕食を黙々と食べ終えると、こう返事した。「数日のうちに態度を明らかにするよ。どっちにしてもわれわれの付き合い、一生続くんだから」

私は数日間、懸命に必死に、脳ミソをはたらかせた。自分は亜紀に対し恋愛感情をいだいていないし、気紛れにも彼女にムラムラした衝動を覚えたこともない。だから私は情や肉にとらわれることなく、わりとクールに判断できるはずである、と自分を励ましながら。

まず結婚であるが、彼女の主目的は子供であり、自分が生殖の役割を果たせるかについてはこう考えた。自分はインポではないし、亜紀に生理的嫌悪を感じたこともない。男と女が子供をつくるにはこれで十分だろう。

次に二人がずっと家庭を保持していけるかについては、さほど懸念を感じなかった。男と女の関係が生のまま濃密であると厄介だが、これまでの恬淡《てんたん》とした友人関係が容易に崩れるとは思えない。われわれは、比喩的にいえば、気の合ったきょうだいのようにやっていけるのではないか。

問題は二十五年先にある。私は家を出て風狂の徒になるのだから、まず経済である。だいいちに子供たちが社会人になるまでの金を確保しておかねばならず、それには周到な出産計画が必要である。次に亜紀の暮らしであるが、正直そのために金を残す余裕はないだろう。ありがたいことに手に職を持っているから、自己責任でやってもらうことにし、せめて家を作るときの借金は完済しておこう。彼女は早い時期にこの家の一部屋を鍼の治療院とすればよい。

あと一つの難題は、いざその事態を迎えたとき、亜紀がどんな態度をとるか、であった。私はこの点につき、細心な蟻になり、図々しい熊ん蜂にもなって、いろいろ思案をめぐらせたが、何も見通すことが出来なかった。彼女、二十五年先にゴールを置き、その向こうは視界の外、といった口ぶりだったが、高をくくってるのではないか。澄人のあんな夢みたいな話、現実の荒波にあって吹っ飛んじゃうわよと。

けれど、このことは地球が最後の日を迎えても揺るがないだろう。意志が固いとかそんなことじゃなく、生理的次元で私をつかまえているから、棄てたくても棄てられないのだ。私は決心した。二十五年先に亜紀がガタガタいっても、「既定方針どおり」と一言いって、相手にしないことにしよう。

一週間後同じホテルで落ち合い、烏森の焼鳥屋へ行く途中、私はオーケーの意思を伝えた。そしてもっと明瞭な声で念を押した。

「二十五年後の俺の身の処し方、わかってるよね」

「うん、わかってる」

4 網走へ――流氷と青葉と一人の女

思い返すと、八歳の少年の胸に海の向こうのサーカス団がたまたま落とした一粒の種が着実に生育したようだ。持って生まれた体質の中に養分があったのだろうし、ともかく芸を身につけ外国を放浪したいと、それだけには意思強く勤勉であった。ヴァイオリンは怠けることなく、家でも夕食の前後各一時間稽古した。四畳半の自室には防音装置などないから階下へは聞こえ放題である。いくら母が音楽に疎いといっても、江頭先生直伝の冗談音楽は十五分ぐらいにしておいた。

英語は中学からだったが、海外へ出るには必須だから、よく勉強した。一学期の成績表においで英語だけは突出していて、母を驚かせた。私はこの機をとらえ、英会話を自習するためテープレコーダーを買ってくれと母に懇願した。「将来英語を生かす仕事をしたい」と理由をいったら、商社マンになると勘違いしたらしく、二つ返事で承諾した。私は毎朝一時間早起きし、ヘッドホンをつけて自習した。毎日毎日、お盆もクリスマスも正月も。

私はまた、熱帯の雨やモスクワの冬に耐えられるよう体力をつけねばと考え、高校になったら運動部に入ろうと決めていた。野球をやりたくても母が反対するから、ほかの部で我慢しよう。もうその頃、身長が一八八センチ、腕力と短距離のダッシュ力にはわりと自信があった。折も折、入学式のあと、詰襟のボタンを二つはずし胸がゴリラのような三年生から「相撲部へ来んか、君なら吊り出しで高校チャンピオンになれるぞ」と甘言をもって誘われた。家に帰って「僕、相撲部に入りたい」と母に告げると、「少し考えさせて、お父さんと相談するから」と意外に柔軟な答えが返ってきた。

この日父は残業のため、夕食は二人きりになった。例のとおり母は食卓で手を組み合わせ祈りの言葉を述べはじめる。私も母と同じ姿勢をとり、その形を保つ努力をしながら祈りの終わるのを待った。

「澄人」

祈りより一オクターブ高い母の声にはっとした。

「あなた、相撲部に入りなさい」

「えっ、父さんに相談しなくていいの」

「私から話しておきます。ただし条件があります。学業をおろそかにしないこと」

「はいっ」

私は母がたやすく入部を認めたのに驚き、自分も簡単に勉強を約束してしまった。それにしても母のこの寛容な対応はどうしてなんだろう。たぶん彼女は若い男の精力がどれほどのものかを想像し、それを健全に排出せねばと思い至ったのだ。このまま澄人を放っておくと、あの放埒な、この子の母のようになりかねない。その点相撲は大変体力を消耗するようだし、野球選手みたいに女の子に持てはしないだろう。

女の子といえば、そうそう、この前年にこんなことがあった。風邪をひいて学校を休んだ土曜の午後、クラスの女生徒が電話してきて母が応対した。二人にどんなやりとりがあったのか、うとうとしていると、母がえらい剣幕で部屋に入ってきて、「電話をかけるほうもかけるほうだけど、そうさせたあなたにも責任がある」と火を吹くようにいい「異性と付き合うなんて早過ぎます、許しません」と命令すると、戸をばたんと閉めて出て行った。はじめ、私は呆気にとられた。その子とはべつに親しくもなく、普通に口を利く程度に過ぎない。気楽な気持ちで見舞をいってきただけなのに、あの人は、とんでもない誤解を……。しだいしだいに、呆れた思いが憤りにかわり、悪感情が募ってきた。やっぱりあの人は養母でしかないんだ、これが継子いじめというものか、ひどいじゃないか、よーし仕返しをしてやる、この家を出てやる、ぜったい出てやる……。

考えてみると、家出も私の性癖であろうか。これには前科があり、あれは初めて通信簿をもらった小学校一年のときだった。二科目が3、あとは5だったので、褒められるものと家へ飛んで帰って母に見せた。

「何ですかこれは、3を二つもとって」

きんきんと突き抜ける母の怒声に、私は強烈なショックを受けた。あとで考えると、兄と同様に全優をとらせる責務を背負い込んでいたのだろうが、私にとってはあまりに理不尽な仕打ちであり、我慢の仕様がなかった。私はありったけの声で泣きながら家を出、江頭先生との野球場である公園へと足を運んだ。そしてブランコに乗り、まだ泣きつづけていると、「澄人ちゃん、どうしたの」と隣のおばさんが声をかけてきた。尋常でない隣家の泣き声を聞き、私をつけてきたのだろう。一分ほどすると、母もやって来て「ごめんなさい、いえ、ちょっとしたことで」と懸命に弁解し、やっとその場をおさめた。

二度目の今回は、断じて戻るまいと、不退転の決意で家を出た。前回とちがって明確な目的があった。横浜の港へ行き外国船に潜り込むこと、運よくどこかに上陸できたらサーカスのテントをさがし雇ってもらうこと。私は最寄りの国鉄駅まで歩き、切符売り場で「横浜へ外国船を見に行きたいのですが」というと、「それなら桜木町がいい、秋葉原で京浜東北線に乗り換えるんだよ」と教えてくれた。先ほどまで三十八度あった熱も下がったようだし、知らない人がこんなに親切にしてくれる。これはきっと山口真澄が後押ししてくれてるんだと直感した。五年生のときほんの三週間机を並べただけの山口君。彼はリングリング・ブラザーズのような大サーカスに入るんだと断言していたな。そうか、彼が僕を呼び寄せているんだ。

桜木町で下車し、人に道を聞いて大桟橋《おおさんばし》と呼ばれる、とてつもなく大きな乗船場に着いた。そこには、横腹にロシヤ語らしい文字を記した巨大客船が停泊していて、ブリッジは見上げるほど高く、人を寄せつけぬ絶壁のように見えた。私は船に潜り込むのに、どんな手を考えていたのだろう。まわりはネズミの入る隙もないほど鉄で固められ、どう見てもタラップからしか入れそうになかった。私は桟橋の船客ターミナルに足を運び、二階のホールへと入って行った。

そこは、一歩入るだけでこれまでとは全く異なる別の世界。どの顔もどの顔も酔っ払ったように赤く、ポパイのようなごつい体をぶつけ合うように、哄笑し、ふざけ合っていた。意味不明の言語、大河のとどろくような巻き舌の声、胃のでんぐり返りそうな体臭。

私はいっぺんにぺちゃんこになった。自分がこのようでは船員に頼み込んで密航するなんて出来るわけがない。私は、山口真澄がきゅうに遠ざかったように感じた。そういえば彼、外国語をしっかり勉強するんだといっていた。そうか、サーカスに入るのはまだまだ早過ぎるというわけか。

私は大桟橋を離れ、どこへ行くあてもなく爪先まかせに歩いた。そのうち、繁華な通りの裏にある名画館の前でふと足がとまった。ショウウィンドウのスチール写真に、女の道化師を見つけたのだ。私はたちまち誘い込まれ、一人前に大人のチケットを買った。映画はフェリーニの「道」で、旅芸人の男と、男に一万リラで買われた女の物語。私は家出の身でありながらスクリーンに釘づけにされた。この女ジェルソミーナは頭が少々弱く、男についていくしか生きる道がない。はじめはいやいやだったのがしだいに愛情をいだくようになるが男は粗暴で身勝手である。言葉少ない彼女の目の動き、表情の一つ一つに、哀しく聖らかな何かを感じた。反対に、男は殺してやりたいぐらい憎らしかったが、最後に観客は救いを与えられる。男の懺悔する姿をしずかに見まもる背後の白い波。

ＦＩＮＥの文字を見て、ほかの人と同じように席を立った。家のことをぼんやり考えていたが、それより腹に何か入れようと思い、売店でアンパン二個とコーラの缶を買った。腹がふくれると、家のことよりその十倍も、もう一回「道」を見たくなった。ジェルソミーナのあの三つのシーンを見ないでここを出られようか。まず、山高帽をかぶりピエロになった自分をはにかんでるような笑顔。それから、ヴァイオリンに合わせ初めてラッパを吹いたとき、おならのような音が出て笑い転げるシーン。そして、修道院で尼僧にラッパを聞かせるあのシーン。ジェルソミーナは天を仰ぎ見る聖女のように撮られ、ラッパの音が高く、切なる祈りを響かせる。

私は二回目もしまいまで見て、家に戻ったのは十時を少し過ぎていた。戸は鍵が開いていて、そっと入ってゆくと、母は食卓に居て聖書を前にうつむいていた。不干渉主義の父は九州へ出張していて、介入せねばならぬ場面をまたしても免れた。

「ただいま」というと、母ははっとしたように顔を上げ、「どこへ行っていたの」とたずねた。顔を上げたのは一瞬だけで、また顔を伏せた。

「横浜へ船を見に行ってた」

「そう。カレーが作ってあるから温めて食べなさい」

母はそれだけいうと、両手を組み合わせ、口の中で祈りはじめた。私は母に謝りたい、ぜひそうしなければと思った。またその一方で抗う気持ちも強かった。クラスメートのあんな電話に逆上したのは、私の実母萬里をふしだらな女と見ていて、私にもその血が流れていると感じとったからだろう。

もうこの頃私は、お喋りの従妹やなんかをつついて、萬里がどんな生き方をしたか、かなり詳細な情報を得ていた――小さい頃から勉学も運動もずば抜けて優秀な子であった萬里は、高校を卒業すると親の反対を押し切って俳優養成所に入り、銀座のバーでアルバイトをしながら勉強していた。それが三年ほどして子供を身ごもった。相手は誰かと聞いても、ただほほ笑むだけで答えなかった。澄人を出産して間もなく、夜はベビーシッターを雇い、四谷荒木町にバーを開いた。ちっぽけな店であったが、その資金をどうしたかはわからない。それから二年後、腎臓を患い入院療養を余儀なくされ、澄人を養護施設に預けるか、兄の養子にするかの選択を迫られ、やむを得ず後者を選んだ。萬里の母はすでに死に、父は自分ひとりを養うのがやっとだったからだ。そうして半年後、病が癒えるか癒えないかでぷいとニューヨークへ行ってしまった。そこで何をしていたかはっきりしないが、ジャズ歌手の修業をしていたようで、同じ夢を持つ男と同棲していた形跡がある。二年後に萬里が死ぬと、自分は萬里さんと音楽仲間だと称する男から手紙が届いたのだ。彼女は腎臓病で亡くなった、そちらへは彼女の遺志で知らせなかった、埋葬は郊外の公共墓地にした、という内容の――。

養母がこんな萬里をよく思わないのは当然かもしれないけれど、結局私は家出の件を謝らずに済ませた。それにしても、家出したばかりの身で映画に熱中するなんて自分はどうかしている。これはやはり血のなせる放埒なのか。

六月も半ばになり、湿っぽい大気の中、庭のにおいまでかびくさくなった。離れの玄関脇に一本クチナシの木があり、白い花の光沢、甘い香気が際立ち、そこだけ燦然としている。そろそろ蚊取り線香をと、買いに出かけようとしていたら、美枝さんが蚊帳一式を運んできた。相当の年代物らしく、ところどころ絆創膏のようにつぎが当たっている。部屋の四箇所に鉤をつけ紐で吊るすのだが、紐の結び方や中に入るとき裾を揺すって蚊を追っ払うやり方も教えてくれた。私は試みに自分で吊り、その真ん中に寝っ転がった。「ありがとうございます」と礼をいい、「けど一人じゃ広過ぎるなあ」とつぶやくと、「タマボール、入れはったら」美枝さんはふふふと笑いながら帰っていった。

今朝も蚊帳は、独り寝の男の手でたたまれ、また明晩その手によって吊られるだろう。明晩とここで特記するのは、今日、一泊で網走へ行くからだ。こればかりは思いつきでなく、だいぶ前に決め、航空券も宿も予約した。網走は二十七年前の三月、大学卒業を目前に多田進と旅した土地で、今度は夏に行きたい、オホーツクに向かって一曲弾きたいと、長いことずっと、いつかはと思い定めていたのだった。

関西空港までは自家用車、ここから千歳、女満別へと空路であるが、千歳での乗り継ぎの間、ショットバー風の店でサンドイッチとビールを頼んだ。ビールといえばあの旅でもよく飲んだが、あのときは空路ではなく、釧路に一泊し、釧網本線で網走に向かったのだった。そうだ、あの旅は亜紀もいっしょする予定で、部屋もシングルを別に予約していた。ところが直前に亜紀の母親が山歩きで転び入院する事態が出来《しゅったい》した。もしあのとき彼女が来ていたら、旅はどうなっていたか。真っ先に頭に浮かぶのは網走の宿の大浴場で、ほかに客がおらず自分たちだけであった。「亜紀が来てたら、どうしたかな」「もちろん、一緒についてきたよ」「湯殿へ、堂々と手を振ってさ」私と多田の意見は揺るぎなく一致した。

――私たち三人は東京の私大へ同期として入学し、英語の最初の授業のとき知り合った。この教師は冒頭、今からアイウエオ順に名前を呼びあげます、その順に席につくよう大移動をお願いします、君たちの顔を覚え代返を防ぐのです、と謹厳な顔で説明し、初めての授業において質問を総当たりにし、これからもこの方式でいくからねと教室を見回し、ニヤリと笑った。

多田進、田村亜紀、津村澄人。一つの机に三人の席が固定された。「あーあ、えらい大学に入っちゃったな」と伸びをしながら独り言をいったら、「しかしさっきのRの発音、素晴らしかったな。ところで君、クラブは入った?」と多田が聞いた。「オーケストラにね」「ええっ、僕もだよ」「ほんとう、わたしもよ」田村亜紀がうれしそうに手を叩いた。話してみると、私と多田がヴァイオリン、亜紀がフルートとクラリネットだった。三人は握手を交わし、学食へ早めの昼食を食べに行った。三人ともカレーライスをとり、ライスもソースも大盛りながら、具はじゃがいもしか見当たらない、素朴な黄色のものを食べながら、いっぱしの芸術談義をした。まず私が江頭先生の受け売りをやった。「音楽って不思議だな。空気の波動に過ぎないものがなぜ感興をよびおこすのだろう」「モーツァルトは宇宙からの信号を、開いた耳のアンテナで流麗な波動に変えるんだ」「ときどきネコの鳴き声をその信号と聞きちがえ、あわてて転調するのかしら」

三人はオーケストラの練習は皆勤、退屈な授業はちょくちょくサボるのでも行動が一致し、自然と一緒にいることが多くなった。その頃はまだ、こけおどしみたいな再生装置を持つ名曲喫茶が新宿にあり、私たちは室内楽をリクエストし、それと同程度の音量でよく埒もない議論をした。先鋒はいつも多田だった。色白の細面、眼鏡の奥のりりしい目、形のよい鼻など、いかにも二枚目っぽいが、頭につむじが二つあって、まとめきれぬ髪をかき上げながら「小説は不毛の時代に入ったな」などと大上段にふりかぶるのだった。「階層の存在しない社会は情念を産まないし、機械文明によって無機質になった人間は、個性といっても、情報量をどれだけ持ってるかの違いだけだからね」

亜紀がまた猫を引き合いに出した。「恋愛をしなくなった猫は、かわりに自分のしっぽをつかまえようとくるくる回り、結局しっぽもつかめないのよね」ちょうどモーツァルトのピアノソナタ五四五番がかかっていて、私はただの思いつきを口にした。「この曲によりイメージされるのは、夏の牧場の朝であったり、コリーと駆けっこをする亜麻色の髪の少女であったり、千変万化。つまり音楽だけは不毛になることはないね」

二年のとき指揮者の排斥運動が起こった。音大助教授の彼はアルバイトにしては熱心で、「正確に、譜面に忠実に、自己陶酔は無用」の方針に従い、音程をはずしたりテンポをちがえたりすると、黙って人差し指を立て、もう一回をやらせる。まだ三十代なのに頭は禿げあがり、めったに笑わないので「国鉄の踏切番」と綽名されていた。

総会が開かれ、賛否が拮抗する中、中間派の私が突飛な提案をした。「皆さん、ことは音楽ですよ。目くじら立てず楽しくやろうじゃありませんか」と前置きし、コンテストで決めることにしよう、絃楽器と管楽器を各一人ずつ出し、演奏時間は十分以内、クラシックじゃつまらないからそれ以外のジャンルで、と提案した。クラシックでは決着がつきにくいから、多数がこれに与し、審査員に軽音楽の同好会から三人が選ばれた。排斥派は勇ましいだけに選手はすぐ決まったが、踏切番派は誰も手を上げようとせず、やむを得ず中間派の多田と亜紀が助っ人を買って出た。

コンテストはまず絃楽器からはじめられ、先攻の、排斥派チェリストが「サウス・アメリカン・ゲッタウェイ」を演奏した。これは銀行強盗の逃走の曲であり、臨場感を意識し過ぎたのか三度音程をはずし、多田はフォスターの「おおスザンナ」をテンポよく、ポルカ風に弾くことが出来た。次は亜紀が仰天の扮装で登場した。白塗りの顔、丸っこい赤鼻、水玉模様のスモック。そして音楽はあの「ティティナ」。三人で知恵をしぼった演出どおり、亜紀は舞台いっぱい、コミカルにステップしながら大過なくフルートを吹き終えた。最後は排斥派のドンであるトランペッター、曲目は「スターダスト」。奏者はたぶん銀色の流星群が南太平洋になだれ落ちる光景を音にしたかったのだろうが、力み過ぎて、隕石の墜落に終わってしまった。結果はこちらの圧勝であった。

話を戻そう。女満別行きはわりと空いていて、右隣が空席なので、そちらへ体を寄せ、楽な姿勢をとるうち眠ったらしい。ガクンとあごから墜落するような衝撃があり、ぱっと目が覚めた。何か異変かと窓側を見ようとすると、左隣の乗客が顔をこちらに向けた。まだ若い部類に入る女だった。「どうしたんでしょう」「エアポケットに入ったのかな」「アナウンスがないの、変じゃありません」「ダッチロールはしてないようだ」「わたし、死ぬわけにいかないのです」「何か重要な使命でも」「父の遺灰を持っているのです。このことをきちんと済ませないうちは」私は話題につられ、四十五度ほど左へ顔を向けた。グレーのハンチング、ばさっとカットされた髪、頰からあごへの少し頼りなげな翳。「遺灰といわれましたが、お骨を全部持ってるんですか」「いいえ、葬儀も納骨も済ませました。遺産分割もね」「あなたはたぶん遺産を放棄し、お骨の一部だけをもらったのです。ちがいますか」「なぜわかるのです」「相続人はあなたとお母さん。お母さんは後妻さんですね。ちがいますか」「なぜわかるのです」「ヤマカンですよ。ところで、遺灰を納める墓、あるんですか」「海にまきたいのです。父の故郷の網走の海に」「その許可を得てあるのですか」「そんなこと、必要なんですか」「自治体によっては規制しているようですよ」「ああ、どうしましょう」「黙ってやればわかりはしませんよ。それでどういう風にまくのです」「突堤からまこうかと」「しかし、岸壁へ打ち返されるかもしれないな」「海の上へ出たほうがいいのですか」「いや、僕は専門家じゃないから」「相談に乗ってください。ここまで話したんですもの」「突堤でいいでしょう」「岸壁に打ち返されると、おっしゃったじゃありませんか」「やがて流氷が持って行ってくれますよ」「あなた、無責任です。わたしのすべて、知っちゃったくせに」「え、えっ」あらためて私は隣に目を向けた。齢は二十代後半ぐらいか。デニムのラフなジャンパー、化粧気もあまりなく、声の質だってタマボールよりいくらか優しい程度である。ただそんな中、うなじがしっとりと、女を匂わせている。気のせいか、こちらに五センチほど身を寄せてきたようだ。

私はこのままやり過ごそうと、むっつり口をつぐんだ。だいたい、この少し変な女に会うため網走に来たわけじゃない。さいわい、ほどもなく着陸態勢に入った。やれやれとシートベルトをつけていると、カチンという音と同時に女が私の腕をつついた。

「どこにお泊りです？」

「ホテルです」

「ホテルの名を聞いているのです」

答える義務はないが、勿体ぶるほどのことじゃない。私は名前を教えた。

「わあー」

「どうしたのです」

「同じホテルです。これ、偶然と思いますか」

「網走はホテルが一コしかないのでしょう」

「わたし、偶然とは思えません」

「そうですか」

「名前を教えてください。わたし、柳原桐子といいます」

「春野夏夫です」

「相談に乗っていただけますね」

「さあ、やるべきことがあるんでね」

私はヴァイオリンと小さな手提げだけだから、地上に降りるとさっさとタクシーを拾い天都山に向かった。私は夏の網走を一望できる所として、ガイドブックにより行き先を決めていた。オホーツクに面し丘陵を形成する網走の中、天都山は標高が最も高く、頂上は三百六十度の大パノラマだと、その本に書いてあった。そこへは二十分あまり、ずっと針葉樹の林が網走湖を透かし見せ、青、緑の水と木立、点在するトタン屋根の赤と橙。それらが日に照り、描きかけの油絵のように車窓を流れ、高原を行く気分のうちに着いた。

三月に網走へ来たとき、薄くアルミを敷いたような青空だったのが、今日はくっきり晴れて、引き込まれそうだ。まず西の方から右へと目を転じると、網走湖と能取湖がいびつな楕円形をして隣り合っている。網走湖は林の濃い繁みに抱かれ翡翠の緑、能取湖は青のまさった海に近い色。なるほどオホーツクとは砂洲の先でつながっている。ここの麓に網走監獄がありはしないかと首を伸ばし、映像で何度も見た赤煉瓦をさがしてみるが、それらしい辺《あたり》は若葉をつけた木々が日に映え、金色に揺れている。思いがけず早く来た夏を謳歌しているように。

刑務所の農場だろうか、林の向こうは手入れのいい畑が能取湖までひろがり、一枚のシーツをぴんと張ったようにすがすがしい。

目をオホーツクの手前へ移すと、網走の市街が帯状に見えた。ところどころ西日の反射で光っているが、全体に灰白色をし、どこか中央アジアの石の街に似ていた。その印象からか、知床の山々がヒマラヤ連峰のようにそびえて見えたが、やがてその姿は二十七年前に見た知床へと収斂されてゆく。

あのとき網走に着いたのは午後三時ごろで、寒気がつよく、観光するのは敬遠し、宿である二ツ岩のホテルから海へ出るだけにしておいた。海はすっかり流氷におおわれていて、私と多田はゆっくりゆっくりと、薄氷を踏むように歩いた。白銀のまばゆさに目をしばしばさせながら背後を見ると、氷原のつづきかと思えるほど知床連山が近くに見えた。私は手帖に「眼路のかぎり白皚皚《がいがい》」と書きとめた。目がなれると、一望すべて氷塊に見える彼方に、ゆるい弓形を描く水平線の青があり、空はこれより淡い色調をしていた。氷上はなだらかではなく凸凹の連続である。氷塊から氷塊へ渡り歩くわけで、堅実派の多田は一歩一歩慎重だった。「それにしても静かだな」「音がしないのは氷が仲良くくっついてる証拠だろう」「ギシギシいったら戻ることにしよう」私がつい足を早めたところ、多田が大声で聞いた。「君、一人で来ていたら、やっぱり海に下りたかい」「さあ、どうかなあ、もっとずんずん歩いたかもな」そんな会話をした一瞬の後、私は「あっ」と声を上げた。流氷の白さばかりに気をとられ、ここに黄昏がおとずれることを考えもしなかったのだ。それは唐突な、瞬発的な、そしてさりぎわの見事な夕映えだった。序奏など無い、いきなりの大合唱、紅々と氷原が燃えさかり、そのあとは橙色から薄暮の青へと沈んでいった。私も多田もしばらくの間、無言で佇立していた。

「もうどのくらい歩いたかな」

戻りたいのか、多田が肩をぶるっと震わせた。

「二百メートルぐらいかな。俺は流氷の端まで行くつもりだけど、それは五十になったときでいい」

「五十で会社をやめるというのは本当だろうな」

「ああ絶対に」

「僕は定年までしこしこ勤めるよ。余暇にアンサンブルをやったりしてさ」

「地道に着実に、というのはしんどいことだよね」

「君が五十歳と決めたのは、これまで話した理由だけ？」

「うーん、そうそう、母の手紙をまだ見せてないな。産みの母親の」

「それが何か重要なの？」

「俺にとってはね。読んでくれるかい」

「ぜひ読みたいな」

そんな会話をし、それを機に、私たちは宿へ帰った。このあとはすぐに大浴場へと足を運び、そこで「亜紀が来てたらどうしたかな」という前述の会話になるわけだ。

さて話を現在に戻すと、天都山の下でタクシーを拾ってホテルに入り、フロントで「津村です」と名をいいキーを受け取った。ここまでは予定どおりだった。

「あなた、嘘つきましたね」

背中をつつかれ、びくっとして振り向くと、機中の女がくっつかんばかり近くに立っていた。

「嘘って？」

「そのことで話があります」

たしか、柳原桐子といったその女はさっさとロビーを抜け、カフェの二人掛けテーブルに腰を下ろした。「どっこいしょ」といいながらヴァイオリンを下ろし、私も席についた。桐子は私に聞いてからコーヒーを二つ頼んだ。

「あなた、ヴァイオリニストでしたの？」

「たしか、さっき会いましたよね、あのときもこれ、持ってましたけどね」

「音楽家って、嘘つきなんですね」

「自分は音楽家といわれるほどのもんじゃないし、嘘もつきません」

「ウソ、さっき春野夏夫といったじゃありませんか。わたし、あなたに相談しようと、春野さんの部屋へつないでほしいといったら、そんな人宿泊しておりませんといわれました」

「僕、ヴァイオリンの流しやっていて、芸名が春野なんです」

「そうでしたの。申し遅れましたが、わたし、人形作りをしていて、特殊なマネキンと陶器の童《わらべ》人形とかを作ってます」

「芸術家でしたか」

「まだ、ほんのたまごです」

「それで相談とは」

「飛行機の続きです」

「お父さんの遺灰の件でしたら、その任にあらずですよ」

「あなたさっき、海上がいいとおっしゃいましたよ」

「そんなこと、いいましたか」

「突堤からまくと、岸壁に押し返されると。それなら海へ出てまくことになりますね」

「まあ理論的にはね」

「ねえ春野さん、何とかなりませんか」

手を合わせ、じっと見つめられた。密生した睫毛の中の黒真珠、その一途な光輝が私に迫ってきた。

「うーん、そういわれても網走には知り合いもいないしね」

何とか逃れようとする私に、決めの一手が打たれた。彼女、ハンドバッグから何やら取り出し、ハンカチでくるんだのを、慎重な手つきでほどいた。それは、紅茶の葉でも入っていたのか、琺た。

瑯引きの白い容器だった。

「中に遺灰が」

「そのまま、そのまま」

私はしばらく黙考し、「ともかくダメモトのつもりでね」と留保をつけ、彼女に次の課題を与えた。

夜七時までに、漁師たちがひいきにしている居酒屋を見つけること。

あまり時間もないし、この地に馴染みもなさそうだから、彼女に出来っこないな。気楽にそう考え、一人で寿司屋にでも出かけようと予定していたら、一時間後に「漁師の店、見つかりましたよ」と連絡をよこした。なんでも、駅前の観光案内ではらちが明かず、タクシーを拾い運転手に事情を話したところ、知り合いの漁師に聞いてくれ、わりと簡単に情報が得られたという。

私と桐子は七時にロビーで落ち合い、ネオン街の中の「オヒョウ」というその店へ歩いて行った。店内は黄土色の粗壁に大漁旗や漁網が張りめぐらされ、イカ釣船のランプが吊るされていた。私たちはテーブル席につき、生ビールと刺身の盛り合わせを頼んだ。つきだしは茹でたアスパラの大盛り、マヨネーズが添えてあるのを、私も桐子も塩をふって食べた。「酒、好きですか」「はい。でも、およそ二年ぶりです」「何か理由でも」「父が再婚したからです。それまでは二人で晩酌してました」「よくやめられましたね」「一人じゃつまらないもの。だから今夜は大いに飲みます」

そんな話のさなか、店のざわめきを突き抜けて、太いガラガラ声が聞こえた。

「カーコ、カーコでねえべか」

後ろの奥に小上がりがあり、声はそこの三人連れからしい。すぐにまた聞こえた。

「そこの二人連れ、カラスのカーコだべ」

店に二人連れは私たちしかおらず、桐子がカーコということになる。私は彼女にカーコでないことを確かめてから立ち上がった。五分刈りの頭、顔はあかがね色、いかにも漁師然としたおやじが手を振っている。桐子も椅子を立ち、顔の前で手を振った。こちらは人違いですの表示なのだが向こうには通じない。小上がりまで足を運び、「この人、柳原桐子といって、カーコさんとは別人です」と教え、桐子も「網走にはいたことがなく、友達もおりませんの」と付け足した。

「んだか。てっきり娘の友達と思っただ。他人のそらねだか」おやじさんは納得し、「いっぱいどうだ」と上にあがるようすすめた。「漁師さんですね」「んだ」「後でうかがい、ヴァイオリンを演奏させてもらいます」

席に戻ると、桐子の好みも聞いて地酒の冷やしたのを頼んだ。刺身は白木の船に乗せられ運ばれてきた。ホッカイシマエビ、店の名と同じオヒョウ、タラバガニ、ホタテなど、どれも美味しかった。

奥へ行く前に、カウンターで包丁を握っている、マスターらしい人物に挨拶に寄った。つるつるの頭に豆絞り、蛸が鉢巻をしている漫画にそっくりだった。「これ鳴らしてよろしいか」とヴァイオリンを見せると、目を丸くし「ここで」と聞き返した。「あっちでね」奥を指し、そちらに向け楽器を高くかかげると、さかんな手招きがかえってきた。「んだら、どうぞどうぞ」あのおやじ、よほどの顧客と見える。私はその足で、桐子も伴って奥へ行き、「流しのヴァイオリン弾きです、何かリクエストを」とおやじにいった。「にいさん、東京から来たか」「はい」「あっちじゃ、いまどき、そんなもんあるだか」「始めたばかりで」「安くしとくだ」「いえ、網走は無料です」「そっちの得意なのをやってけれ」

私は無難な曲をと、まず「知床旅情」を弾きだした。すぐに手拍子が起こり、連れの一人が歌いだした。つぎは北島三郎の「函館の女《ひと》」。これはおやじのおはこと見え、出だしから大声を張り上げ、「とーても我慢ができなかーったよ」のくだりは立ち上がり、壁に向かい用を足す仕草をした。席にはまだ余裕があり、私はむろん、桐子も「カーコ、こっちへくるだ」と呼び寄せられた。「さささあ飲むだ飲むだ」私も桐子もロックグラスに立て続けに二杯冷酒を飲まされた。私は酔わないうちに用件を済まさねばならない。「専門はやはり鮭ですか」「うんにゃ、かぎらねぇ。カニもやるだ、ハナサキもタラバもな」「大きな船、長い網でやるのですか」大型の船だと、こちらが困る。「おら、網走のヘミングウェイだ、一本釣りをやるだ」「カニを一本釣りで?」「んだ、毛ばりでな」「鯨のひげか何かでですか」「レデェの前ではちょっとな」おやじは声をひそめ、「女の毛」と私の耳にささやき脇腹をくすぐった。「わしのことはどうでもええ。あんたらどんな関係」「あらためて、考えたことありません」「こらあ、えれぇ深い関係だで」おやじは「にゃおー」「にゃおー」と切ない声で鳴き、身をよじった。「わたしたち、そんなのじゃありません」と桐子。「ほんとう? そんなの、しなかった?」「この方と飛行機で知り合ったのですが、人生航路のパイロットなんです」「こりゃたまげただ。何のことだかわかんねえが」すかさず私は本題に突入した。「お願いがあります。明日船を出してくれませんか」「何のためだ」「ある秘儀を行いたいのです」

「ヒギって何だ、エッチなことか」「人間、エッチによって生まれ、そして死ぬ、と人生を一体に見ればエッチなことかもしれません」「何のためか、はっきり教えてけろ」「今いっちゃうと断られるでしょう。でも明日面と向かったら、あなた、やってくれると思うんです」「ま、よっぽどかいことなら出してやってもええが」「たとえば？」「このカーコが泳いでクナシリを往復するんだ。ふんどしの先に布を垂らし、北方領土全面返還と書いてな」「明日の予定は」「日曜は休み」

私は遊び半分、肩書を「辻音楽師」とする名刺を作っていた。春野夏夫の名前と携帯の番号が刷られており、流しの身分証明みたいなものである。これを差し出し、「連絡先、教えていただけませんか」と頭を下げた。相手は名刺をとっくり見てから、「そうだ、おら老眼だで、これ読めねえんだ。春野さん、おらに何の用」

簡単に肩すかしを食わされ、打つ手に窮してしまった。これは手強いな、ただの、人のいい漁師ではなさそうだ。私は大げさに肩を落とし、冷酒をちびちびと啜った。「どうしただ」「はあ……」「元気、出すだ」相手はちょっと気が引けたのか、私に酒を注ぎ、流しはええもんだ、とつぶやいた。この間私は、北方領土について思考をめぐらし、次の手を思いついた。

私は立ち上がり、「のんき節というのをやります」と口上を述べ、二曲を演じた。

「酒を汲み　ファーストネームで呼び合いながら　四島返還なぜ出来ぬ　ははのん気だね」

「クナシリを見　エトロフを見　北帰行歌う　そのかなしみを　首相は知るや　ははのん気だね」

次はむろん「北帰行」。私はイントロを長くとり、しんみりとノスタルジーをこめ、弾き語りした。

「窓は夜露に濡れて　都すでに遠のく」

店内はしーんと静まり、私はわが手にかかる絃のすすり泣きに、自ら陶酔しそうになった。拍手も、客の数の十倍ほど大きかった。

「春野さん、これ、古い名刺だでな」

おやじが寄こした名刺はかなりくたびれ、セピアがかっていいた。それでも、牛島五郎というこの人物が、いつのときか網走漁協の理事長をしていたことは読み取れた。私は丁重に礼をいい下におりると、も一度マスターのところに立ち寄り、「この辺に貸衣裳屋ないですか」とたずねた。マスターは「女房にさがさせます」と返事し、十分後、その女房がメモを持ってきて、「北見ですが、ここならまだ開いてます」と教えた。私はメモを持って外で電話をかけ、僧衣があることを確認すると「いま網走ですが、すぐ車で伺います」と告げた。レジで勘定をし、タクシーを二台呼んでもらった。席に戻ると、ジョッキに水をいっぱいもらい、一気に飲んだ。

「急用が出来ました。今からひと仕事です」

「春野さん、あやしい、すごくあやしい」

「ともかく、あなたはホテルへ戻り、おしっこして寝なさい」

「わたし、子供じゃありません」

「それではおやすみ」

北見へは片道約四十分、渋い枯葉色の僧衣と襦袢を借り、同じタクシーでホテルに帰り、十一時前に寝た。

翌朝八時に、漁師の牛島氏に電話した。また何のためだと聞かれ、「私の姿を見られたら、きっとよっしゃといわれるでしょう。そうならなくともいいから、理事長にぜひお会いしたい」ときっぱりいい、十一時網走漁協の前、を約束させた。昨夜北見へ行ったとき相当酔っていたのだろう、着物ばかりに気をとられ、履物に神経が及ばなかった。船の上は裸足でいいとしても、そこまで歩く履物が必要である。朝食を済ませた後、フロントに店を聞き雪駄を買いに行った。

十時、僧衣をまとい、素足に雪駄、ヴァイオリンを背に、ロビーへ降りていった。桐子は窓際の椅子に腰かけ、こちらを向いていた。何か珍奇なものを見つけたように中腰になり、首を伸ばし、私が「やあ」と手を上げ合図して、初めてわかったらしい。

「私、きのうと同一人物です」

「あなた、お坊さんなんですか」

「近々、京都の祇園でレビューする予定です」

「ほんとうに?」

桐子は昨日とちがい、体のラインのわかるワンピース・ドレスを着ている。生地が黒だから喪服の一種なんだろう。私は立ったまま、本日の作戦を——といっても牛島氏に船を出してくれるよう説得するだけなのだが——桐子に説明し、異存ないことを確かめた。次にやるべきことは、貸衣裳屋の袋へズボンなんかを入れたので、これを駅のロッカーに預けねばならない。

「とりあえずチェックアウトしてきます。あなたは」

「まだです。遺灰をまいたあと、どうすればいいのでしょう」

「さあ、どうでしょう」

「今日もお部屋、空いてるそうです」

「フロントで聞いたのですか、誰の部屋が空いてるの？」

「誰っていわれても……」

「ともかく僕はチェックアウトします」

断乎としていったら、あかんべをしたものの、彼女も部屋から荷物を持ってきた。私たちはタクシーで、まず駅のロッカーに、それから網走港へ向かった。車中、桐子が小声でたずねた。「坊さんですから、やはりお経をよむのでしょ」「散骨のときですね、はい」「父、ベートーヴェンの合唱が好きだったので、CDとプレーヤーを持ってきてるんです」「ああ、バッグの横腹、ふくれてますね。それじゃイントロだけ私がやります。指揮は誰？」「フルトヴェングラーです」「戦争でドイツが危うくなったとき、多くの芸術家が祖国を去った中、あの人はベルリンにとどまったな」

私は漁協の建物を、廃材で組み立てた小屋掛けみたいに想像していたが、コンクリート造り、がっしりした二階建てだった。玄関に立っていると、定刻に白ペンキの剝げた小型トラックが近づいてきた。助手席にいるのはまぎれもなく牛島漁師、フロントガラスに顔をくっつけぽかんとしたさまが、停車するまで続いた。私は相手が車から出てくると同時にいった。「こら、おったまげただあ」「おめえ、何のマネだ」「私、僧侶でありまして、海の上で葬儀を行いたいのです」そう前置きし、願いの筋をねんごろに説明した。「散骨なんてよ、聞いたことねえ。ここらの漁師はよ、昔気質が多いもな」「そこをなんとか、こうして準備万端整えてきたのですから」「おめぇ、カーコと飛行機の中で知り合ったといわなかったか。それがなんでケサ持ってるだ」「昨日、あれから北見の貸衣裳屋へ行ってきたんです」「そこまで熱入れんの、どうして。やっぱり、にゃおにゃお、だべか」「ちがいますよ。この人はお父さんの後妻さんに遺産の全部を譲り、遺灰だけをもらったんだ。機中で話を聞いて力になろうと思ったんです」桐子が小さくうなずき、おやじに手を合わせた。「うーん、まいったなあ。おら元理事長だもな。海をけがしたなんていうやつ、出てこんともかぎらねぇ」「おやっさん、おれがやるべ」「おお、せがれでねえか。いつここに来ただ」車を運転させたくせに、おやじはそんなことをいい、「これ、うちのバカ息子だ」と紹介した。ずんぐりした父親とちがい、肩幅の広い長身の青年が私と桐子へ柔和な笑みを向けた。「おめえ、人生意気に感ずというの、知ってるべさ」「ああ知ってるとも」「それで行くべさ、お前の一存でよ。おら、漁協で小便してくっから」父親は小声で息子と二言三言交わし、「そんじゃ」と私たちに手を振ると、とーても我慢が出来なかーったよと歌いながら中へ入って行った。

「船はすぐそこです」牛島青年が先に立ち、五分ほど水際を歩き、網走川との境の突堤に到着した。そこは一時的な船留めなのか漁船が数隻舫《もや》ってあった。青年はその一隻に乗り込み、私たちが乗るのを右手を差し出しサポートした。「どこまで行きます」「湾と外洋の区別は出来るのですか」「それ、やさしいようで難しいです。特に今日は波が静かだから」「遺灰をまいたところ、すなわち外洋ということにしますか」「ははあ、わりと近くでいいんですね」

私はむろん門外漢であるが、この船、屋内といえるのは操縦席とその後ろのスペースだけだから、近くで定置網をやる船ではなかろうか。私と桐子は艫《とも》の板のところに座るよういわれ、尻をくっつけ合うことになった。空はきのうの青さが薄らぎ見晴るかすライトブルー、海原はとろりと青緑色をしている。たしかに波は静かであるけれど、船の振動がある。一・五人分ほどのあいだに二人だから、私は右足、桐子は左足を突っ張らせバランスをとっている。肩を抱き合うと、もっと姿勢が安定すると思われるが、そこまでやるのはどうかとためらわれた。エンジンの軽快な排気音がぽんぽん蒸気を思い出させ、この女と瀬戸内を旅したらどうだろうと、ひょんなことが頭に浮かんだ。

エンジン音が弱くなった。「この辺でいいかい」コックピットの声に「いいよ」と大声で応え、船が停止した。桐子は私の膝に手をついて立ち上がり、ただちに準備を整えた。バッグからＣＤとプレーヤーを出してセットし、ハンカチの包みをほどき琺瑯引きの容器を艫の板に置いた。私は一歩後ろにしりぞき、両足をやや開きヴァイオリンを構えた。

「僕が先に、二曲弾きます。お経はやりません」

一曲目は多田進が一番好きだったフォーレの「夢のあとに」。私はこれを弾くために網走に来たのだ。夢とうつつのはざまの、淡い光の中を浮遊する美しい幻。そんな風なこの曲は、私にとって難曲の極みであるが、精魂込めて弾いた。

つぎは讃美歌の中で一番好きな二九八番。シベリウスの「フィンランディア」の主題でもある、浄らかな曲である。

弾き終えて「はい」というと、容器の蓋が取られ、プレーヤーがオンにされた。桐子は少し前屈みになり、霊前で香をたくような手つきで遺灰をつまみ、その手をいっぱいに伸ばし海へまいた。九番の合唱は二十分少々かかる。桐子は少しずつ少しずつ、ひと粒ひと粒惜しむようにまきながら、途中二度、私の方へ首を回しこんなことをいった。

「六年生のとき母が亡くなり、それから一月ぐらいスキ焼ばかりでした。肉はあんまり入ってなかったけど」

「再婚はわたしがすすめたのです。でも、あんなに体力のある女だとは……」

合唱が終わると、桐子は容器を海へそっと落とし、くるっと私の方に姿勢を変えた。

「春野さん、ありがとう」

睫毛が濡れてきらきらとし、純な内面をそのまま露出しているように思えた。私はとっさにヴァイオリンを持ちなおし、ドレミファと音階を奏で、それを伴奏に「どういたしまして」と歌った。

「牛島さん、戻ってください」「オーケー」船は元の所に接岸され、牛島青年も陸に上がり私たちと握手した。「で、代金はいくらお払いすれば」「ええ、それなんですが」青年は突然空を向き、あははと大声で笑った。「どうかしましたか」「おやじは一銭ももらうなといったんですが、それじゃかえって気を遣わせることになるよと。するとおやじ、百万よこしたらどうするべ、というんで、五千でどうだいと俺が妥協案を出しました」「ほんとにありがとう」財布を出そうとしたら、桐子が一万円を差し出し、釣りを出させないために手で押し返す仕草をした。どこまで行きますかと聞かれ、駅までというと、うちの車じゃ乗りきれないからとタクシーを呼んでくれた。

車中で桐子が「あと二日ほど、いようかな」と、私にいったともとれる独り言をつぶやいた。

「あのホテル、部屋空いてるかな」

「さきほど、いったでしょ」

私はふと二ツ岩のホテルを思い出した。あそこ、まだ営業しているのだろうか。あの最上階の大浴場で柳原桐子と混浴したらどんなもんだろう。そう想ったとたん、多田と亜紀と私がならんで湯船につかっている、丸太を三本浮かべたような光景が目に浮かび、たちまち桐子の裸身が瞼から消えた。

「僕、じつは実直なサラリーマンで、明日午前の会議に出なくちゃならないのです。とても楽しい網走でした」私は淡々と弁じ、駅で桐子と握手して別れた。

5　ニセ雲水　第九を歌う

近々京都の祇園で坊主のデビューをやると、柳原桐子にいったのはまんざら嘘ではなかった。ただ、なかなか決心がつかない。

七月最初の土曜日、一人で近くの「パステル」に出かけた。十分もしないうちに「おはよう」のドラ声とともにスキンヘッドが入ってきた。定連の料亭主人、洞口和尚で、私の一つ向こうに腰を下ろし、「京都、おもろいか」と声をかけてきた。私が当地で何かしでかそうとしているのを、元坊主の眼力で見破ったのかもしれぬ。じつはここに来たのは、この人に用事があったからだ。私は椅子を動かし、和尚に向かってかしこまった。

「一つお聞きしたいのですが、坊さん修行のとき、禅宗だったのですか」

「そうや、それが何か?」

「私、雲水になって托鉢やろうかと考えてるんですが、それでご教示をお願いしたい」

「ええっ……というと、どこかの僧堂に入門してるんか」

「いいえ、どこへも」

「何のとっかかりもなく、いきなり雲水になるってか」

「一応僧衣なんかは用意してます」

　京都じゃ坊さんが法衣のまま堂々とバーに入ると聞き、一度試してやれと、元浅草の仏具屋に行き夏物の一式を買っておいた。

「托鉢は修行のためにやるのか」

「そうじゃありません」

「信心は持っているのか」

「宗教心はいくらか」

「どんな？」

「二日酔いのときなんか、これは仏罰にちがいないと自然に頭が下ったりします」

「試しに托鉢のときの声を出してみぃ。おーほーおーほー、と」

　和尚はママのユキさんを気づかってか、抑えた声で手本を示した。私は息を吸い込み、ホルンになったつもりで発声した。

「おーほーおーほー」

「ええ声やが、一人でやったんでは家の中までとどかんな。何か工夫をせんとな」

「般若心経なら、半分ほど暗記してます」

「まあ、それらしく門口で唱えたらええ。要は無心になるほど集中できるかや」

「そんなことで喜捨してもらえますかね」

「あんたの無心さが伝わり、相手が信心ごころをちょっとでも起こしたら、それでええ。立派な托鉢やがな」

「雲水の恰好は必要ですか。頭陀袋とか袈裟文庫とか」

「それにこしたことはない。西本願寺の向かい側に何軒か仏具屋があるからそこで揃えたらええ。けど一人でやったんでは、なんぼ形を整えても本山の宗務部あたりがイチャモンつけてきよるやろ」

「そのときは力になってくれますか」

「なんのなんの、あんたにはこれがあるやないか」

和尚は左手をピストルの形にし、私の鼻先に突きつけた。そしてその恰好のまま「待てよ」といった。

「何ですか」

「頭、丸めたほうがええな。そのほうが無心になれるんやないか。そうや、セビリア軒に行きなはれ。けったいなおやじやけど腕はええで」

私はその場で、よーしと即決した。これで托鉢は私の体と不可分になるわけだ。

教えられたとおり隣駅まで電車に乗り、商店街を五分ほど行くと、床屋のシンボルマークの赤、青、白が目に入った。それは、ぐるぐる斜めに回っておらず、三色のペンキを塗った丸太を立てているのであった。それでも、「セビリア軒」の看板はたしかにあった。一階のモルタル壁に横向けにつけてあり、どこか変だとよく見ると、文字が右書きになっている。だのに、ペンキの色はまだ新しい。

店内を覗くと、順番待ちの三人用の長椅子と理容椅子が二つ、その一つに客がいるが、店の人が見当たらない。私は中へ入った。

「とうとう、か」

客がそんなことをいったようで、見ると、相当年配の男だった。一センチぐらいの毛がそんなに密でない草原状に生えており、丸い眼鏡が鼻の先へずり落ちている。寝ているのかなと顔を近づけたら白衣が目に入り、やっと店のおやじだと気がついた。

「とうとう、か」

今度ははっきり聞き取れた。私は肩を揺さぶり、おやじの眠りを覚まさせた。

「とうとうか、って寝言いってたよ」

「へえー、やっぱり」

「どんな夢、見ていたの」

「おたく、陸軍人事局の人とちがう?」

「だったら、どうする?」

「念のため、召集令状、見せてください」

「いつまで夢を見てるんだ」

おやじは理容椅子を降り、自分の座っていた箇所を手の平でぱっぱっと払った。

「いらっしゃい。初めてやなあ、お齢は?」

「散髪と何の関係がある」

「ははーん、五十そこそこや」毛をちょっと触り、おやじは正解を発した。「折角やからカルテ作らせてもらお」冗談かと思ったら、戸棚からキャンパスノートを持ってきた。

「散髪中、アレルギーを起こしたことは」

「今日初めて起こすかもな」

「職業は」

「プータロー」

「前職は」

「女房のヒモ。おやっさん、その前も聞かせたろか」

「お見それしました。私、小説を書いてまして、それで参考にと」にわかに姿勢を低くし、「髪型、どないします」とたずねた。

「祇園の芸妓に美丈夫やとほめられたいねん」

「ふーん、それならチョンマゲでっせ」

「すっぱりと坊主にしていただきたい」

「うへー」おやじは三十度ほど反りかえり、「お客さんの齢やと、いっぺん丸めてしまうと、なかなか生えてきまへんで」いかにも親切げにいった。

「早う、つるつる、ぴっかぴっかに、せんかい」

「は、はい」

おやじはまた戸棚に行き、何やら薄っぺらい物を持ち出したが、埃がたまっていたのか、くしゃみを三回した。

「これ、見本として客に見せるきまりにしてるんや」

雑誌の写真か何かを拡大コピーしたもののようだ。

一枚目を見せられ、「誰やわかりますか」と聞かれた。この人の顔貌は百姓顔の巨魁ともいうべき、際立った個性のため記憶している。

「児玉誉士夫、とちがうか」

「このスタイルでいきまひょか」

「いやだ」

「なんでです」

「私はただの素浪人、満州で何やかやした覚えはない」

「ほな、これは」

「ユル・ブリンナーか。シャムの王様になった映画、見たよ」

「デボラ・カーといいちゃいちゃ踊りよったわな」

「これも、いやだ」

「ええと思うけどな」

「頭が性器みたいだ。性器に目と鼻がくっついてるに過ぎない」

「どうせ、これも気に入らんやろな」

「渡辺謙の『藤枝梅安』だな。こういう芝居、一度やってみたいな」

「しかし、この殺気はお客さんには出まへんな。顔が長四角で殺し屋向きやけど、迫力がない。首の上にカマボコのってるみたいや」

「おやじ、坊主にするのか、せんのか」

「すんまへん。つい調子に乗ってしもうて」

この床屋、腕は確かなようで、手も速く、じゃがいもの皮をくるっとむくように、私を坊主にした。

私はその足で西本願寺の東側に行き、托鉢の小道具一式を整えた。ただし、あまり完璧に装うのをなぜかためらい、網代笠は買わずにおいた。吉川邸に戻ると美枝さんが農作業をしていた。「ほら、この頭見てください」美枝さんは目をパチパチとさせ、「わあ素敵、女難に注意、女難に注意」と二度唱えた。

翌々日の月曜日、出勤して同様の反応を期待したが、さほどでもなかった。週初めの朝礼において、さすがに好奇の目を感じ、こう説明した。

「この頭、こちらのヤーさんが東京より怖いと聞いて、突っ張ったのではありません。私は大の汗っかきなんです。京都の夏はとても蒸し暑いそうだから、こうしたまでです」

これだけの説明で、好奇の眼差しが薄れてしまい、何か物足りなかった。そうだ、あの子に聞いてやろうと待ち構えていると、その美人社員が一番に書類を持ってきた。「どうだいこの頭、セクシーかい」計画どおり聞こうとしたがとっさに口をつぐんだ。今日び、こんな無邪気な発言でもセクハラの範疇に取り込まれてしまう。

この週の土曜日、初めて自前の僧衣に身をやつした。北見の枯葉色とちがって、文字どおり墨染衣である。托鉢は午前十一時までと決められているようだが、こちらはそんな規矩にしばられてはいない。ヴァイオリンまでの日課をこなし、十時少し前に離れを出、母屋を素通りしようとしたら、トリを放しにきた吉川氏と鉢合わせをした。氏は人のことを上から下へ、下から上へ視線を往復させ、ニヤッと笑った。

「あんた、禅の坊さんだったのか」

「今から托鉢に行きます」

「これもあんたのいう遊びの一つやな。禅の神髄は風狂にある、というさかいな」

「よくぞいってくださった」

「おーい、美枝さーん」

吉川氏はトリが飛び上がるほど大声で夫人を呼び、すぐにその人が「はいはい」と母屋の縁側に出てきた。

「見てみ、津村はんのこの恰好」

「わあー、天竜寺の管長さんみたいや」

「いえいえ、私、臨済宗には属しておらんのです」

「祇園へ行ったらあきまへんえ。間違い起きたら、奥さんに連絡せんならんさかい」

「たぶん、そちらへは行きません」

その祇園まちへは、さすがに公共乗物が恥ずかしく、自家用車で行き知恩院の駐車場に置いた。朝の十一時ちょっと前、花見小路はもう人が出盛り、雲水修行が出来ぬほど混んでいた。服装も、聞こえる言語もまちまちで、金魚柄のひらひらした着物の金髪が竿付きカメラで自分を撮っている光景に足がすくみ、引き返そうかと思った。

仕方なく横の道に入り、肚を決め、臙脂の暖簾のかかった高級スキ焼屋らしい店の前で足をとめた。細い格子を組んだ硝子戸が半分開いている。

「おーほー、おーほー」

暖簾を分けて白い上っ張りを着た若い男が顔を出した。ほんの二、三秒泥棒を見るような目で私を見て引っ込み、今度は庇髪の重そうな、着物の女があらわれ、暖簾の外まで出てきた。仲居頭でもあるのか、剣呑な目をした、太りじしの女で、私ばかりか周り左右を見回した。この雲水、連れはどこにいるのかとさぐり、こいつくさいな、の結論に達したようだ。私はニセ坊主を明らかにするため、第九番合唱の一節を持ち出した。

「フロイデ　シェーネル　ゲッテル　フンケン」

ベートーヴェンのメロディに乗せず、といって読経調でもない、中間ぐらいでやった。女は私をにらみつけ、ふーんと大きな鼻息を吐くと、暖簾の内に入りぴしゃりと硝子戸を閉めた。

私はこの道をあきらめ、南への路地からまた横の道へ折れ、渋い紅殻格子のお茶屋らしい店で立ちどまった。軒燈に「美鈴」とあり、名前の優しさに惹かれたのだった。おーほーおーほーと声をかけたが反応がなく、般若心経の暗記してる限りをうなると、ようやく戸が開いた。齢は四十ぐらいか、瓜実顔の背のすらっとした、夜になると匂いそうな、陶器のような肌をしている。芸妓さんのようだが、Gパンにだぶだぶのシャツをまとい、この人も私の周りを見た、念入りに背伸びまでして。とりあえず私は「こんにちは」と挨拶をしたが、後がつづかず困ってしまった。相手はにこっと笑うと、くるりと背を向け家の中へ入って行った。二、三分後、バケツに柄杓を持って出て来、「ごめんやっしゃ」と私にいった。それから私から二メートルほど離れた所に水をまきだした。私は何をする術もなく、その行動を見続けるしかなかった。彼女は私との幅を狭めてゆき、五十センチぐらいになると柄杓をやめて手を使った。手で水をすくい、それをまきながら「ちょいちょい」と声に出して拍子をつける。とうとう彼女は私の周りをひとめぐりした。「まいりました」頭を下げると、「どういたしまして」丁寧に彼女も頭を下げ、家の中へと消えていった。

西側へ行くことにし、花見小路をつっきり一筋目を南に折れ十軒ほど先に、壁にフランス語らしいネオン、柱に「プランタン」と墨で書かれた表札を見つけた。お茶屋を改造したのか、表は白い硝子扉、横の出窓は花柄のステンドグラス。

「おーほー」と三度呼びかけると、扉がぱっと開き、頭は姉さんかぶり、紺がすりをたすきがけにした女が顔を出し、手に箒を持ったまま一歩踏みだし、私の前に立った。額にうっすらと汗がひかり、切れ長な、繊細なタッチで描いたような瞼に漆黒の瞳。頬はすーっとほそく、そのくせ笑みを含んでいるようだ。

この人、いくつぐらいだろう、見当がつかないな。

私はうぶな少年のように赤面したらしい。向うから話しかけてきた。

「おひとりで、おまわりですか」

「はい」

「人がごちゃごちゃして大変どすな」

「はあ、万博みたいですね」

「ぼんさん、最近、祇園まち敬遠してはります」

「托鉢、来ませんか」

「雲水さんも、偉い坊さんもね」

「へえー、偉い人が何しに」

「遊びにですがな」

「私もいつか来られるだろうか」

「そんなん考えたらあきません。しっかり修行せんと」

「あのー、水を一杯いただけないでしょうか」

私はにわかに喉の渇きを覚えた。我慢できぬほどではないが、この人から水が欲しくなった。

「はいはい」と彼女、箒を私に預け、大きなタンブラーを手にして戻ってきた。私はそれを一気に飲み、ありがとうございますと礼をいった。

「もう一杯、持ってきまひょか」

「いいえ、結構です。そのかわり……」

「何ですの」

「また来ても、いいですか」

「どうぞ何度でも。ところで坊さん、網代笠どうしやはったん」

声の調子がかわり、ちょっと詰問調になった。

「はあ、まだそこまで手が届かなかったもんで」

「それやのに托鉢に出やはるとは熱心なことです。なあ坊さん、わたしに信心の気持ち、起こさせておくれやす」

彼女、こちらの正体見破ってるようだ。いま目をぴかっと光らせたのは「ぜんぶ、わかってまっせ」を黙って示したのだ。どう対処すべきか困惑していると、さらに追い討ちをかけてきた。

「わたしをぎゅっとつかまえるような、パンチのあるお経を唱えてください。お願いや」

この人、俺をからかってるな。九九パーセントぐらい、そうにちがいないな。忽然と、猛烈な反発心が起こった。とっさのことでもあり、いい考えが浮かばず、またもやベートーヴェンにお出まし願った。八五一小節からのあのプレストを、ここではメロディをつけて大声で歌った。周りに人垣が出来ているのを背中に感じ、よけい声を張り上げた。

その間、彼女、何をしていたかというと、手に持ったタンブラーをタクトがわりに、振り上げ、振り下ろしていたのである。

けれど、歌が終わるとがらりと殊勝になった。

「せっかくお勤めしてもろたのに、何も喜捨でけへんのどす」

「そんなこと構わんでください」

「喜捨しとうても、大きな札しか持ち合わせがあらしまへん」

「あのー、参考に聞きますが、大きな札ってどのくらいなんです」

「そんなん聞いて、どうしますのん」

「なんだったら私、両替に行ってきますけど」

「ひやー、この人いうたら」

呆れて開いた口がたちまち大笑いに変じた。

「ほな、頼もうかしら」まだ笑いながらいい、即座に真顔になった。「そやけど、坊さん、もどってきやはる保証はないしね」

「私、そんな男に見えますか」

「男さんは、必ずもどってくるといって、もどってこない動物なんやて」

「私、津村澄人と申します。名前を教えてください」

澄んだ目を見て、つい本名をいってしまった。

「祇園においての名はモモユウです」

「桃の夕べと書くのですか」

「いいえ、平仮名です」

「春の花だから、店の名がプランタンなんですね」

「いいお声どすな。つぎにお越しになったときは何か花の歌をうたってください」

「リラというのは春の花ですか」

「さあ、初夏やろか」

「あれの日本版をこないだ歌いました」

「すみれのはーな　咲ーくころ」ももゆうさん、節をつけて歌った。

「宝塚のすぐ近くで、宝塚を落ちたおねえさんなんかとね」

「津村さん、持てるんやな。今度は網代笠、深くかぶってきなさい。祇園まちにはわるい芸妓もいるさかいね」

　一週間後、先日の店へ出かけて網代笠を買い、プランタンの前に立った。めずらしく胸がドキドキし、山口真澄のしてくれた頬っぺたのキスを思い出した。

「おーほー　おーほー　おーほー」

　つぎに私は、空気を喉奥に詰めてから、般若心経を、イントロの「開経偈」から始めた。それから喉の空気を解放しながら「不生不滅」まできたとき、ぎゅっと肩を押さえつけられた。どこへも行かさぬぞというほどの力がかかり、声が裏返りそうになったが「不垢不浄」となおも続けた。

「何しとるんや」「托鉢です」「一人でか」「いけませんか」「ちょっと聞きたいことがある」「はい、何でも聞いてください」

　いいながら私はがくんと体をしゃがませ、尻を後ろにどんと突き出した。狙いどおり相手は前へのめり、私の背に倒れかかった。このあいだに扉が開いたらしく、ももゆうさんが憮然として店の前に立っていた。

「おっさん、乱暴なことせんといて」

この「おっさん」は尻上がりの言い方だったので坊さんのことだとわかった。後ろが立ち上がったので私も同じように立ち、振り向いた。なるほど頭は丸坊主である。ただしトレーナーを着てスニーカーを履いている。

「この人に聞きたいことがあってな」

「私はべつに聞かれたいことなどありません」

「あんた、何でも聞いてくれと、たった今いうたやないか」

「まあここではなんやから、中に入らはったら」

「いいや、おたくに迷惑かけとうない」

「そんなこといわんと、さあさあ」

私は素早くおっさんの後ろにまわり、羽交い絞めにして前に押し出し、自分も中へ入った。

店は十脚ほどのカウンター席のみ、造作のどれもすがすがしい肌理《きめ》の白木づくり、片側は陶器や小さな彫刻の陳列棚になっている。

「おっさんはそちら、津村さんはこちら」ももゆうさんが一つ椅子を空けて二人を座らせた。私は網代笠をとって、緩衝地帯である中間の椅子に置いた。おっさんは、彼女が私を津村さんと呼んだからであろう、露骨に不快の意を表した。なんで彼女が路傍の男の名を知ってるんや。「迷惑をかけますね、ももゆうさん」私は親愛の情をこめて彼女の名を呼んだ。おっさんはプライドからか、「あんたらどんな関係や」とは聞かなかった。

後ろの棚からウイスキーのボトルが取られ、ダブルの水割りを一つ、もう一つはタンブラーに水だけが注がれた。

「はい、おっさんはいつものこれ、津村さんは修行中の身やからこちら」

「ありがとうございます」

私は水を半分飲み、運よくこちらを向いている、ボトルの名札に目を近づけた。そこには近くの本山の塔頭《たっちゅう》らしい名が書いてあった。この振舞が気に障ったのか、おっさん、大上段に打ち込んできた。

「本山の托鉢許可証、持ってるのか」

「いいえ、そのようなものは」

「どこの寺のもんや」

「無教会派みたいなもんです」

「網代笠かぶってるやないか。臨済か曹洞か」

「おっさん、網代笠かぶれというたんは、このわたしです」

「雲水を装って喜捨を受けるのがどんなことか、これは宗教上だけの問題やない」

「最近、黄色い衣を着て布施をたかる人間がいるそうですね。私はあれとはちがう」

「どこがちがうんや。同じやないか」

「私は喜捨が目的ではありません」

「開き直るんなら、こっちも徹底せざるをえんな」

「今まで文句をいわれなかったですよ。相国寺、天竜寺、南禅寺と、その近辺をまわりましたが」

「嘘をつけ！」

まるで怒号である。これが禅の一喝というものか。

「まいりました、嘘です」

「ま、二度とせんというのなら、大目に見んこともないわ」

おっさんの態度がカメレオンのように変わった。怒ってる間にもグラスを口にしていたから、効き目があらわれたらしいのだが、私の前には酒がない。坊主が酒を飲み、出家でない自分が水を飲んでいるこの不条理。私はぼそぼそとつぶやいた。

「乞食坊主ではいけないのかなあ。うしろすがたのしぐれてゆくか、山頭火」

おっさんが無言のうちに、ももゆうさんがこれをひきつぎ、一句吟じた。

「ひとりとなれば仰がるゝ空の青さかな」

これも山頭火の作らしい。空の青さへと限りなく無になってゆく、一人ぼっちの乞食坊主。ももゆうさんが朗詠すると、趣が異なり、妙に明るい。彼女の瞳が空の澄明さだけを映しとるためか。今日はバンダナで髪をとめ、淡いピンクのブラウス、ベージュのスラックスなど、彼女をいっそう若く見せている。たとえ彼女の齢を知らなくても、私はこの表現をためらいはしない。

おっさんのグラスに二杯目が注がれ、「しもうてもよろしいか」とももゆうさんがボトルの主にたずねた。

「なんでしまうんや」

「あと一杯分しかおへんし」

「それがどうしたんや」

ここで私がさっと会話に介入した。

「住職さん」

「なんや」

「乞食坊主にも仏性はあります。『大般涅槃経』に『一切の衆生は、悉く仏性あり』と書かれていますからね」

むろんこれ、又聞きの知識であるが、中身はそのとおりなので反論の余地はない。おっさんは喉をううっと鳴らし、「そのとおりや」の代用とした。

「ももゆうさん、水のおかわりを」私がいう前にタンブラーへ手が伸び、「氷も入れまひょな」

「それ、頼もうと思ったのです」と話がぴたりと合った。おっさんを見ると、ドングリの親玉みたいな、ぎょろりとした目に出くわした。私は十秒ほど冷却期間を置き、独り言をいった。

「陋《ろう》巷に死すとも可なり。あるいはまた、肌のよき石に眠らん花の山」

「肌のよき、ですか」ももゆうさんが目を宙におき、つぶやいた。「ええ句どすなあ。誰の句やろ」

「乞食坊主の『路通』です」

「石に眠らん花の山、ですか。よろしおすな」

やにわに、会話の空間へ、グラスが突き出された。

「おかわり、入れてもらおか」

「へえ」

ももゆうさんはボトルを手に持ち、注ごうとし、寸前で手をとめた。

「やめときまひょ」

「なんでや」

「今度来やはるときのために残しときましょ」

「ほな、今日新しいボトル入れよやないか」

「日の明るいうちに瓶を空けて新しいの入れるの、何や気がとがめて」

「考え過ぎや」

「ごめんやっしゃ」

いうが早いか実力行使され、ボトルが後ろの棚にしまわれた。ももゆうさんは涼しい顔で向き直り、おっさんのグラスに水を注いだ。

「いま何時や」

「十二時十五分です」私が答えた。

「そやそや、昼飯食わんならん」

火急のことのようにおっさんはいい、私に挨拶もせず出て行った。

二人きりになると、「そうや」とももゆうさんは手を打ち、カウンターの端の方から何か持ってきた。そして、手中にあるものを伸ばすためか、両手でこするようにしてから、千円札一枚を差し出した。

「お布施どす」

私は受けるのをためらい、「今日の托鉢、まだ済んでません」といった。

「こないだの分です。一週間も来やらへんから、このお札悩んでしわくちゃになったんや。津村さん、何してはったん」

「あの水うまかったなあと、そんなことばかり考えてました」

「乾杯しましょ。お水で」

「それなら、シャンパンでやりたいな」

「うちのシャンパン、そう簡単に出しません。運命的出会いで胸が破裂しそうにドキドキしたときだけ」

「これまで、そんなことありましたか」

「さあ、思い当たりません。わたしってクールなんや。津村さんはあるでしょ」

「うーん……あっそうだ、たった一度五年生のときにね」

「そんなにちっちゃいときに。それ、初恋?」

「どうでしょう」

私は山口真澄との出会いからクライマックスの頬のキスまでを、ポイントを整理して話した。

この間彼女はカウンターに両腕を置き瞑目して聞いていた。奥の坪庭の明かりのためか、片頬にぼうっと桃色が射し、すっきりした顔立ちをふっくらと、いたいけに見せていた。話が終わっても、彼女、目を開かず何かを待っている風に見えた。いまこの人は山口真澄に化身して、キスの返礼を待っているのか……。

「津村さん」厳しい語調に、はっと夢想から覚めた。「托鉢の真似事なんか、なんでやらはるの」

「そ、それはですね……」

どうしてこうなのか、本当のところは自分でもよくわからない。説明のしようがないのだから、関わりあると思われる断片を、それもぐっと要約して話すしかなかった。

「小学校三年になる春サーカスを見たことが根底にあります。旅芸人の世界につよい憧れをいだいたのです。そしてその延長で、一つ所でチマチマ暮らしたくないと思うようになったようです」

「室町時代の歌に『なにせうぞ　くすんで　一期は夢よ　ただ狂へ』というのがありますね」

「なにせうぞくすんで、というのはどういう意味です」

「どうするんだ、生まじめに生きて、ということです」

「そうそう、その歌のとおりです」

「勇気ありますね。津村さん、これまで勤勉にやってきはったんでしょ」

「まあ、いちおう」

「そやけど、家族がいやはるんでしょ」

「わかりますか」

「わたし、この道四十年以上です。人を見る目は持っております」

「四十年って、舞妓さんになってからですか」

「へえ」

するると、ももゆうさん六十ぐらいか。しかし、それがどうしたというんだ。それより彼女、私が会社をやめてこんなことをはじめたと思い込んでるようだ。それならこっちもその思いちがいに乗っかろう。会社勤めのかたわらです、なんていったらバカにされるのがオチだからな。

「まあ家族といっても、子供たちは成人し、離れてゆく一方ですし、女房とは結婚のときに話がついてるんです」

「へえー、どんな」

「五十になったら、風来坊になるという」

「う、ふ、ふ、ふ」

それは嬉遊曲の一節のような、優しい笑い声、皮肉っぽくも揶揄している風もない、自然な笑い声だった。ぽんと、ももゆうさんが手を叩いた。そんなこと、どうでもよろしいやん、といってるような一打だった。

「一杯、やりましょ」

棚の隅っこにある新しい瓶が運ばれ、封を切ろうとされた。

「待ってください。僕、やめときます。真似事とはいえ、修行中ですから」

大威張りでいうと彼女、「ずるっ」と口でいい、ボトルにずっこける恰好をさせた。私はそれを見て、この人と何かけったいなことがしたくなった。

「ももゆうさん、二人で何かおもろいことがしてみたいです」

「へえー、面白いことをねぇ……」

「といっても、うまいものを食べに行くとか、観劇とかではつまらないし」

「そうやなあ、ピクニックなんか、どうやろ。わたし四十年以上してへん」

「そんなん、おもろいですか」

「津村さん、考えておみやす。自称雲水と祇園のママがピクニックへ行くやなんて、人が見たら腰抜かしますえ」

「そうか。行きたいなあ。今すぐ行きたい」

「どこがよろしい」

「泊りがけですか」

「あのね、ピクニックは日帰りと決まってるんです」

「そりゃあそうあるべきです。ただ、偶然が重なって泊りがけになることもある」

「たとえば」

「奈良の若草山に行ったら、雨がザーザー降ってきた」

「宵になっても雨がやまず、東屋で一泊するんやね」

「ももゆうさん、それをお望みで」

「ノーコメントどす」

「ところが無慈悲にも雨はやむんです。そのかわり、ほら、びしょ濡れの鹿が助けてくださいとやって来た。こいつを何とか乾かしてやらねばならない」

「ドライヤーも電源もないとこで、乾かすの、無理やないの」

「ドライヤーと長いコードを家電量販店で買ってきて、電気は二月堂から引くんです」

「納得です。でも時間がかかりますね」

「そこですよ。鹿を乾かし終えたのは、近鉄の終電のあとやった」

「やっぱり東屋泊ですの」

「鹿がいいます。恩返しに京都まで送るので背中に乗ってくださいと」

「津村さんと、くっついて乗るんやね」

「ももゆうさん、着きましたよ」

「もう京都？　十秒もくっついてなかったのに」

「あれっ、ここ三笠温泉だよ。鹿が行く先間違えたんだ」

「津村さん！」

叱りつけられるのと同時に、表の扉がノックされた。

「あっそうや、学生さん面接に来るんやった。津村さん、ごめんなさい」

ノックの主は、頭をおカッパにし、小麦色の頬をした、背の高い娘だった。私はすぐさま椅子を立ち、「それじゃまた」とあいまいな挨拶をしてプランタンを出た。

下宿に帰って亜紀に葉書を書いた。

「申し遅れましたが、頭を丸坊主にしました。
あなたと同業の梅安より人相がよいので、
毛が抜けてつるっパゲになるまで、
この髪型でいくつもりです。
今度会ったとき、一回だけなら、撫でても
いいですよ。大事な話を始める前にね。
」

亜紀の返信

「
私、なぜハチュウ類がいやなのかと
考えたら、あれには毛がないからです。
でも、人間の自然のハゲ頭はいとおしくて
好きです。
今度会うとき自然にそうなっていたら、
大事な話は引っ込めるかも。
秋の抜け毛に期待しよう。
」

6　神護寺のキツネ　高山寺のタヌキ

晩飯はなるべく自炊している。畑の作物や卵ばかりか、教え子の釣果である鮎やアマゴのお裾分け、美枝夫人の煮物など、大家からの恵みで、わが食卓は支えられ、彩られている。私は定時退社を督励し、自らそれを実践して、七月など精勤賞をもらえるほど寄り道せずに帰った。七時には下宿につき、シャワーを浴びた後、自家産（いや、これは正しくない。畑が目の前にあるだけだ）の枝豆を茹で、冷奴の薬味を作る、それに一品、魚か肉を焼くのが日課みたいになった。おっともう一つ、露地もののトマトをつけるが、これは駅前の八百屋で買ったものだ。トマトは連作がきかないので今年は作れへんのだそうだ。草引きや種まきなど、ときどき美枝さんの手伝いをし、知識を伝授される。肥料は無農薬が理想であるが手間がかかる。そこで土にやさしい有機肥料や米ぬかを使い、化学肥料は使わない。種をまくためのうねは、日当たりを考慮して太陽が高い時季は南北に、低い時季は東西に立てる。種のまき方には、一箇所に数粒まくのが点まき、細長く溝を作ってまくのがすじまき、全体的に薄くまくのがばらまき。そうそう、今日はニンジンの種まきを手伝った。うねを立てたところに五センチほどのV字型の溝を作り、その底にまく。溝の底は涼しいので、こうするのだそうだ。

真夏の農作業は炎天を避け、涼風のある朝か夕方に行われる。美枝さんの場合プロではないからマイペースなのだ。私はその仲間に入れてもらい、日の光、大気、土、水などに自然のままの呼気みたいなものを感受する。そう、この感覚は、あの清里の短い滞在における、わずかな記憶として残されている。子供たちとの遊びの思い出とともに。

十五年ほど前、一所不住を志向する自分らしくもなく、山梨の清里に別荘を持った。取引先の広告代理店の社員から買ったもので、彼はその土地を八ヶ岳連峰から伸びる、名前どおりの「美し森山」の麓にあり、カラマツ、シラカバ、ブナの木々や緑の牧草地、それにヤマネという仔リスのような動物もいる桃源郷だと、セールストークした。「そんないい土地をなんで売るの」「いや一部を売るだけや、相続税払わんならんので」「おたくの別荘、建ってるんだろう」「あるにはあるけど、ほとんど行かんわ」「どうして」「嫁はんが田舎嫌いやねん」私はしめたと思った。隣との付き合いがうるさいようでは別荘を持つ意味がないからだ。「二十年の分割払いにしてくれる」「アホな」「二束三文にしてくれる」「目茶苦茶安うするわ」

結婚十年目で、自宅のローンは亜紀も分担してくれており、土地代と小さな家を建てるため新たなローンを組んでも、返済の見込みが立った。宮仕えは五十までの辛抱と肚をくくっていても、正直しんどくて、ガス抜きの必要を痛感していた。亜紀に相談すると、一も二もなく賛成した。近辺に中堅サラリーマンの家が増え、土、日は彼らの予約でいっぱいになり、私は男ヤモメ化しつつあったからだ。ともかく一度見てからと二人で現地に足を運んだところ、この日は快晴で八ヶ岳はもとより、南アルプス、秩父の連峰もくっきりと見え、亜紀はぴょんぴょん飛び跳ね、感動をあらわにした。しかし次の瞬間「キャーッ」と叫んで、生まれて初めて私にしがみついた。「あれあれ」と指さす方を見ると、ちっちゃなトカゲが草むらへ逃げるところだった。「きみ、爬虫類が嫌いだったの」「何度も話したでしょ」「別荘建てたら、こんなでっかいヤモリが住みつくかもな」「バラックじゃ、ヤモリも嫌がるわよ」

私は、居間ともう一部屋、台所、風呂もついたログハウスを建て、ほどもなく小指ほどのヤモリが壁をよちよち這っているのを発見した。家に帰ると、そのことを話さないではいられなかった。「でも、赤ちゃんだから怖がることないぜ」「ヤモリって成長しないの」「それはするだろう」「どのくらい」「見当もつかないな」この会話の効果はともかく、土、日の忙しい亜紀はあまり清里へ来なかった。子供たちは別荘を作った当時、小学校三年と一年だったが、それから五、六年はよく一緒についてきた。ここへの足は中古のワゴン車で、これもアメリカへ転勤する友人から格安に譲り受けたもの。出発は土曜の朝七時と決まっており、今週行くぞと伝えてあるのに、二人ともつねに宿題を未済のまま車に乗り込んできた。それでも律義な兄は往きの間に済ませるが妹はずぼらをきめこみ、しゃべっていないときは口笛を吹くので、しばしば兄の手が妹の口をふさいだ。「父さん、文章上手だって、母さんいってたよ」或る日の帰り道そういったので、「宿題は作文だな。父さんいつも5段階の1だったよ」とかわすと、「自由作文なんだけど、あいうえ、おわりって書いて出しちゃおうかな」「今日の木登りのこと、書けばいいじゃないか」「あれ、何の木なの」「あれはだな」シラカバだったかなあと考えていると、兄が口を出し、それからはきょうだいの会話になった。「弓、サルスベリにしときなよ。ずるっとすべったので、やっぱり自分はサルでした、ってな」「ロマンチックな話が書きたいの。ああそうだ、しゃっくりが出たとたん、ぴょんと木にのっていました、というのは」「しゃっくりしたとたん、スイカの種も飛び出しました」「幹は直径二十センチぐらい、私のような可愛い女の子でもかかえられるのでした」「津村弓君、可愛いは、よけいです」「両足で幹をはさみ、背を伸ばすようにしてすいすい登りました」「父さんが、弓の足、タコみたいに吸盤がついてるんだなと感心したので、タコのあれは足じゃなくて腕なんだぜと親に教えました」「弓はトビになったら大成するなと父さんがいったので、質問しました。トビってなーに」「東京タワーのてっぺんで逆立ちする、おっちょこちょいのことだよ」「わたしは調子に乗り、ふとい枝の上で手をかざし、まわりを見まわしました」「わかった、わかった、もう降りて来なさいと父さん」「やだ、てっぺんまで登るんだ」「弓が落っこちても、責任とる人、誰もいないぜ」「わたし、星をつかむんだ」「夜まで待つのかい」「そうだよ。きっと星の方から近づいてくるよ」「あと何時間かかるかな。それで弓、おしっこしたくないかい」「お兄ちゃんたら、思い出させないでよ」

ときどき別荘の庭でキャンプを張った。予定を決めると、二週間前に一人で行き、寝袋の下に敷く笹を刈ってきて居間の日当たりのよい所にひろげ乾燥させておいた。料理の焚き付けにする枝は大、中、小と三種類必要で、これは三人で周りを散歩しながら拾ってくる。たしかあれは弓が五年生の夏のこと、例のとおり枝を拾おうと広葉樹の林へ入って行ったら、弓が「いたっ」と叫び首の付け根を押さえた。今さっきアシナガバチが飛んでいたから、あいつの仕業かな。「痛いのはこのへんか」「うん」「どのぐらい痛い」「中くらい」どうやらスズメバチではないらしい。蜂の毒は水洗いすれば消えると記憶していたので、頭を下にしてしゃがませ、水筒の水を流しハンカチで拭いた。一つ、刺し傷らしい赤い点がある。「毒をとるため、吸っていいかい」「いいよ」赤い点に唇をあてチュッとつよく吸うと、弓は肩をすくませ「くすぐったいよー」といった。私は吸い取った毒をぺっと吐き出し、「手術は成功しました」と弓を安心させ、しばらく様子を見ていて自分も安心した。

兄の寛太は器用な子で、近くの養魚場から買ってくる鱒のはらわた取りやテントの組み立ては一人でやり、力持ちの弓はテントのペグの打ち込みや、冬も来る父のためにナタをふるっての薪割りを担当した。火起こしは、硬い木とやわらかい木を錐もみ状にこすり合わせ、下に敷いた乾いた葉っぱに点火させる、原始的方法を何度かやった。食べ物は、魚や肉を竹串に刺して塩焼きにしたのと、生の高原野菜、そして飯盒炊爨《すいさん》の飯と、いたってシンプル、明かりはヤマモモの枝に吊るしたランプと満天の星。たき火に水をかけて消すと、あとは眠るだけである。寝袋はずん胴のじゃなく、ミイラ型のもの、三人並んで寝るなんて家ではしたことがなかった。「こんなに早くから寝られるかな」「昼間よく働いたからすぐ寝つくさ」「弓が一番に寝るよ」「そんなことないよ。父さん、一つ質問してもいい?」「ああどうぞ」「父さんと母さん、どうやって知り合ったの」「大学のオーケストラでさ」「それは知ってるよ。どちらからデート誘ったの」「それ、今頃問題になることかな」「オーケストラのメンバー同士だから、チャンスに恵まれていたのさ」「わたし、母さんが先に誘ったんだと思う。駅前に素敵なカフェが出来たの知ってる、とかいって」「カフェはその頃すたれていて、復活したのは最近だよ」「父さんたち、そもそも恋愛なんかなあ」「きみは根本的疑問に突き当たったね」「教室の席が偶然隣だったと、母さんから聞いたことがある」「そうさ。お互い、居眠りするときも隣同士だったよ」「きっと、カンニングもしたろうな」「そういうので仲良くなるの、つまらない」「弓、どういうのがいいんだ」「木の上でお星さま見てると、空飛ぶマントを着た王子さまがわたしをさらいに来るの」「弓ならあり得るかもな。問題は木の上でどれだけがまんしてられるか、だ」「ねえ父さん、母さんと初めてキスしたの、いつ？」「さあ……或る年のサクランボの実る頃かな」「弓、キスの心配する前に、おしっこ、だいじょうぶか」「ふん、兄ちゃんたら」弓は少しの間、寝袋をごそごそしていたが、「やっぱ、トイレに行ってくる」とテントを出て行った。「弓、家のトイレに行ったのかな」「さあ、流れ星を見ながらという手もあるからな」

中学、高校と進むにつれ、自身の世界が広がるのは子供たちにとって当たり前のことで、私はひとり清里に来ることが多くなった。土曜の午前の二時間と午後の三時間、家と庭の掃除、布団干し、地産品の調達などに当て、残りの時間を、翌夕帰路につくまでヴァイオリンの自演とレコードを聞くことに費やした。いつ行っても隣の別荘は人気《ひとけ》がなかった。私は江頭先生に教わったメソッドはまもったものの、聴衆ゼロをいいことに、感情のおもむくまま弾くこともあった。ただそんなときも、自分の作り出す空気の波動があまり近くにあるため、その波形はとらえ難く、自己陶酔に陥ることはなかった。一方、レコードを聞くという何でもないことが、周りに人っ子一人おらず、酒瓶だけが友である状況において、どんなことになるのか。

あれは或る晩秋の夜のこと、だるまストーブに薪を燃やし、ウイスキーをストレートで飲んでいた。好きな曲を思いつくまま、片っ端からかけてゆく。イブ・モンタン、パガニーニの主題による変奏曲、ビル・エヴァンスのジャズ・バラード。そうして一九二〇年代のアルゼンチン・タンゴ。「カミニート」「わが懐かしのブエノスアイレス」を作ったガルデルを、オペラ歌手がうたう異色の組み合わせ。何度聞いても、最初目に浮かぶのは人影のない夜の波止場である。蒼白いガス灯が波に揺れ、船着き場に面して居酒屋が何軒か、黄色い角燈を点している。物音といっては、寄せてはかえす波と、居酒屋から洩れるざわめきだけだが、一軒の扉が開いて、初老の男が一人、ひょろっと出てくる。すると、だしぬけにバンドネオンの四分の二拍子、夜気を断つような歯切れのいいリズムが私に入れと誘い込む。中はうすい琥珀色の光がただよい、奥のスペースを占めるカルテットが小山の影のように見える。私は知らぬ間にカウンターの隅に腰をつけ、何を飲もうかと思案している。これも知らぬ間に、私の右手がぱちんと指を鳴らし、ボーイを呼んだ。「何にしましょう」「スコッチをロックで」注文と同時にぱっと明かりが消え、一箇所、フロアの真ん中へ、天井から円錐状に照明が落とされる。ひときわ強く、床を踏み叩くような四分の二拍子。これに合わせ、乾いた靴音を立てて男と女が現れる。男はタキシードにグレーのソフトをかぶり、こけた頬の非情さがナイフの刃のようだ。対して女はスペイン系の瓜実顔と漆黒の髪、襟ぐり深い紅《くれない》のドレスがどうにか胸の一部を被っている。二人の所作はタンゴのリズムを一つの造形に変じつつ、男は静、女は動に徹している。男は指一本、ステップ一つで女をリードし、女は魔の手にかかったように身を反らせ、脚を上げ、男の肩に額ずくのだ。

いつの間にか私は別荘の居間の、直径二メートルほどのスペースに立っている。踊りの相手は柄の長さ九十センチの座敷箒である。私はこの箒を手に、一九二〇年代のブエノスアイレスにいるのだ。とても貧しく、夢の叶わぬことの多い街だが、バンドネオンが鳴りだすと、じっとしてはいられない。ステップを知らない私は完璧に自己流を通し、ただ四分の二拍子に乗ることだけに命をかけている。女である箒は私の両手に斜めに抱えられ、水平にされ、私の股間をくぐらされ、ときには私の手からぱっと放される。私は箒一人を相手に、どっぷりとブエノスアイレスにいる。人が見たら、この男、狂気だと思うだろう。そう、これこそが私なのだ。


私はこんなことも考える。野外のどこかで、ヴァイオリンをくるったように弾いてみたい、と。場所は紅葉真っ盛りの高雄・神護寺なんかどうだろう。ギリシャ悲劇アンティゴネのような純白の衣裳をまとい、金堂の下の広場で、ふだん苦手にしている「チゴイネルワイゼン」や「チャールダッシュ」をしゃにむに弾きまくる。周りに人影はなく、谷を渡るときおりの風、舞い落ちる木の葉のわずかな動きだけだ。私は、リングに一人残されたピエロのように、狂気と不安にふるえながら弾きつづけ、とうとう左手の指の間から血が噴き出し、見る見る白の衣裳を真っ赤に染めてゆく、まるで自身が紅葉の中に沈みゆくように……。

紅葉の時季は人でいっぱいだから、八月初めの今、出かけることにした。京都駅からバスで一時間足らず、山腹にある停留所から一旦清滝川の方へくねくねと下りる。谷川の綺麗な小石が立てるのだろう、浄らかなトレモロと、そこからの微かな涼気。私は参道を上がる前に、朱塗りの橋の中程に立った。見上げると、左右の峰が眉間に迫るほど鋭角のV字谷で、岸辺の楓が枝を伸ばし、川面にゆらゆらとレース織りを揺らしている。

神護寺は創建時の名は高雄山寺、空海が唐より帰朝して十数年住持した、というぐらいは私も知っており、ここの参道はあの方の嘗められた辛酸の何万分の一かを味わわせてくれる。急坂のうえに、わがままな釣り糸のようにたわんだり間延びしたりするのだ。学生時代、発作的に薬師三尊像を見たくなり、夜行バスを使って来たことがあり、この参道で変な女に出くわした。五分ほど上ってヘアピンカーブを曲がった先に、女が片膝をつきしゃがんでいた。野球帽の縁から束ねた髪を垂らし、スケッチブックをかかえている。「どうかしましたか」「ちょっと目まいが」「貧血ですか」「如来さまを見に来たのですが、眼光にやられたのかも」「もう見てきたのですか」「いいえ、想像したのです。あたし、バランス感覚が悪くてね」「立てますか」「ちょっと手を貸してください」私は石段の上で蹲踞の姿勢をとり、相手の腰に手を回し、抱え上げた。横目に華奢に見えた体はなかなか肉感があり、私はその感触を保ったまま歩きだした。十メートルも行くとさすがに気がとがめ、ぶっきらぼうに「放しますよ」といった。「どうぞ、遅過ぎるくらいですわ」私はむっとし、胸のうちで女を突き放した。すっきりした細面、目のきりっとした知的な女だが、高慢ちきが鼻持ちならない。ずんずん先に行くと、「お願い、待ってくださーい」声に哀調をこめ私を呼びとめた。「今度は何ですか」「如来さまスケッチする間、お傍にいてほしいんやけど」「どうして」「あたし、圧倒されそうで怖いんや」私は「まあいいでしょう」と返事し、がくんと歩調を落とし女のペースに合わせた。

金堂の奥の薄明りでスケッチする間、女は何度も溜息をついた。そして、「やっぱり如来さまからの波動は強過ぎます。それで一つ、お願いや」何ですかと聞くと、「そのTシャツの背中に描いて、気分かえたいのやけど」「僕の？　へえー、面白いね。さあどうぞ」女はリュックからマジックペンを取り出し、今度は一気に描き上げ、「気に入ってもらえるかしら」ふふふと笑った。私はご本尊の目をおそれず、その場でTシャツを脱いだ。シャツの背中には私らしい男の顔をした裸体画が描かれていて、よく見ると、裸体の部分は衣を脱いだ、筋骨隆々の如来さまだった。「何という不遜なことを」いおうとして左右を見まわし、入口へ目を転じてみたが、女はどこにも見当たらなかった。そうか、あの野球帽から出ていた束ね髪、キツネのしっぽだったんだな。

キツネが人をたぶらかすのは、晴れて気持ちのよい日なのか。今日も、あの日のように空気がからっとし、木の影が濃くて、ひんやり心地よく感じられる。私はあまり汗もかかず楼門をくぐり、真直ぐ金堂へと向かった。金堂は昭和初期の建立だそうだが、その前の五十段ほどの石段はいつ頃のものだろう。空海を想わせる構えの広さ、古色をおびた段々を一歩一歩登っていくと、自身がぐっと拡大し、松や楓の大木を従えているような気分になった。金堂に入る前に合掌し、本瓦の豪壮な甍《いらか》をしばし眺めた。真夏のこの時季、さすがに人は少なく、左方の杉木立に、カナカナがスタッカートで啼いている。生きる悲しみを満身にこめて。

金堂の中は、人が謙虚にならざるをえないほど、つつましく燈がともされている。私はしずしずと奥の須弥壇の所まで行き、あっと叫びそうになった。薬師如来の前でスケッチしている女を見て、あのときのキツネだと気づいたのだ。三十年前は野球帽をかぶり、真後ろに出していた髪を、今日は首の片方に寄せ前に垂らしている。長さといい髪のつやといい、あのキツネであり、やはり手が進まないのか大きな溜息をついた。私はさらに確かめるために目を凝らした。横からなので目ははっきりしないが、睫毛濃く、鼻はすっきり、気難しげに唇をすぼめている。ついでに視線を下げると、ぴっちりのショートパンツにすらりと伸びた脚。さて、あのときのキツネ、どんな脚をしてたっけ。「仏像見に来たのなら、ちゃんと見はったら」前を見たまま女がいった。「今来たばかりだよ」「うそ、わたしのこと、じろじろ見てたでしょ」「神護寺にナンパに来たわけじゃない」「目がわたしの方に寄ってました」「そんなこと、なんでわかるの」「薬師如来の目にあなたが映ってたさかい」「しかし、あの方の目は玉眼じゃないから、物を映すわけがない」「玉眼って？」「水晶製の義眼のことだよ」「本当は気配でわかったのです。空気が攪乱されたから」

この女、やはりどこかおかしい。あれから三十年たち、若い女に化けられるはずがないから、あのキツネ、娘にあとを継がせたようだ。私はこれ以上関わりになるまいと決め、女の前にしゃがみ、如来さまをぐっと見上げた。眉、鼻、唇は太く厚く、半眼に閉じた目は万丈の気迫をこめ、内面へと向けられている。それにしてもどっしりと重量感がある。渦巻の螺髪は、ひと頃流行ったパンチパーマの倍ほど威嚇力があるし、胸の盛り上がり、太腿の鋼のような張りはこちらを圧倒し、平伏させる。「お前はどうしてあんな愚行ばかりやってるんだ」そんな声を胸に聞き、あわてて腰を上げた。「お先に」と女に声をかけると、「はい、さいなら」とそっけなかったが、「ねえ彼氏」と私を呼びとめ、こんな問いを発した。「仏像はエロスなんやろか」私は「さあ」と返事し、須弥壇《しゅみだん》を後にした。

私はともかくヴァイオリンを弾かねばならない。けれど、どえらい如来にあって、ジプシー音楽をくるったように弾くという情念は消え失せた。それをやったところで、あの方の掌から脱出などできないだろう。それでも、このまま引き下がるのは癪だから、あちらさまへ尻を向け、金堂の広場に立った。曲は、一の谷に敗れた平家の公達を偲ぶ「青葉の笛」。歌詞をくちずさみながら弾き、一、二番をもう一度くりかえした。そうして最後の一節「残れるは『花や今宵』の歌」を終えたそのとき、一人の女が前に立ちパチパチと手を叩いた。スケッチ帖を脇に携え、束ね髪を片方に垂らしている。あれあれ、さっきのキツネではないか。「ヴァイオリン、持ってはったんや」「如来さまの目に映ってなかった?」「あれ、玉眼やないから、映りません」女は頬をぽうっとピンクにし、恥ずかしげに目をしばしばさせた。キツネのわりには可愛さがある。「あのー、スケッチさせてもらえませんか」「ここで私を?」「金堂の大屋根をバックに」「いやだね。背景が大き過ぎる」「どこでならいいんですか」「ゴヤのマハは長椅子の上でしたっけ」「ヌードにならはるん?」「あなた、裸体画、描ける?」「ヌードは、学校で何度か」「学校のはつまらんでしょ」「あなたのは面白いのん?」「何ならヴァイオリンを弾いてるところでも」「ヌードで、ヴァイオリンを弾かはるの……」女は両手で顔を覆い「どうしようどうしよう」と肩を揺すった。その拍子にスケッチ帖が脇から落ちた。

「今の話、無かったことにしましょう」

私は、打ち切りを意味する、チャンチャカチャンのスッチャンチャンを絃に語らせた。女は数秒のあいだ黙考し、それからぐいとあごをあげ、「契約してください」と語調強くいった。「何を」「ヴァイオリンを弾くヌードを」「どうしてもというのなら」「モデル料は」「お酒を少々とエッチな会話が出来れば」「エッチがエスカレートしないよう、友達を一人呼びます」ヴァイオリンの信用力は絶大であるらしく、女は木本理沙ですと名乗り、住所、電話番号を記した名刺を寄こした。私も春野夏夫を名乗り、名刺を渡した。

翌々週の土曜日、モデル契約を実行することになった。理沙からの連絡で決まったのだが、名刺に記された自宅に来てくれというので、かなりやる気を減殺された。神戸みたいな乱痴気騒ぎを目論んでいたからだ。彼女の自宅はいわゆる奥嵯峨といわれる所らしい。山里だろうから、キツネがいても不思議ではないが。

嵐電の始発北野白梅町から終点まで行き、タクシーを拾った。大覚寺を越え、明るく広がる菜園を横に見て数分、なだらかな山の麓に、その家はあった。山茶花の垣根をめぐらせ、どっしりした甍、黄土色の壁の平家建てである。敷地の広さは吉川邸と同じほどだが、顕著なちがいは、ニワトリじゃなく山羊を飼っていることで、玄関脇の櫟の木につながれていた。私が垣根越しに見ているのを威嚇するためか、二度三度と後ろ足で砂を蹴った。インターホンを押し、「春野ですが」というと、「ああモデルさんですね」と丁寧に応える声がし、駆け足で迎えに出てきた。声を聞いただけでは男か女かわからなかったが、鼻の下にひげをたくわえ、草色の作務衣を着ている。「どうぞ、こちらへ」冠木門をくぐり、敷石の途中で「男ですか」と前を歩く男に質問した。一瞬びくっとし振り向いた彼に、山羊を指さすと、「女です」と苦笑しながら答えた。玄関を上がり廊下のすぐ左の応接間に入り、「少しお待ちを」と革製の長椅子に座らされた。部屋はゆったりと広く、目を一周させると、百号大の洋画があるかと思えば、向かいの壁に熊の毛皮とライフル銃が架けてあり、長椅子の後ろには何に使うのか、黒い漆塗りの棺桶大の箱が置かれていた。さっきの男が紅茶とクッキーを運んで来て、「私、木本ランです。ランは嵐と書きます」と自己紹介し、こちらも改めて名前をいった。相手は顔が丸く、かけている眼鏡も丸く、童顔に見えるが、理沙よりだいぶおっさんである。「あなた、お兄さん？」「そうともいえますが、理沙とは双生児なんです」「同じ齢ですって。彼女、美大の学生さんだと思ってました」「だいぶ前に卒業しましたよ」「失礼ですが、顔があまり似ておられませんね」実際、顔の輪郭も目の形もぜんぜんちがう、理沙はキツネ、こっちはタヌキだ。「二卵性ですからね。でも同じところにホクロがあります。三箇所も」「えっ、どこに」「理沙が見せれば、私も見せますよ」「この家、二人で住んでいるのですか」「いいえ、おふくろもです。今、伊勢の実家に帰ってるんです」

私はなにか釈然とせぬものを感じていた。この人物のちょっとした挙措、声の調子に女を思わせる、微かなにおいがあった。なるほど声は低く、太く発音されているが、どこか湿り気があるし、やや長髪の頭はおかっぱともいえる。そうそう、大学の先輩に男女の識別法を教わったことがあった。相手が椅子に腰かけているとき、膝の上に物を投げて、とっさに股をすぼめるのが男、何も反応しないのが女なんだ、と。私は悪戯心を抑えきれず、クッキーを一コつかむと、「失礼」といって真向かいにトスするように投げた。それはうまい具合に狙った空間へ落下していった。当然相手はいずれか反応を示すはずである。はたして男と出るか女と出るか。次の瞬間私はわが目を疑った。相手は脚をすぼめもせず無反応でもなく、ぱっと広角に開いたのだ。茫然としている私に、「何をする」の一喝とともにクッキーが拾われ、それがアンダースローされて私の鼻に命中した。「いたっ」涙が出そうな目をくしゃくしゃさせながら「見事な腕前でござるな」と私は背中をそりかえらせた。「いや、やり過ぎました。さあ紅茶を」「ところで理沙さんは」「お湯に入ってます」「お風呂に？　なんのために」私が来る時間は決まっていたのだし、理沙が裸のモデルをやるのでもないのにどうして？　「匂いを気にしているのです。日に四回、五回と入ることも」「立ち入ったことうかがいますが、どんな匂いで」「うーん、それはその……兄の口からはちょっと」

私はあらためて相手の顔を見直した。目も顔も丸っこい、人にはよくある狸顔に過ぎず、悪いしっぽがついてるとも思えないが、この家、何かおかしくはないか。そう思ったときだった。

廊下の方から、強いテンポの、それでいて沈痛なピアノ音が聞こえてきた。

「あれ、たしかショパンの葬送行進曲だな」「そうです。山羊が葬送にちなんだことを好むのです。自分でも庭に墓穴らしいものを掘ったりしてます」「なぜ、今鳴らすのです」「四時に放すことになってるんでね。忘れると、暴れて大変なことになる」

失礼といって木本嵐が出て行き、ものの五分で戻ってきた。「理沙は寝てました。迷惑かけてすみません」「それじゃ、おいとましましょう」「ダメです。ゆっくりしていってください」「ここで、やることもないしね」「そうや、かくれんぼしませんか」「しかし隠れる場所を知らないからね」「あの黒い箱なんか、どうです」「あれは何」「私の柩です。蓋が重いから、入るのを手伝ってあげます」「中から蓋は開けられるの」「それは無理です」私はさっきの葬送行進曲、そしてこの柩と、二回ぞっとさせられ、本気で帰る気になった。「いやいや冗談です。どうぞ晩餐召し上がっていってください」「ポロシャツで晩餐は気が引けますよ」「何かお好みは」「おたくの山羊は生かしておいてください」「天然鮎で我慢してください。鳥居本から調達します」「約束のモデルもしないで、ご馳走いただくわけにはね」「春野さん、理沙の匂い、知らないで帰るのですか」「そ、それは……」「失礼して鮎を手配してきます」さっと部屋を出て行く嵐を、待て待てと、手ぶりでやめさせようとしたが、声は出さなかった。

私は椅子を立ち、先ほどから「ちゃんと見てくれよ」と主張している油絵の前へ足を運んだ。写実ではなく、ただの空想でもない、画家の目の特殊なレンズが見た風景なのか――緑の顔をしたおっさん、聡明な目をした牛、牛の頰の中に山羊の乳しぼりがおり、一本の果樹を円い光の輪がかこみ、夜の教会があり、長い鎌を持った農夫もいる、といった万象を強烈な色彩によってメルヘン調に仕上げてある。「気に入りましたか」「はい、とても」「むろんおわかりでしょうが、シャガールです」「やっぱり」「それはそうと、春野さんのヴァイオリン、ストラディヴァリウスだそうで」「いやいやそんな」「理沙に聞きましたよ。一曲、シャガールに聞かせてやってくださいよ」私は絵の鑑識眼を持っていない。ただ、この絵が本物だとすると、こちらの楽器もそんな顔をしてればいいので、わざわざ国産品だと白状することはない。いやいやこのヴァイオリン、江頭先生から愛用のを頂戴したもので、ストラディヴァリウスどころではない。高校卒業間もなく、先生は私を自宅に呼び、じつは肝臓癌で余命いくばくもないと告白したうえ、無理やりこれを私に持たせ、こんなことをいった。

「最近君の音、とてもよくなったよ。気持ちの温かさ、懐かしさ、ユーモア、ペーソスなど人間らしい感情がよく表現できている。君のテクニックではカーネギーホールは難しいけれど、なにも大勢を相手に気取ることはない。数人でも、いや一人を相手にしても琴線にひびく音を奏でられればもって瞑すべしで、君はそういうヴァイオリニストになると思う、きっとなるだろう。なにしろ、こんな音楽哲学をいっぱい吸い込んだ楽器を、君は今手にしてるんだからね」

ときたま風来坊の決心が揺るぎそうになると、きまってこの言葉がよみがえり、私は自分一人を聴衆に一曲奏で、たちまち勇気百倍となる。今や、この不思議な力を持ったヴァイオリンは私とは運命共同体であり、この伴侶が居てくれるかぎり、風来坊からの撤退はあり得ない。

話を嵐との会話に戻そう。「で、嵐さんのリクエストは」「難しいクラシックより、映画音楽なんかのほうがいい」私は演奏時間をどれぐらいにしようか、晩餐のランクに応じてと考えたけれど、とりあえず鮎ひと皿を念頭に三曲弾いた。

「ゴッド・ファーザー、ニュー・シネマ・パラダイス、シンドラーのリスト。ああ私の好きな曲ばかりだ。やはりストラディヴァリウスは格別です」「ありがとう」「何かお礼をしなくては」「いいえ、晩餐の返礼を先にしたのですから」「そうはいきません。お風呂に入ってください。天然鮎が届くまでに間があるので」「そうですか、それでは」風呂につかるのは大家にもらい湯をするだけなので有難かった。「お湯はかえますか」「いいえ、理沙さんの入られたので結構です」「春野さん、理沙が好きなんですね」「まあ、たぶん」

風呂は廊下の中程の左側、トイレの奥にあった。脱衣場にはタオルなど一式と浴衣も用意してあった。「背中を流しますので声をかけてください」「いや、そんなことまで」「マエストロのために三助やるのは光栄です」湯殿はマジョリカ風のタイル張りだが、湯船は檜を用いたようで、生木の青さを思わせる、ほんのり涼しい香りがした。神戸の金チャクを四人用とすると、ここは三人用の広さかな。湯に入りうっすらと目を閉じると、耳元に理沙と嵐の声が聞こえた。「春野さん、兄ちゃんのこと気にせんといてね」「そうですよ、私はただの三助ですから」「ねえ春野さん、あたし何か匂います？」身を寄せる気配に、はっとわれに返った。兄の嵐は妹にきつい体臭があるような言い方をした。けれど、神護寺の金堂でも、広場で契約をしたときも、そんなものは感じなかった。すると何のために嵐はあんなことを……。

「湯加減いかがです」いつの間にか、三十センチほど開いた窓から嵐の声が聞こえた。「結構です」「ぬるいでしょ、薪を足しておきます」私はすっかり正気にもどり、ゆるゆると体を伸ばした。うっすらと湯気が外へ流れ、半透明のとばりの中にイガをつけた栗の木が見え、法師蟬がしきりと啼いている。聞くともなくそのルフランを聞いていると、湯の中に多田と亜紀と三人でいるような、永遠のうちにたゆたっているような、極上の気分になった。

湯から上がり、カランの前の腰掛に座ると、「入りますよ」と脱衣場から声がかかった。ちらっと見ると、嵐が作務衣のまま、手拭を手に入ってきた。カランの下にアルミ製の金の洗面器があり、嵐はこれに湯を入れ、手拭に石鹸をつけた。まず背中に湯を流してから洗い始めたが、手つきがたどたどしく、三助なんてよくいえたものだ。私は手の鈍行ぶりから連想が生じ、「この辺、トロッコ列車の汽笛、聞こえる？」とたずねた。「聞いたことありません。そうそうアオバズクが啼きます」「ああミミズクね」「いつもは六月の初め、一週間ぐらいでいなくなりますが、今年は今も啼いています。春野さん、いい時に来ましたね」「あれ、夜行性じゃないの」「夜中の二時から三時に啼きます。理沙が起こしてくれますよ」末尾の部分をささやくようにいわれ、ぶるっと体がふるえた。このきょうだい、俺を泊めようと考えているようだが、サービスの度が過ぎてはいないか。実際その傾向は体洗いにもあらわれ、嵐の手が足の裏に及ぼうとしている。斜め前にしゃがみ、爪先を持ち上げんとしている。「嵐さん」私は重厚な声を出し、手を休ませた。「何か？」「あなたも脱いだらどうです」「え、えっ」「三助いうのは、裸に近い恰好をするもんでしょう」「構わないでください」「裸になってあなたも湯に入りなさいよ」「まだ、やることがあるのです」「何を」「マッサージを」嵐はいったん脱衣場へ行きバスタオルを持ってきた。それをすっぽり私の胸にとどくようにかけ、まず首筋からもみだした。「いたっ、お手やわらかに」「何です、これしきのこと」「あなたのホクロ、見せてほしいな」「今はそのときではありません」「どこにあるの、その三箇所」「理沙のを見ることです」「彼女のを見たら、あなたのを見る気がなくなるだろう」「それならそれでいい」「こちらが困るんだ。理沙と嵐が双子かどうかわからないんじゃ」「この体、こってるなあ。やりたくないが指圧にかえるとするか」「ホクロの一つは太腿の付け根にあるはずだ。さあ見せてもらおうか」やにわに何本かの指が頭を押さえ、拇指らしい二本がこめかみに突き立てられた。「ひやー、脳ミソが飛び出しちまう」「まだまだ、えいっ」「まいった、まいった」

マッサージが済むと、も一度湯につかった。そして、脱衣場で思案の末、浴衣はやめて自分のポロシャツとズボンを着た。浴衣を着ると、とことんあちらのペースにはまるような気がしたのだ。応接間に戻り、ぼうっとしていると、嵐が麦茶を運んできた。「理沙さんは」「まもなく目が覚めて風呂に入るでしょう」「そんなに入って脂肪が抜けないかな」「あの子の肌はつるつるかな、ざらざらかな、って想像してるんでしょう」「いや、ホクロのことで精一杯だ」嵐が料理の支度があると退出し、BGMが優しい音量で鳴りだした。この家の気の荒い山羊さえロマンチックになるような、クレーダーマンのピアノだった。私は長椅子に横たわり、ほどなく眠ったらしい。

夢の中で、ハルノさんハルノさんと、誰かが誰かを呼んでいた。ハルノって、いったい誰なんだ。それにしても優しい声だ、声の主はどんな人だろう。新たな光を感じながら目を開けると、耳元で、もう一度名を呼んだ。あっそうだ、春野は自分だったんだ。三十センチ先に半ば髪に隠された女の顔があり、円くひらいた紅い唇がうまそうな果実に見えた。

「ここはどこ。如来さまの前?」

「さあ……」

理沙はウフフと鼻で返事をし、「兄のマッサージ、どうでした」とたずねた。私はこめかみをやられたのを思い出し、「ここが痛い」と手で示した。理沙は「ここ?」と確かめてから舌で指を湿らせ、「痛いの痛いの、飛んでけ」とこめかみをつんつんとつついた。

「食事の支度できてますが、自分で起きられます?」

「ノー、です」

「はい、それでは」

理沙は肩に手を回し、手こずらせようと力を入れた私の上体を、難なく起たせた。化粧水と汗と乳臭さがミクスしたような匂いがし、これがなんで非難されるの、と胸の中でつぶやいた。

私は女を見つめる目つきをしたらしい。「いややわあ」と理沙がたしなめる口調でいった。色白のほっそりした顔はどこか幼く気品があるが、目がきゅっと釣り上がっている。うかうか手出しをしたら、どんなことになるか。

理沙は先に立って歩きだした。藍染め木綿の甚平のようなものを着ているが、丈が短いために太腿のおおかたを露わにし、神護寺におけるショートパンツ姿と、実体は変わりなかった。

通されたのは冷房のよくきいた十五畳ほどの和室で、一方は庭に面した明かり障子、一方は粗塗りの土の壁、もう一方は廊下側の腰付きの硝子戸。部屋の床の側に囲炉裏があり、自在鉤に鍋が吊るされ、炭火を囲んで鮎がくねくね串刺しにされていた。明かりは白熱電球が二つだけで、囲炉裏にはセンベイみたいに薄い、紐細工の座布団が敷いてあった。

理沙にいわれ、私はその一つに腰を下ろした。ほどなく嵐が入ってきて私の向かいに、そして理沙は斜め横に席をとったが、こちらが胡坐なのに、二人は正坐でかしこまっている。

「客がいうのもなんですが、どうぞ楽にしてください」

「その前に、お詫びを申し上げないと」理沙が両手をついて頭を下げた。

「あれ、どうしたのです」

「あたし、制作上の悩みから、春野さんをスケッチする自信が無くなってしもうて……」

「それで、折角お越しになるんだから、何かおもてなしをと考えたんです。さあ、やってください。酒は自家製のドブロクです」一升瓶から湯飲みになみなみと注がれた。

「それでは遠慮なく」

ドブロクはバリウムを薄めたような色合ながら、バーボンに似たキックがあり、口当たりもよかった。これを半分ほど飲むと、串ごと鮎にかじりつき、二匹たてつづけに平らげた。脂は舌をわずかに潤す程度、肉がよくしまり歯にさくさくとし、そのうえに川底の緑を故里とする霊妙な香り。

理沙は酒を注いだり、鶏鍋を小鉢にとったり、たびたび私の方に体を傾けてくる。なかなか飲みっぷりもよく、目がほんのり潤んできている。ただ、酒気はそこにしか現れなくて、依然、体臭は好ましい汗くささだった。嵐は下戸だそうで、薬缶《やかん》の水を飲んでいた。

この酒は回りが早い。二杯目の半分で全身がくつろぎ、二人に対しすっかり打ち解けた気分になった。

「理沙さんに一つ聞きたいこと、あるんです」

「あたしにですか。何か、お風呂に関することやろか」

「それはさておき、先ほど制作上の悩みといいましたが、もう少し詳しく話してくれませんか」

「それ、春野さんに関わることなんや。ヌードとヴァイオリンについてのもろもろの考察」

「妹はこう見えて、なかなか複雑な性格でね」

「男のヌードといえば真っ先に頭に浮かぶのが『考える人』ですが、春野さん、あのスタイルでヴァイオリン弾けます？」

「たしか右肘を左の膝にのせているよね。あれじゃヴァイオリンを脚の間に挟むしかないな」

「ストラディヴァリウスをそんな目に遭わせたらいかんわな」と嵐。

「次に浮かんだのがダビデ像」

「ああミケランジェロね。あれなら直立してるから弾けます」

「けど、あれ、男の人の大事なところ、露出してるから、その点がね」

「僕はいっこうに構いません」

「途中で、その箇所に異変が起きたら、春野さんどうする。理沙の潤んだ目にたぶらかされて」

「たぶんそうなるでしょうが、それ、自然の摂理だから」

「あたし、むしろそうならないことを心配したの」

「エレクトしないと、男は引け目を感じるし、女は自分に魅力がないとがっかりしてしまう」

「そんなことで一晩中眠れなくて、いっそ自分がヌードモデルになろうかと」

「理沙、何ということを」

「それはいい。悩んだときはそれぐらいの発想の転換が必要だ。それこそ最高のおもてなしにもなります」

「春野さん、そんなこといって、ちゃんとスケッチできるんか」

「できませんとも」

「スケッチもしないで女の裸体をじろじろ見るのはワイセツの極み。兄として許せるもんじゃない」

「それね、動かないからワイセツになるのです。女の裸が躍動すればこれほど健康的なことはない」

「わあ、あたしに裸で踊れって。高校時代新体操してたんです。春野さん、伴奏してくれはる?」

「よろしいかな、嵐殿」

「うーむ、うーむ。虫歯が痛みだした」

嵐は事実上容認し、その丸い目にみじんも不服の色を浮かべなかった。この二人どうもあやしい、ぐるではないのか。まさか、神護寺のキツネ、高山寺のタヌキじゃあるまいな。

ええい、構うもんかと私は応接間へ走り、ヴァイオリンを持ってきた。見たところ、この座敷、ストリップをするに十分なスペースがある。

私は床の間の前に立ち、神妙な顔をして「木本理沙さん、どうぞ」と開演のアナウンスをした。彼女、もしかすると新体操の女王だったのではないか。さっと立ち、爪先で軽やかに歩き、バレリーナ風に一礼する、ところなど。

伴奏は三曲。一番目はあの「ソソラ　ソラ　ソラ　兎のダンス」。私の想い描いたとおり、ダンサーは軽やかに跳ね、アクロバティックに反り返り、百八十度開脚した。そのダイナミックな流れの間に、着物の紐はほどけ、本体の着物もふわりと遊離し、理沙は過激なビキニ風の、裸に近い姿になった。

次は「セントルイス・ブルース」。私はシカゴの地下酒場と黒人ストリッパーを思い出した。銀のバタフライをつけた彼女は、腰の大回転と腹筋の伸縮によってそれがずり落ちそうになる際どさを巧みに見せた。理沙はといえば、雪白の肌に黒いレースの薄布。そのレースは中を見せるために存在するといわんばかりに粗く編まれ、ようやく腰骨に引っかかっていた。それを見て弓を持つ手に力が入り、江頭先生ごめんなさい、の演奏になった。ブルースのあちこちにギーコギーコが頻出し、そのたびに彼女の所作が妖しくねっとりとする。もう速い動きは鳴りをひそめ、やはりポールを相手にしたように腰を上下するだけになった。

私はとどめとして山本リンダの名曲、「ああ今夜だけ　ああ今夜だけ　もうどうにもとまらない」のあの曲を選んだ。これによって理沙も、もうどうにもとまらなくなり、最後の砦《とりで》の腰の薄布を足の上げ下げも目に入らぬ速さで取り払うだろう。私は全裸の理沙が手のやり場に戸惑う姿を想像しながら荘重な声でいった。

「それではフィナーレを」

ところがこのとき、プルルンプルルンと、耳をくすぐるようなおどけた音がした。床柱の横、違い棚の上の電話の子機が鳴ったのだ。「あっ、母さんだ」音だけで先方がわかるのか、嵐が転がるように電話に飛びついた。「はい、はい」と彼は聞き役に徹し、一言だけ「理沙はもう寝ています」といった。理沙が素早く衣類をつけた。

「母さんが帰ってくる。ここらのもの、急いで片付けよう、済んだら理沙は自分の部屋にこもれ。酒のにおいで、今夜のことばれんように」

嵐はこの緊急事態について、もう少し説明を加えた――母さんは今京都駅にいて、予定を早めて戻ったのは、実家のデブ猫「花やん」が可愛い子供を五匹も産み、その一匹をもらったからで、自分たちに早く見せたいそうだ。タクシーで帰るけど、山羊を放してあるのなら、つないでおいてほしい。猫にヤキモチ焼いて怒り狂うと困るから、というようなわけ——。

理沙は一度に酔いがさめたらしく、一升瓶から湯飲みから皿から、夜逃げするより迅速に片付け、飲食の痕跡を瞬く間に消し去った。私もヴァイオリンをケースに入れ、紐製の座布団の位置を囲炉裏に対し正しく向かせた。「山羊をつかまえてきます」と出ていった嵐は十分ほどで戻ってきた。しばたたく私の目に、丸襟のブラウスとフレアのスカートが飛び込んできた。私はいちおう目をみひらき、びっくりの表情をしてみせた。「鼻のひげ、どうしたの」「わたしの名前、ほんとうは花の蘭なの。お風呂でホクロ見せろといわれたとき、体が熱うなって、もうめろめろで……」「それで今晩、僕はどうなるの、アオバズクは聞けないの」「ごめんなさい、タクシーを呼びました」

狸顔が表まで送りにきた。「女狐によろしく」というと、「ポンポコポン」とくちずさみながら腹を打ち、スカートの後ろをさぐる仕草をした。しっぽがはみ出ていないか確かめたらしい。芝居っ気もここまでくると、アカデミー賞ものだ。

7　バー「プランタン」の灯が点る

朝の勤めの「寝転び座禅」は、無期限の休止とした。頭を剃るのに三十分かかるからで、これはとてつもなく神経の集中を要し、雑念を侵入させない点において座禅より優っている。

さて、大阪支店長はなかなかの要職である。西日本の営業を統括し、近郊にある研究所を管理下に置いているからだ。わが社は市販の風邪薬や栄養ドリンクでその名を知られているが、医師の処方が必要な医療用医薬品の分野が手薄であった。七年前創業家の三代目が社長に就任すると、新薬の開発、あわよくば何千億円も売り上げる夢の新薬を目指そうと、木造の研究棟を鉄筋コンクリートに建て替えた。名称は研究所と格上げされ、白亜の堂々たる外観を誇っているが、スタッフや研究資材をそろえるのも容易ではなく、相当期間がらんどう状態だった。今それがどの程度改善されたのか、足繁く通ったところで、フラスコとビーカーの区別もつかない私だから、すべて所長にお任せだ。

それにしても意に反し、私は出世している。大阪に来る前は広告宣伝部の部長を三年務めていた。社長にいわせると来年は役員だそうだけど、そうなったらこの世に喜んでくれる人間が何人いるだろう。同期の連中は面白くなかろうし、亜紀の反応は「あっそう」というだけ、私自身も重荷に感じるばかりだろう。さいわい私はその前に会社をやめるから、そうはならない。

入社したとき、五十までクビになってはならぬと胸に誓い、社内での処世術をこう決めた。与えられた仕事は実直にやりとげること、人に対しては和して同ぜぬこと。むろん、地道なルーチンワークが自分の性に合わぬことは十分承知していた。そのうえで私は「たかが五十までだ」と自分に言い聞かせた。マラソンの瀬古選手が「三十キロまでは誰でも走れるが、しんどいのはそれからだ」というのを聞いたことがある。これをサラリーマンレースに置き換えると、五十歳は三十キロ、そのあと定年までがしんどいというわけだ。

こんなだから、出世欲はまるで無く、上司におもねったり、部下に虚勢を張ったりすることもなく、おおむね地のままに振舞うことが出来、精神衛生上わりと良好に過ごせた。

にもかかわらず、自分はなぜ昇進したのか。一つは、人より容量の多い記憶装置を持ってるためではないか。以前より我が社は創業家のワンマン経営を脱却するため、会議の尊重とそこでの闊達な議論ということが唱えられ、浸透してきた。私は「実直に」の自戒どおり発言はひかえ、もっぱら聞き役として、これはいいと思う意見は、いつ誰が発言したかを記憶にとどめた。これは自然に出来ることで、記録などとらずとも適宜頭の中から引き出し、再生できる。「もう二年前ですが、Aさんはこんな発言をされましたが、このアイデア、今でも十分活かせるのではありませんか」とか「B君はたしか三年目だったかに、こんなことをいってみんなを驚かせましたね。

しかしこの発想の新鮮さは今も変わらないと思う」などと簡潔に述べ、長広舌はふるわない。これも「津村さん、どうです」と意見を求められてのことだから、人が謙虚で篤実な人間と勘違いするのかもしれない。

この記憶力はむろん英語の習得にも役立った。大学受験用の単語集を、ひとつ残らずマスターしたが、日常会話はこれで十分だったし、会社の往き帰りに薬学と生物学の専門用語もおぼえた。論語読みの論語知らず、なのだが、研究者の通訳を頼まれると、専門家ヅラしてやった。

英会話の勉強は中一から毎朝一時間テープで自習し、大学卒業まで続けた。世界のあちこちほっつき歩く、そのためにのみ自分に課した修行であり、師はもっぱらテープの、キングズイングリッシュを話す先生だった。大学に入ってからはときどき留学生と会話を交わしたものの、先生についたことは一度もない。会話をマスターするには外国人の恋人を持つのが早道という説があり、私にもチャンスはあった。大学三年のとき兄に頼まれ、その友人の引っ越しを手伝いに行き、留学生を紹介された。その家に下宿しているイギリス人で、大家は彼女を引き続き新居に下宿させるというのだ。ごわごわした赤毛のおかっぱ頭、笑うとソバカスばかりになる子供っぽい顔、ゴムまりを想像させる胸の出っ張り。「あなた、何勉強してるの」と日本語で聞かれ、「とくに何も」と英語で答えると、自分は産業革命について英国と日本の比較研究をしていると述べ、私が怪訝な顔をしたら、「アンダースタンド?」と私の語学力に疑問を呈した。「日本に産業革命がありましたか。ご高見をうかがいたいですね」と英語を使いケムにまこうとすると、きゅうに体をすり寄せてきた。「スミト、浮世絵、知ってる」「ほんの少し」「さがしてるものがあるの」「へえ、どんな?」「わたし、あなたよりだいぶ年上よ」彼女、ニコール・ゲーナーはこのとき赤面したように見え、さては浮世絵といっても非売品のやつだなと気づいた。「つまり、シークレットのウタマロ?」「おー、そのとおり。神田にさがしにいくの、来てくれませんか」「よろこんで」二人で神田の古本街へ三度行った。ニコールは私より三つ年上だったが、「歌麿の秘蔵品、ありますか」が言い出せず、私がそのつど代弁し、ことごとく断られた。思い余った私は、ウタマロのかわりにビニールで封をした本を示し、「これでどうお」とたずねた。「ノー」ニコールはきっぱりといい、そこでまた体をすり寄せてきた。「スミト、マイ・ハウスに来ない」「えっ、ユア・ハウスへ」この「ハウス」とは大家の所有する家のことだろう。人のいるところなんて行きたくないから、私は首を横に振った。「今日はわたし一人、みんな旅行に行ってるの」「オーケー」この会話によって自分たちがどうなるか、脳ミソを使わなくてもわかった。ニコールの下宿は中央線の荻窪にあり、私たちは駅前のラーメン屋で麵と餃子で腹ごしらえをした。それからビールを二缶買って下宿部屋に持ち込み、ニコールは勉強机、私はスツールに腰かけ、五分でビールを空にした。ニコールが「ベッドに行く」という意味のことを、視線をそちらにやって私に知らせた。「うん」とうなずくと、洋服を脱ぎ始めたので私もそれにならった。裸になりベッドに並んで横たわると、「スミト、セックス知ってるの」と聞かれ、「理論的にはね」と答えた。「エクササイズはまだってこと?」「一人では何百回とやったけどね」「うわー、可愛い」ニコールは私にかぶさり、体じゅうにキスの雨を降らせ、それからいわゆる騎乗位の体位をとった。私は目をつむり、どう対応しようかと考え、ふと江頭先生の「体の力を抜け」を思い出した。これは人生万般に通じる鉄則らしく、自身の体がニコールのエクササイズに連動しているのを感じ、ゴンドラに乗ったような気分になった。そうしてものの五分もせぬうち、ゴンドラ漕ぎが「あーあーあー」とコロラチュラで歌うのを聞いたと思ったら、船が止まった。

ニコールとのセックスはとても気持ちよかった。だのに下宿部屋を出るとき「また会う？」と聞かれ、うんとはいわず、黙って首を振った。これは快楽のあと理性が急速に回復し、大家に後ろめたさを感じたからであるが、ニコールに恋情をもっていたなら、べつの返事をしたと思う。

私はこの齢になるまで本気で恋愛をしたことがない。数日か、長くて数週間、一人の女に熱を上げることはあっても、その熱が三十七度五分ぐらいで下降してしまう。五年のとき山口真澄にいだいた感情がそれらしいといえばいえるけど、彼との肉の交わりを想像すると、ペニスでフェンシングしている場面しか思い浮かばない。

ついつい脱線してしまった。ここでのテーマの英会話であるが、諸国漫遊という幼い頃からの夢が、漫遊という点を除いていくらか達成された。薬学会世界大会、役員の海外視察などに通訳としてしばしば同行したのである。これにより役員たちと知り合うことになったし、出張中彼らがどんな悪さをしたかについて、記憶装置を作動させなかった。結果、これが昇進に寄与したことはまちがいない。

九月に入って早々、台風がこちらへ来るかもしれないというので、公私とも対応を迫られた。この台風、勢力範囲は狭いがすばしっこい動きをするやつで、私は前日社員にこう言い渡した。

「朝の予報で近畿に上陸する可能性が五〇パーセントだったら、出社しなくてもよろしい」「支店長、気象庁が上陸の確率まで予報しよりますか」「いや、それは君たち、自己責任でやってくれ」

私的な対応は、「この離れ、ぺちゃんこにつぶれないだろうか」と天井を見上げることで済ませたが、そこへ吉川氏がやって来て「こんな日に出勤するんか」とたずねた。「台風、こっちに来ますかね」と聞き返すと、「さあわからん。けど対策はちゃんと講じた」と得意そうにいった。「奥さんを土蔵に閉じ込めたのですね」「あれは心配いらん。ちょっと見に来るか」吉川氏は気乗りのしてない私を玄関の方へ引っ立てた。入ったところの土間に、ニワトリたちが移され、不要になった蚊帳であろう、四角く周りを囲ってあった。「みんな、おとなしくしてますね」「鶏舎と同じ広さにすると落ち着くんや」「屋根がないけど、不安にならないのかな」「緊急時に贅沢いってはいかんことを、彼女らは知ってるんや」「ヒナ、大きくなりましたね」「先輩後輩の区別、つくんか」「いや、モンローとドヌーブの区別もつきません」「ヒナの名前、知りたいか」「ぜひ」「あんたのギーギーガーガーにヒントを得たんや」「それ、もしかして私のヴァイオリン?」「そのとおり、チゴイネルとワイゼンとつけた」そんなジプシー音楽みたいな名をつけたら、籠を出てさすらいますよ、といおうとしたら、「コッコ、ケッコーケッコー」といずれかのトリが鳴き、私に退出のチャンスを与えてくれた。

幸か不幸か、台風は中国地方へそれた。次長より欠勤した社員は一人との報告を受け、「そう」とだけ返事をし、あくびを一つした。一人とは、何だかつまらなかった。

九月の第一土曜日、久しぶりにタキシードを取り出した。月末の薬学会の前に風を通しておこうと考えたのだが、ハンガーに吊るしたとたん、ももゆうさんに会いたくなった。タキシードとヴァイオリンであのひとをびっくりさせてやりたい。

一回こっきり、その場限り主義の、彼女は大いなる例外、年上なんかもんだいじゃない。からっと明るいあの眸、さばさばと気取りない話しぶり、そのくせ甘い余韻のある声、しっとりと蒼いうなじ。このあいだ、夢の中でももゆうさんに会いに行った。網代笠をかぶった僧形の、これまでと同じ自分だった。表に立ち、おーほーおーほーと呼びかける。応答がないので、また呼びかける。そしてまた、と何度かくりかえすが、かえってくるのはしーんとした静寂ばかり。私は場所をまちがえたのかと、目をこすり店の名を確かめてみる。やはり「プランタン」である。だとすると、ももゆうさんは不在なのか、それとも……。この時刻、掃除をしてるはずだから、わざと返事をしないのではないか。そうか、そうだったのか。ようやく私は思い至った。彼女は私をいさめているのだ。もう托鉢に来てはいけません、女に会うために托鉢の真似事なんかしてはなりません、と。私は気をつけをし、「はい、もういたしません」と大声で宣言し、その場を去った。

私はどちらかといえば、ネオン街に対し冷淡な人種であった。必然水商売の女性と仲良くなることもなく過ごしてきたが、一度だけ執心に似た想いをいだいたことがある。十年ほど前、本社営業二部の次長をしていたときだ。横浜支店へ出向き業務報告を受けた後、支店長の「馬車道辺りでどうです」の儀礼的誘いを、「そのうちゆっくりとね」と、こちらも儀礼的に断った。支店を出ると、久しぶりに港町をぶらぶらし、中華街で焼売を買って帰ろうと決め、横浜税関を経て山下公園へと歩いた。そしてホテル・ニューグランド裏の大通りに出たときだった。ビル街の中に、そこだけ沈下したような古い三階建てがあり、ぽつんと一つ袖看板がかかっていた。青い電飾の「北ホテル」の字が震え、その寂しげな情感が私を中へと引き込んだ。椅子が七、八脚のカウンターだけの店で、椅子は高く、カウンターについた真鍮の手すりが、暗い店内をそこだけ輝かせていた。目が慣れると、女が一人その内側にいて、小さなスタンドの灯で本を読んでいた。「やあ」と私がいうと、女は迷惑な気持ちをごまかそうとしたのか、青いオレンジのような笑みを浮かべ、「いらっしゃいませ」といやに強い声でいった。これから接客しなければ、と気を入れたように見えたが、「お飲み物は何になさいます」の口調は平板そのもの、つられて「ウイスキーの水割り」とぶっきらぼうに答えた。私は相手のとっつきが悪いと自分もそうなる癖がある。俺と目の前の女、初めて部室で顔を合わせた中学生みたいだな。そんなことを思ったとたん、気が軽くなり、「あなたも何か飲んだら」と調子がよくなった。女はほんのわずかうなずいた。それで、聞こえましたよ、を伝えたらしく、「ちょっと失礼」といって調理台の方に行き、こちらに背を向けた。少しして、アジの南蛮漬けとセロリの糠漬けが出され、私はセロリの一片をつまみ、口に入れた。「うまい、手製ですね」「ええ」「この南蛮漬けもね」「ええ」女はあるかなきか、微風ほどの笑みを浮かべた。そんな印象を受けたのは、片頬にえくぼがあるのに、もう片頬は髪がかかって翳になっているからだった。私は南蛮漬けの精妙な味に驚き、おかわりを頼んだ。何かほめ言葉をと、ゆっくり噛みしめ食べたけれど言葉が出てこず、ただ「憂愁」の二字が脳裏に浮かんだ。憂愁がこの人の隠し味であるのか。私が三杯目の水割りを頼んでやっと、「ウイスキー、いただきます」と自分の分をこしらえた。ダブルの量がロックグラスに入れられ、彼女はそれを三口ほどで空にし、「もっと、どうぞ」を手ぶりで示すと、両手を立て「ノー」を明示した。「何か音楽、かけましょうか」「あなたの好きな曲を」。ＣＤから一曲をかけ、取り替えてまた一曲と、面倒なやり方を厭《いと》わず、それも「イエスタデイ」や「シェルブールの雨傘」など、私の好みを承知しているように。そうしてやっぱりモンタンの「枯葉」がかけられた。出だしは低く、抑揚のないモノローグ。土気色のひび割れた唇が語る、過ぎ去りし夏、散り落ちる枯葉。私は酔いにまかせ、こんなことをいい、彼女も乗ってきた。「モンタン、遺言をつぶやいてるようだ」「彼、何といってます」「いわく、俺はあといくばくも生きられないから好きなことがやりてえ、と」「お客さんなら、何したいです?」「そうだなあ……俺に1をつけやがった数学教師をぶん殴ってやりてえ」「ああ、それがやれるのなら、私は英語の先生です。ヒステリーの」「ラブレターを突っ返しやがったＴ・Ｍの頭をバリカンで刈ってやる」「Ｔ・Ｍさんじゃなく、Ｓ・Ｙに出せばよかったのです」「え、えっ?」このとき定連らしい二人組が入ってきた。私はこれが潮どき、また今度来ようと勘定を頼んだ。彼女は下まで送ってきて、「私のイニシアル、Ｓ・Ｙです。近いうちに来てくださいね、きっとよ」といった。

その後北ホテルへは、行きたいのに、一人では行き難かった。支店の連中と飲んだとき、以前部下だった浅川という社員に「北ホテルとかいういい店があるらしいね」と水を向けたところ、「ああ、あそこね。あそこはヤバいですよ。ママがヤクザの女らしいから」と教えた。私はその点を確かめようと意を決し、早速一人で北ホテルへ足を運んだ。サラリーマン風の客が一組いて、彼女とその点に関する話をしないまま半時間が過ぎた。と、一人の客が「よー」と掛け声も威勢よく入ってきた。なんと、浅川ではないか。目と目が合い、浅川はとっさに身をひるがえそうとした。「浅川君、奇遇じゃないか」「あのう、どなたでしたっけ」浅川はそらとぼけ、私と一番離れた席に腰をつけた。私は椅子を立ち、後ろから彼のズボンのベルトに手を差し込み、吊り上げて私の隣に坐らせた。ママが大笑いして前に来て「お二人、お知り合いなんですか」と聞いた。「いやね、この男、あなたのことをですね」ヤ、ヤ、ヤクザの女だといってますよ、といおうとするのを、浅川が必死に口をふさいだ。「俺をだまし、抜け駆けしようとしたな、ふてえやつめ。ママさん、この男にボトルを一本キープしてやってください」私はそそくさと勘定し、一人で北ホテルを出た。

水商売のひとに会いたくて、胸をわくわく、扉を押すのはこれで二度目だった。だが考えてみると、今回は立場がはっきりしない。自分は客であるのか、流しの演歌師であるのか。ハンニャハラミダを唱えながら思案したが決められず、えいっと扉に体当たりするように中へ入った。もゆうさんはカウンターの中にいて、包丁を手に何か調理中だったが、ぱっと顔を上げ私と目が合った。二つの瞳が弾けそうに大きくなり、口の形もぽかんと丸くなった。

「ほんまやろか、もしかして、津村さん?」

「はい、まぎれもなく」

私は背中のヴァイオリンを下ろし、「僕、さすらいの演歌師ですねん」といって一礼した。

「坊さん、やめはったん?」

「あなた、ええ加減な托鉢したらあかんと、僕をとがめたでしょ」

「わたしが、ですか」

「こないだ、ほら夢の中で」

「津村さん、わたしの夢、見てくれはったんや」

カウンターの中に見覚えのある女の子がいて、私に軽く会釈をよこした。前回、面接に来た学生だった。

「アルバイトの柴山さんです」

「津村です、よろしく。僕はね、必ずしも客じゃないんですよ」

「そうですか。だから、立ったままなんですね」

「こら、柴ちゃんたら」

ふふふと笑いながら、ももゆうさんが椅子を示した。

「その前に一曲、サービスさせてください」

「津村さん、レパートリーは」

「あらゆるリクエストに応じます。これが表看板です」

「弾ける曲、どのぐらいあるんですか」柴山嬢がたずねた。

「君が代を入れると、百一曲かな。ママはどんな曲が好きか、知ってるかい」

「ときどき鼻歌でうたってはります。ふんふんふん、と」

「その曲、当ててみせましょうか」

「ふんふんふんだけで、わかるやろか」とももゆうさん。

「シェルブールの雨傘では？」

「わあ、津村さん、天才や」

「S・Yもこの曲が好きだった」

「S・Yって？」

「女のひとです。アジの南蛮漬けに憂愁があった」

「わたしも、それ、つくります。それに……」

「何です」

「わたしもS・Yです。本名矢口早苗と申します」

「S・Yさん、十年前、横浜の山下公園近くに、いい店持ってたでしょ」

「そうやったかなあ。それでそれで」

「僕と話が合った。死ぬ前に中学の教師をぶん殴ってやりたいとかね」

「それでそれで」

「あなた、ウイスキーのダブルをロックで飲んだ」

「ときどきはね」

「ホテル・ニューグランドについても話が合った」

「でも結局泊まらなかった。三笠温泉と同じように」

私はちくしょうと悪態をつき、「シェルブールの雨傘」を弾きだした。しっとりと甘く、北ホテルの震えたネオンに、S・Yを重ね合わせようとムードを出して。けれど、横浜のS・Yと矢口早苗が瞼の中でこんがらがり、いい音が出なかった。それでも聴衆の二人ともがさかんに手を叩き、アンコールを所望した。私は柴山嬢の前へ行き、「何かリクエストは」とたずねた。おかっぱ頭、きりりとした頰、口紅の薄桃色。「何にしようかな、そうだ、立命の校歌、お願いします」

「ああ、立命の学生なんですね」

「いいえ、この子、京大生です」

「紅もゆる、ならやれますよ」

「わたし、立命の『仰げば比叡、千古の緑、伏す目に清しや、鴨の流れ』のところ、大好きなんです」

柴山嬢は節をつけて歌い、それで私がメロディを覚えたと思ったらしく、あとを待つ顔つきになった。

「立命はこの次までにマスターします。あなた、ひばりの『悲しい酒』知ってる?」

「はい、うちの母さん、酔うとよく歌います」

「それじゃ、あなた、別れ涙の味というものを演技して」

弾きだすと、この京大生、首をゆらゆら、目をとろんとおぼろげにした。失恋女というより夢遊病者のようで、私は笑うまいと歯を食いしばり、どうにか弾き終えた。

「ありがとう、最高の演技だった」

「おおきに津村さん。これからはお客さんどっせ。何飲まはります」

私は素直に客になり、ウイスキーの水割りを頼んだ。おつまみは小鯛の一夜干し、鱧と胡瓜の酢の物。ＢＧＭに江頭先生の好きだったビリー・ホリデイが流れ、私はゆるゆるとグラスを傾けた。

ももゆうさんは藍色の着物に白いたすきをかけ、何か手を動かしている。うつむいて薄い影になった顔がちょっと上げられ、言葉を持った目が私の方を見る。味はどうです、ウイスキーおかわりは、楽しんでもろてますか、などと。

二杯目を空にし、おかわりをといおうとして、これはいかんと、とっさに口をつぐんだ。こんな優雅な遊び、ヴァガボンドのやることじゃないな、断じてやることじゃない。私はヴァイオリンをつかみ、「勘定してください」ぼそっとした声でいった。と、同時に「おいでやす」とももゆうさんが右に向かって挨拶をした。尻を上げるかどうかためらってるうちに新入りが二つ隣に座り、「シングルの水割り。実質ダブルで頼みまっせ」といった。私がう、うっと喉で笑ったら、ももゆうさんもくすっと笑い、注文どおりの濃さにした酒を、私の分までつくった。その客、まだしらふのくせにエロ話を始め、反応を見ようとしたのか、こちらを向いたときヴァイオリンに気づいたようだ。「あれっ」と声を上げ、「あんた、いつかの」と弓を弾く仕草をした。顔ははっきりしないがごま塩頭には見覚えがある。新京極の和装小物の店主である。

「その節はどうも」

「あんた、ここで何してるんや」

「ママのお許しがあれば、流しをやりますが」

「ママ、ええよね」

「どうぞ、どうぞ」

「何、やりましょ」

「その前に、金、決めとかんとな」

「はい、一曲千円です」

「うーん、高いわ。今日び百円ショップでお仏壇も買えるらしいで」

「奥さんには五倍いただきました」

「あれ、ああいう女でな、衝動的なんや」

「この話、無かったことに」

「ちょっと待った。あんた、何でも弾けるのか」

「はい、立命の校歌以外は」

「よーし、三曲二千円でどうや」

「よろしいです。で、リクエストは？」

「家に帰りとうない、ちゅう曲頼むわ」

「そんな歌、ありましたかね」

「あんた、何でもやれるというたやないか」

「うちの女房にゃひげがあるという歌なら、うろ覚えでやれますが」

「うちのはひげどころやない。そのあたり、聞きたいか」

「はい、聞かせてもらったら、インスピレーション、湧くかもしれません」

わしの悲惨な結婚話、祇園で知らん人間はおらんで、と前置きし語ったところによると、自分は佐渡の生まれ育ちで、家業の船具製造に従事していたところ、京都で指折りの呉服店によい年頃の一人娘がいる。賢くて、口数が少なく、器量よしで、胸もそこそこ大きい。そのうえその家は代々女子しか生まれず、養子は下へも置かぬ大事な扱いを受け、小遣いは使い放題、色街へ出かけるときは「たんとうにお楽しみやすや」と送り出されると聞かされた。

「はい、そこまで」私は手を上げ、おやじさんを黙らせようとしたが、「仲人の話、ぜんぶ正反対なんや、ぜんぶやで」相手がなおも喋りたがるので、「たとえば」とつい口を挟んでしまった。

「口数が少ないなんて、とんでもない。喋っとらんときは河馬みたいに大口開けて笑いよる。そうかと思うと、たかがヴァイオリンでわーわー泣きよる」

「つまり、ラテン気質なんですね。そういう相手には、家に帰りとうない、では生温《なまぬる》いな。いっそのこと家を出奔する歌はどうです」

「そんなん、あるのか」

「夜行列車に乗って北へ向かい、雪の青森から連絡船に乗り換える」

「わかった。津軽海峡冬景色やな。わし大好きや」

「歌えますか」

「よっしゃ」

いうだけあって、おやじさん、歌詞をほとんど記憶していて、度々鈍行列車並みの伴奏を追い越しそうになった。

「次はもっと遠くへ、命がけの旅をやりましょう」

「シベリヤへ行くのとちがうやろな」

「八十日間世界一周」

「ああ映画で見たわ」

二曲目は私のソロでおわり、さて三曲目はと思案したとき、彼氏の携帯電話が鳴った。誰からかは耳を近づけなくてもわかる。

「大丸の前で高校の友達となあ、これは奇遇や、一杯やろうかと、なに、べっぴんなんかおりますかいな、へちゃむくれが二人や。佐渡から出てきた友をないがしろに出来ますか、名前かいな、それ聞いてどうするんや」

おやじさん、私の方に身をかがめ「名前は」とたずねた。「津村です」「前に話したことのある、津村君や。なに、何のために。そこまでいうなら、かわりますがな」

「た、た、たのむわ」と手を合わされ、携帯電話を渡された。

「かわりまして、津村です。はい、そうそう、その高校の」「うちの人、成績どうでした」「はあ、中の上ぐらいでした」「体操の成績は」「水泳が得意でしたよ」「ほんまですか。琵琶湖に行ったとき、犬かきしてましたけど」「能ある鷹ですよ」「わたし、あなたと会いませんでした?」「さあ、どこででしょう」「その声、聞き覚えがあるんやけど」「声ですか。何かの音でなくて、声ですか」

「何ですって。津村さん、何か隠してはらへん」「まったく、ぜんぜん」「お酒、飲みとうなりました。場所と店の名教えてください」「はい、べっぴんのママとかわります」むしりとるように携帯が、持主によって奪われた。「言い忘れたけど、津村君、サンダーバード何号とかに乗るんやて。わしも可及的速やかに帰りまっさ」

「ママ、お聞きのとおりや、勘定して」

ももゆうさんは「今度ごゆっくり」と言葉を返し、「はい、へちゃむくれからです」と勘定書を渡した。私もこの機を逃さず「こちらにもお願いします」と演奏料を口頭で請求した。

「あかん、三曲の約束や。それを完全に履行したら、二千円払うわ」

「わかりました。あと一曲はおたくの店におうかがいして弾くことにし、二曲はプランタンで履行済みと奥さんに説明します」

「ひやー、えげつない流しや。払うがな、払いますがな。一曲は今度この店で会うまで貸しとくさかい、うちの店へ来んといてな」

おやじさんが出て、五分もしないうちに別の客が来た。「よー」「あら、おひさしぶりどす」のやりとりをぼんやりと聞き、この新客に「一曲どうですか」を試みるかどうか思案していると、聞いたばかりの「よー」がまざまざと耳によみがえった。十年前「北ホテル」で聞いたあの声と同じではないか。私は反射的に新客が着席したらしい方向へ視線を走らせた。何と何と、椅子一つ隔てた席に、あの浅川社員が定連ヅラしてそりかえっている。なぜなんだ、なぜこいつがこんな所にいなきゃならないんだ。私は猛烈に腹立ちを覚え、こいつにひと泡吹かせてやりたい、それには知らんぷりを貫くことだ、と方針を決めた。さいわい、私はスキンヘッドであり、千葉支社・次長の彼は、その情報までは得ていないであろう。用心のため、前にある紙ナプキンに「今夜は津村の名を出さないでください」と書き、そっとママの前にすべらせた。さらに左手で頬杖をついて浅川に横顔を見せなくしたが、スキンヘッドにタキシードが奇異に見えるのか、ちらちらこちらを窺う気配がし、とうとう「よく似てるなあ」とつぶやくのが聞こえた。私は消極的戦法を捨て、野太い声で攻勢に出た。

「一曲、いかがですか」

「はあ?」

「私、ヴァイオリンの流しです、ほらね」

浅川、一応楽器に目をとめたものの、その十倍ほど時間をかけて私の顔を見た。

「津村さん、じゃありませんか?」

「いいえ。私、左近山と申します。ねえ、ももゆうさん」

「えええええ、そうですとも」

「一曲いかがですか」

「京都じゃ、流しの人がカウンターに座るんですか」

「浅川さん、この方、お客さんでもあるんです」

「しかし、タキシードで流しとはなあ」

「不肖左近山、このスタイルで通しております」

「声もそっくりだ。近い親戚に津村という人、おりませんか」

「私、天涯孤独です。ねえ、ももゆうさん」

「えええ、左近さん、ひとりぽっちです」

「左近山さん、一杯ごちそうさせてください」

「おおきに、ごちそうになります。ははん、いい会社にお勤めで」

私は図々しく浅川のボトルを手に取り、首にかかった名札を検分した。

「さぞ高給なんでしょうね」

「それほどでも。しかし他人の空似って、あるんですね」

「また、津村さんですか」

「いま大阪の支店長ですが、以前その人の部下だったことがあります」

「どんな上司でした」

「部下にああしろこうしろと、うるさいこと、いわないんです」

「不干渉主義ですね」

「あたたかな目で見まもってくれるのです」

「何もしない人のようですね」

「ちがいますよ。グラフを取っ払ってしまいましたからね」

「何のグラフ?」

「顧客を回った件数を棒グラフにするんですが、全国にさきがけて廃止し、その日印象に残った何か一つを、三行で報告するシステムに変えたのです」

ももゆうさんがしゃしゃり出た。

「浅川さん、津村さんのこと、もっと知りたいんやけど」

「何のために」私は声を太くし、文句をいった。

「左近さん、ほっといておくれやす」

「僕が入社したとき、津村さんは人事の係長をしていて、僕はえらそうにこんなスピーチをしたんです。自分は人生をこの会社にささげようとまでは思っていないし、残業は出来るだけしたくありません。いや、残業させられぬよう要領よくやりたいと思います、と。津村さんは十年以上たってから、ある会議でこのスピーチを持ち出し、あれは率直でよかったといってくれたんです。僕、うれしかったなあ」

「それがどうしたというの。津村なる人物、たんに記憶がいいだけじゃないの。なあ浅川君」

私は浅川社員に面と向かい、正真正銘、肉声を使った。

「津村さん！　やっぱり津村さんだ」

浅川は一つ右の椅子を後ろに押しやり、横ざまに私に抱きつこうとした。私は上体をねじってそれをよけ、「ももゆうさん、ごめんなさい。こういう次第でサラリーマンもやっております」と白状した。「へえー、そうなん」彼女、声は驚いた風であるが、眼差しは「そんなこと、どうでもよろしいやん」と涼しく語っていた。

私は、浅川のボトルをたよりに杯を重ねながら、彼が京都勤務のときに自力でここを発見し、以後年に一度は訪れることを聞きだした。

「あれは何ていったっけ、横浜の」

「北ホテルですか」

「君はあそこと、ここを、二股かけているのか」

「ふたまたなんて、そういうあれじゃないですよ」

「どういうあれなんだ」

「北ホテルはお友達です」

「プランタンは」

「ママを目の前にして、いえというんですか。津村さんはどうなんです」

「北ホテルは好きだったが、あきらめた。ヤクザが、俺のスケに手を出すんじゃねえとすごんだのでな」

「すみません、あれ、取り消します」

「プランタンのももゆうさんはどうなんだ。やっぱり、そういう人が後ろについてるのかい」

「申し訳ない、二度と嘘はつきません」額をカウンターにすりつけんばかり、オーバーに浅川が謝った。

「素直になった浅川君、ももゆうさんのこと、どう思ってるの」

「津村さん、好きなんでしょう」

「君が先にいえ」

「先輩が先です」

こんな具合に、じつにたわいなく二時間が打ち過ぎた。勘定は自分が払うといって浅川が譲らなかった。北ホテルでボトルをとってやったのを、まだ憶えていたらしい。

8　大相撲祇園場所

朝、日課になった剃髪をしていると、悟りの境地に入ったような無感覚の中で、耳に心地よい物音を聞いた。さてあれは、菩提樹の下の泉かな。とっさにこんな想念がひらめき、硝子戸を開け放った。鼻腔につんとくる爽涼の気、朝日を受けた木立の影が夏よりも濃くなった。

物音の正体は、風と木の葉の合作だったらしく、ほらねとばかり、私の前に桜の葉を運んできた。ここの庭にはソメイヨシノとヤマザクラの二本があって、もうだいぶ葉を落としている。美枝夫人はこれを堆肥《たいひ》にして畑に入れるので、昨日落ち葉掻きを手伝った。あつめた葉を板で囲ったところまで運ぶだけの作業であるが、お礼に長ナスをくれた。夕食に一こをおひたしに、一こを焼いて生姜醬油で食べた。

吉川氏がこないだ「パステル、閉めるらしいで」と目に苦みをにじませ私に教えた。「いつですか」「さあ」「理由は」「知らん」とそっけない。そうならぬうちにユキさんを見納めておこうと氏を誘いに行ったら、大学の同期会で出かけたという。何となく行きづらくなり離れまで引返したもののの、コーヒーという厳然たる目的があるのに気づいた。

店にはまだ客がいなかった。ママ一人であるのをさいわいに、コーヒーを終えるとすぐジャブを放った。

「このコーヒー、もう飲めないのかな」

ユキさんはレジの横で眼鏡をかけペンを動かしていた。聞こえなかったのか眼鏡をとり、いま何て、という顔つきをした。

「も一度同じことといいましょうか」

「いいえ、聞こえました」

ゆっくり私の前にきて、にっこり笑った。

「吉川先生に聞かはったん」

「はい。いつまでやるんですか」

「挨拶状の日付、十月末としました。ですからそれまではね。そうそう津村さん、ファーストネームは？」

「いまさらそれを聞いてどうするのです」

「吉川様方で、あなたにも出そうかと」

「まだまだ来ますので、手渡しにしてください」

話しながらユキさんの人相、変わったなあと感じた。ほっそり青みをおびた頬がふっくらとし、瞼の輪郭が円くなった。これ、すなわちハッピーということか。何か新しいこと、見つけたのかな。

「これから何をするのかは聞きません」

「挨拶状には、一身上の都合により、と印刷しました」

「僕としては記者に戻って書いてもらいたいことがある」

「どんなことを」

「京都市は動物園のライトアップをやめるべし、と。アムール虎が不眠症になったとぼやいてました」

「そら大変や。猫系の動物はよう眠らんと生きていけないもの」

「猫といえば、野良ネコのことを『地域猫』と呼べなどというやつがいる。マスコミも含めてね」

「そんなアホな。わたしはノラ、ノラと呼んで餌をやってます」

「市役所の隣にある、のっぽのホテル、あれは環境破壊です」

「それはそうやけど、あれを壊すとコンクリートのゴミが山ほど出るしなあ。ほかに書くことは」

「復活を提唱してほしいもの、あります」

「何を」

「修学院のパステル」

「それはかんにんや。二番目は」

「蹴上のインクライン。あのウォーター・シュートにアムール虎を乗せてざぶんと疏水《そすい》に飛び込みたい」

「うわー、ええなあ。けど今の市長にそんな度胸あるやろか」

「なになに、インクラインがどうしたて」

いつの間に扉を開けたのか、洞口和尚が後ろを回りいつもの席に腰を下ろした。「あと一月か」

つぶやきながら和尚、ぎょろ目を光らせ左右を見まわした。

「それで坊さん、挨拶状はどちらに出したらよろしい？」

私は思わず「え、えっ」とユキさんに疑問符を投げた。それを和尚が受け、こう答えた。

「津村はん、わしも廃業するんや」

「そうなんやて」ママが嘆きの口調でいった。

「へえー、へえー、修学院もさびしくなるな」

和尚が手招きして私を隣に座らせ、廃業の理由を簡潔に述べた。いまどき純粋の懐石は流行《はや》らんのや、借地の更新にも金がかかるし、更新しても耐震構造にせんならん、一番の問題は女房の体力でなあ。私はただ聞くだけで言葉が出てこず、ここはしずかに店を出ようと、尻を上げかかった。

「津村はん、わし、坊主にもどれるやろか」

「さあー」

「もう一度托鉢できるかな、あんたみたいに無許可で」

「無心でやって、相手がちょっとでも信心ごころをおこし喜捨してくれたら、それでよろしい」

「それ、どっかで聞いたで」

「でも、僕は托鉢やめようと思ってます」

「なんでや」

「夢の中で芸妓さんに、ええ加減なことしたらあきまへんと叱られたんです」

「そうか、そうか。じつはな、いま客席七、八人の小料理屋をやろうと、店を物色してるんや」

「どの辺で」

「祇園と宮川町の間。営業は金、土、日の五時から九時まで」

「客層は」

「偏屈な学者、自称文化人、なまぐさ坊主、座敷をあぶれた芸者あたりかな」

「僕はそれのどれに当たりますか」

「そうや、あんた坊主のかっこして、夢の中の芸妓さんと一緒においで」

「はい、夢でもう一度逢えたらね」

「そうか……芸妓といえばあれは……」

懐かしげに目をほそめ、しんみりと和尚が語りだした——高校を出て寺に入り八年目の頃や、坊さんと芸妓さんで街をクリーンにというタイトルで祇園まちの道路清掃をしたことがある。まちのボスの市会議員が話題作りに考え出したもんで、自分も参加させられた。一ブロックに坊主と芸妓を何人か割り当て、マスコミなんか呼んで行うバカバカしいパフォーマンス、自分は大きな手拭いで鞍馬天狗ばりに顔を覆っていた。なりたてのほやほやと見える芸妓が「なんでそんなんつけてはるの」とたずねた。「中の顔、空っぽやから、見せとうない」「それ、考え過ぎとちがうん」「きみ、人生面白いか」「へえ、面白おす」交わした会話はそれだけだったが、作業の中程で彼女がつーと寄ってきて、「ごめんやっしゃ」というが早いか手拭いに手をかけぐいと引っ張った。「何するんや」わしが憤然とするのを、彼女、利発そうな目を輝かせ、けらけらと無邪気に笑った。それからおよそ半年後、わしは生きる方途を失い、四条大橋の欄干に身をもたせていた。夜十時頃で、まだ人通りがあり鴨川へ身を投げるには賑やか過ぎた。「いつかの坊さん、ちがいますの」振り向くと、あのときの芸妓で、今日はお座敷がないので映画を見てきたといい、「坊さん、どうかしやはったん、顔色がひどうわるいわ」と顔を寄せてきた。「こないだ、いうたやろ。わし、空っぽなんや、何も無いねん」「そんなことあらへん、絶対あらへん」彼女はわしの手をぐいと引っ張り、祇園のはずれにあるバーテン一人の酒場へ連れ込んだ。半時間ほど口数少なく、ビールを一本やりとりした後、ふいに彼女がたずねた。「修行、辛いのん」「辛いというより、つまらんのや、ものすごうつまらん」「何か好きになれそうなこと、あらへんの」「無い」「わたしかて、お稽古、ほんまは好きやない。けど、踊ってて、足をトンと床につく、あの音が大好きなんや。背中がしゃんとして体に力が湧いてくる」「そういうの、自分には無いな」「ありますて。さあ、考えなさい、あなたが見つけるまで、ここを出まへん、さあさあ」彼女の勢いに押され、わしはやっと一つ答えを見出した。「豆腐を賽《さい》の目に切るとき、無心になってるように思う」「それやそれや、お坊さん、それでいきまひょ、それで」わしはこの一言で典座の仕事に打ち込むようになり、それが今の仕事に結びついているんや——。和尚はうんうんとうなずき、これで話はおしまいを、仕草で示した。それに構わず、私は野次馬ぶりを発揮した。

「で、その芸妓さんのその後は」

「さあ、どうしてるのかな。それはともかく、しばらくして或る芸妓に関し、こんな噂を耳にしたことがある。彼女、おかあさんにさんざ説得されて旦那を持つことになった。ところが水揚げの晩、旦那が茶屋に現れたとたん、裸足で逃げ出し、松原署に駆け込んだ。そうして、花街のこのシステムの理不尽さを綿々と訴えたというのや。まあ、この話、だいぶオーバーとは思うけどな」

「その芸妓さん、和尚を立ち直らせたのと、同じ人ですか」

「さあ、昔の話やからな。祇園にも勇ましい女性がおるということっちゃ」

私には二人が同一人物で、和尚の奥さんになった人かとも考えたが、ひょいと脳裡に別の人が浮かんだ。警察に駆け込んだ勇敢な芸妓は、ももゆうさんではあるまいか。


九月末の金曜、土曜に、宝ケ池の国際会館会議場で薬学会世界総会が行われる。一日目の夜、日本製薬工業協会が市内のホテルでレセプションを開催するが、その幹事役を我が社も負わされ、会場の設定、料理・飲物の内容、アトラクション等について会議が重ねられた。わが社は宴会好きの小暮次長が任に当たっていたが、参加者が多くて勝手がちがうらしい。学者及び夫人で五百名、業界から同数とスケールが大きく、コンパニオンの数をどうするかで意見が合わず、私に相談した。「君は何人が適当と?」「最低三十人はいないとね」「反対意見は」「二十人でよいと」「夫人同伴が百名とすると、当日独り者は八百名ということになるから、理想をいえば八百人だろう」「支店長、まじめにお願いします」「二十人にしておこうよ。どうせ客にとって高嶺の花なんだから、少ないほうが綺麗に見える」食事は人数からして立食になるが、三十分して芸者の舞踊を、という点には異論がなかった。ただ、舞踊を始めても会場がざわついてたら困るなあ、と次長が心配するので、「その前に太鼓をドーンと打ってはどうか」と思いつきを口にした。次長はこれを次の会議に提案して採用され、能登の御陣乗太鼓を依頼することになった。

私は、このような大会は社交的なただの顔見せと考えていたが、研究所の芦田所長によると、なかなかそうでもありません、ベンチャーなども参加し商機をつかむ場ともなっていますという。近時、新薬の開発はますます難しくなった。製薬企業が優れた理系の人材を集め、長い年月をかけ、膨大な費用を投じたとしても、薬として承認される確率は一万分の一もない。以前は成功率千に三つといわれたのがこの有様だから、人が営む企業の中でもギャンブル度の高さでは突出している。一方これは、まぐれ当たりもあり得ることを意味し、生物学的技術を用いて起業する、いわゆるバイオベンチャーが開発に成功し大製薬会社、すなわちメガファーマーになることが現実に起こる世界なのだ。

私は芦田所長のベンチャー云々を聞き、万に一つのチャンスが降ってこぬともかぎらないと考え、担当取締役に連絡をとった。総会の始まる金曜から日曜まで、あなたと社長の居所を不明にしないでください、と。前に書いたとおり三代目の社長は新薬開発に積極的で、それなりのテコ入れはしているものの、大した成果は上がっていない。ここはひとつ、チャンスがあれば万馬券を狙ってやれ、ぐらいの気持ちが私にはあった。

さて総会の始まった金曜は実質何もすることがなく、翌日、レセプションの二時間前に突然多忙の極に追い込まれた。協会理事長であるT薬品の社長が痛風のため歩行できず、会場に来られなくなったのだ。わが業界を代表して挨拶する予定だったから、代わりをさがさねばならない。T社に責任を持たせようとしたが適当な人物が近くに見当たらず、幹事会社の社長もわが社ともう一社は東京に居て間に合わず、大阪が本社の社長は法事で熊本に出かけていて、人選はデッドロックに乗り上げた。仕方がない、ここにいる誰かから選ぼうと、幹事三社でジャンケンをすることになり次長にやらせたら、大声を出したくせに負けてしまった。「支店長、このとおりです」次長に頭を下げられ、やらざるを得なくなったが、一つ条件をつけた。「私に、本レセプション実行委員長の肩書を与えるよう、他社に承知させてほしい」これにはどの社も異存がなかったものの、あと三十分しか時間がない。私はトイレの便座にしゃがみ、懸命に何をいおうか考えた。焦慮のあまり髪をかき回そうとしたが、あいにくスキンヘッドである。仕方なく頭をこすったら、まじめに考え過ぎてるのに気がついた。よーし、ずっこけてやれ。

パーティが始まった。司会者が私のことを、実行委員長に加え、S製薬取締役と紹介した。私は腹に気合を入れてマイクの前に立ち、英語で話しだした。

「たくさんの方々のご来会、ありがとうございます。私、S製薬の津村澄人と申します。この点は間違いないのですが、まだ取締役にはなっておりません。今日のスピーチがうまくいったら来年昇進させると約束されております。さて私はピンチヒッターで、T薬品の社長が挨拶する予定でしたが、痛風にかかり歩けないそうです。社長はたぶん自社の薬をのまれたのでしょう。その注意書きには、これをのんでパーティに出てはいけないと書いてあるはずです。私もだいぶ前に同じ病気にかかりました。あまり気が進まなかったのですがわが社の薬をのんだところ、即座に歩けるようになりました。それにしても薬って不思議ですね。私、まだ髪がふさふさしている頃から、毛生え薬を使っておりました。老後にそなえ、たくわえておこうとしたのです。ところがある晩、一瓶全部ふりかけた夢を見、朝起きたらつるつるになっていました。注意書きを見たら、かけ過ぎると、脱毛しますと書いてありました。しかし、この薬のおかげで頭がよくなりました。毛根よりもっと深くに浸透し脳ミソに栄養を与えたのです。その結果私は悟りを開くことが出来ました。人間、不老不死の薬なんて、作れっこないのだということを。ともあれ、私たちは良い薬を作ろうと日夜奮闘しています。確率何万分の一の賭けをしてますね。人類が滅びない限りこの競争は続くのでしょうが、せめて今夜は千年の都でゆっくりくつろいでください」

乾杯の音頭はわが国薬学会の会長がとり、三十分後に能登の勇壮な太鼓、それから芸妓のきらびやかな舞踊へとつづき、あとはごゆるりとご歓談を、となった。

私は芦田所長とともに、「コンパニオンさん、少ないねえ」「これこそ千に三つですな」などと無駄口をたたきながら会場を回った。「ナイス・スピーチ」と声をかけるものが一人、二人。もう三人目で、こちらもなれっこになった。

「フナズシ、フナズシ」

テーブルを見まわし大声をあげている男がいた。背丈が二メートルぐらい、横幅もワイドな巨漢である。「ミスター・ビッグマン」と声をかけると、「おお、あなたか。キングズ・イングリッシュ、久しぶりで聞いたよ」とお世辞をいった。

「今日の料理にフナズシは出しません。あれは日本料理の正統からは少しはずれるので」

私が英語でいうと、大男は「食いたい、食いたい、めちゃくちゃ食いたい」と巨体を揺すりながら日本語でいった。

「フナズシというけれど、ユーは食べたことあるのか」

「話に聞いただけでヤミツキになった」

「どんな味といわれたのか」

「ジョゼフィーヌとモンローを一度に相手にしたような、といわれたよ」

ジョゼフィーヌは匂いで、モンローは舌ざわりということか。

「どうしてもというのなら、明日であれば用意できるよ」

「高価なものか」

「フォアグラ、トリュフより高いかな」

「ハモオトシも食いたい、マツタケもな」

「最高の料亭を紹介しよう」

「おおきに。それは有難いが、料亭へ行くには金、稼がなきゃな」

「ユーは商売に来たのか」

「あなた、率直な人だ。ナイス、ガイだ。さっきのスピーチでわかったよ」

「何がいいたい」

「じつは、いいシーズを持ってるんだ。それを売りに来た」

シーズというのは平たくいえば、たんぱく質か何か、医薬品になり得る物質をいい、それが手元にあるといいのだ。

「フナズシその他はわが社でプレゼントしよう」

「おお、うおごころあればみずごころ。こちらは研究員が三人同行している」

「どうぞご一緒に。ところであなたのシーズはどんなものか」

「しーっ、声が大きい」

大男は上着のポケットから財布を出し、名刺と四つ折りにした紙片一枚を私に差し出した。男はロバート・デミルという名で、カリフォルニアにある会社のＣＥＯであった。

「あなたの会社、バイオ・ベンチャーか」

「そうだ。シーズの概要はその紙に書いてある」

専門外の私は紙片を芦田所長に渡し、超特急で検討してくださいと命じた。私も名刺を渡し、

「ユーは日本語、どこで習ったか」とたずねた。

「どこでというと、わりと狭い部屋だ」

「関西出身の女子留学生を知ってたね」

「カズミのことか。どうして知ってるの」

「フナズシのことも彼女から？」

「彼女がフナズシであるかどうか、そこまでは知らんけど、大変な博識家で、綽名が国立図書館

だった」

「京都の滞在はいつまで」

「明日もう一泊する」

「明日の予定は」

「午前中は旧知の京大教授と会い、バカっ話をする」

「その教授、総会に出席しなかったの」

「変わり者だからね」

「どう変わっているの」

「自分が大学院にいるときやって来て、日本に留学したい学生でスモウをやりたいやつはいないかと相談吹っかけられた。そうそう、もう一つお願いがある」

「何なりと」

「セキトリとスモウをとりたいんだ」

標準的日本語で、ごく真面目な顔をしたからこちらも真摯《しんし》に対応した。

「相撲の経験は」

「アマチュア相手にはやった。けど俺は大学時代フットボールの花形だったから、プロでないと勝負にならんのだな」

「まわしを持っているのか」

「いいや、それ、どこかで借りられないか」

「それより、関取の調達が難しい」

「そういうもんなのか。いや、ごっつあんでした」

ピントはずれの礼をいい、にこっと笑った。髪が紅毛の、頰に産毛の残る、腕白少年のような丸い瞳。子供の玩具箱から飛び出してきた、青いビー玉のようだった。

芦田所長が耳元で「アルツハイマーのシーズです。検討の価値、十分ありです」と重大報告をした。

「それではミスター・デミル、このシーズについて交渉に入りたいと考えますが、異存ありませんね」

「オーケー。以後、ボブと呼んでくれ。俺も君のこと、スミトと呼ぶよ」

「明日午後一時から四時まで、どこかホテルの談話室をとります。そして六時からはごっつあんの宴会です」

私はボブと握手を交わし、離れ際に「魚津教授によろしく」といった。ボブは「おお」と感嘆の声を上げ、目をくるくるさせた。早速明日の段取りを小暮次長に命じ、担当取締役にも連絡し、交渉に入ることの事後承諾を得た。

翌日午後一時から、私見によると環境破壊者であるホテルにおいて、双方各四名の布陣で会議が行われた。三時間の予定のうち二時間、このシーズをとらえるに至った経緯、標的に対する作用機序、開発を進めるうえでの問題点など、文系の私には理解不能の論議が、友好的かつ戦闘的な真摯さで展開された。私は、研究者たちが目標に向かい寝食を忘れて没頭する姿というのを、目の当たりに見る思いがし、強い感銘を受けた。休憩を十分ほどとり、その間所長の意向を確かめたうえ担当取締役に電話し、あちらと共同開発ということで進めたい旨伝え、五分後に社長が了解したとの返答を得た。

残る時間はもっぱらボブと私の舌戦になった。彼はシーズを我が社に売却し、おさらばしたいのに対し、私は共同開発を主張したのである。前半の会議において、私は社員の会話力不足を自分の通訳で補った。通勤の往き帰り、薬学ばかりか分子生物学や有機合成化学の専門用語を暗記したのが役に立ったのだ。ボブは、この男、なかなかやるなと一目置いたようだが、売り抜けようとの一心を揺るがせるのは容易じゃなかった。

「折角こうして知己を得たのであるから、このままさよならはいかにも惜しい」

「情においてはそうだが、ビジネスは割り切りが肝心だ」

「日本のこと、嫌いか」

「大好きや」

「ジョイント・ベンチャーやれば、お互い、もっと知り合えるよ」

「あまりコミットするのはよくない。太平洋を隔てて仲の良いのが理想である」

「御社の研究員たちも共同開発を望んでいるようだが」

「こちらのことは心配するな。彼らは、おたくが払ってくれる金で十分報いられる」

「こちらだけでやって失敗したら、あなた方に申し訳ない」

「薬の開発は失敗の歴史でもある。シーズから新薬が出来る確率は二万分の一だっけ？」

「成功を分かち合いたい」

「それより早く楽になりたい。借金を抱えてるんでね」

「そのことなら相談に乗るよ」

「まず借金を返し、それからやりたいことがあるんや」

「どんなことを」

「嫁はんにネマキの一つも買ってやりたいんや」

私は大笑いし、「六時よりフナズシ」と宣言し、会議を閉じた。

「スミト、フナズシのあと、どうなるの」

「祇園のお茶屋で芸者遊びをする」

「カラオケ、出来るのか」

「小唄か都都逸なら、伴奏をつけてくれるよ」

「そら、あかんわ。カラオケやるとこ、どこかないか」

「まあ、考えておこう」

私はとっさにヴァイオリンの出番かな、と思いついた。まだ時間があるので下宿に取りに帰り、二次会のお茶屋「遊月」に預けに行った。ここは五年前、魚津教授と決闘を試みて以来であった。同じ祇園まちでもプランタンとは四条通りを挟んで離れており、托鉢にも来ていない。白川岸を母港とし、永久に存在するような木彫りの船。堅牢で古風なたたずまいに、天稟と思える女将の華やかさ。このコンビネーションは五年前と少しも変りなかった。「僕、憶えてますか。当時は毛が生えてましたけど」「忘れますかいな」「このたびも土俵、作ってもらえませんか。それと行司もお願いします」「またズボン穿いたままやらはるの」「まわし、つけないと駄目ですか。これは困ったな。今度こそ決闘なのに」「六尺やったら、そんなに手間はかかりません。誰かにお頼みやすな」「僕、女がいませんのです。晒木綿も持ってないし」「今日でないとあかんの?」「相手、明日はアメリカに帰りよるんです。多忙のガンマンでね」「しようがない。わたしが作ります。それでサイズは?」「特大でお願いします」私はもう一つ、貸し切りが出来るカラオケバーを紹介してくれと頼んだ。「それはあきまへん。日曜で休みの店が多いし、だいいちそういうバーをわたしは知りまへん」「伴奏は僕がやります。ほかの客に迷惑かけたくないので貸し切りでないとね」ヴァイオリンを示し、五秒ほど低頭すると、「約束でけへんけど、心当たり聞いてみます」といってくれた。

夕食の席は高台寺の料亭の、庭の眺めのよい一室に設けられた。部屋に通され、まず外を見やったところ、木や石組のほのかな影がたちまち夕闇につつまれた。「あれあれ」とボブが横に来て左の方を指さした。雪見燈籠に火が灯り、池に映って揺れている。

「あれ、トーロー流し、と理解していいか」

「うーん、なるほど。君はホイットマン級の詩人だな」

彼は自称知日派だから、当然あぐらをかくことが出来た。部下にもやってみろと強要し、うち二人は合格し、一人は何度試みてもひっくり返る。「おお、股関節がコンクリートみたいに固いんだな。俺を見ろよ」ボブはあぐらの脚を百八十度開き、股割りをしてみせ、「これはやらなくていい。ジャパンの関取と俺しか出来ないんだから」とホラを吹いた。私は仲居さんに頼んで、コンクリートの部下のために座椅子を持って来させた。ビールで乾杯し、「さあどうぞ」というと、ボブは姿勢を正座にあらため「ご馳走になります」と丁寧に頭を下げ、「お互い、仕事のことは忘れよう」とちゃっかり釘をさした。料理はボブ注文の三品はむろん、懐石としては例外のステーキも加えられた。酒飲みというやつはどんな酒でも飲むものだが、アメリカの四人もそのたぐいらしく、伏見の清酒をぐいぐい呷った。「フナズシ、どうだい。ジョゼフィーヌ・プラス・モンローかい」と聞くと、「ワイフに会いたくなったなあ」と皿を嗅ぎ、たまらねえという顔をした。

和気あいあいとはいえ、言葉の壁があり、それと品数のわりに量が少ないこともあって、予定より早く一次会が終了した。

高台寺から祇園まで、十分ほどの道を、私とボブが先頭になり、ゆっくりと歩いた。青く、さやかな月明りをうけ、桜の古木がくっきり影を落としている。春はとてもいいよ、とボブに水を向けると、そのときは友人として訪ねようと肩すかしを食わせられた。円山公園の枝垂桜を通り、坂を下りようとしたところで、「そうそう」とボブが足をゆるめた。

「スミト、魚津教授とどんな知り合いや」

「先生に聞かなかったの」

「聞いたけど答えないで、あの男、引き付けが強いやつや、としかいわなかった。これ、魅力のある男ということか」

「ちがうよ。まわしを引き付ける力が強いこと。これで相手を吊り出す、とかね」

「ちょっと、スミト、君は相撲取りなんか」

「そうだとも、かつてはな」

いいながら相手を見ると、眼球に異様な力がこもり、相撲の立会いの目になっている。

「ボブ、私とやりたいのか」

「おお、とりたいとりたい」

「やってもいいが、ただ勝つだけじゃつまらないね」

「賭けるのはやめたほうがいい。どうせ俺が勝つんだから」

「シーズをどうするか賭けよう。僕が勝てばジョイント・ベンチャーだ」

「俺は純粋に相撲をとるだけ。しかし、土俵とまわしはどうするんだ」

「何とかする。ただし土俵は木の床にチョークで描くことになる」

「まあいい、どうせ土俵の真ん中で、スミト、尻をつくんだからな」

遊月に着くと、「行く店、都合つきましたえ」と女将が告げた。「祇園の中ですか」「へえ、初めは渋ってました。カラオケ装置もないし、日曜やし、いうて」「無理させましたねぇ」「一生の頼みやいうても、へらへら笑うんでっせ」「それがどうして」「伴奏はヴァイオリンでやらはるらしいわ。何やて、その人どんな人、いま彼のふんどし縫ってるとこや、あおいさんの恋人か、さあどうやろねぇ」「おかみさん、ここで長話は何だから聞きますが、その店プランタンとちがいますか」「そういうこと。津村さん、ももゆうとお知り合いやてね。わたしら同期で、親友なんや。そのところ、今後ようわきまえて行動してもらわんと」

咲ききったダリアがぱっと散るような、そんな笑いを女将が見せた。二股かけるなと私をからかったのだろう。「自信はないけど、努力はしてみます」と私は返事し、二階へ案内された。
十五、六畳の座敷に六曲の金屏風、かたわらの伊万里に松と黄菊が活けられていた。芸が演じられている間ボブをおとなしくさせようと、このあとカラオケに行くからなと予告した。ほどなく芸妓が四人、舞妓が一人、入って来て三つ指ついて挨拶した。アメリカの四人がしゃちこばってお辞儀をかえした。芸妓のうち二人と舞妓が踊り、三味線と鼓の二人が謡い手も兼ねる。客は私以下お座敷が初めての者ばかりだから、民謡・俗曲のたぐい、それに長唄らしいのもあった。室は秋の暮れ方ほどの明るさ、菊の黄に橙を点じたような空間に、日本髪がしゃんと立つさまは、美しい影絵を見るようだった。踊りも音楽も、優美の中にきりっとした抑揚があった。それはモーツァルトの転調ともリストのダイナミクスとも異なる、静から動へのたおやかな転換だった。踊り手の足が畳をトンと叩く、くるりと半回転する、その間合いの妙に、私は息を呑んだ。ボブを見ると、目の輝きとはうらはらに、ぽかんと開いた口がしまりなく、シーズをとらえたときもこんな顔をしたにちがいない。
芸のあとはまた、ボブらしく饒舌になった。三味線の名手を相手に、芸妓と舞妓のちがいを聞きだそうと、さかんに上方弁を使う。

「そら、舞妓はんは齢が若いちゅうのはわかってるんや」

「帯もちがいまっせ。舞妓はだらりの帯どす」

「あのな、実質的にどうちがうんか、知りたいんや」

「履物も舞妓はおこぼいうて、底が高いのどす」

「あのな、舞妓から芸妓になるには、何か人生上のセレモニーがあるんやろか」

話が微妙な回路に入ったので、「ボブ」と声をかけた。

「そろそろ、ふんどし、つけよやないか」

大声でいい、呆気にとられた一同へ「皆さんはそのままそのまま」と手で制し、ボブを引っ立て階下に降りた。茶屋バーのつづきの間には五年前と同じチョークの土俵が作られており、これを見てボブは「スミト、ここですてんと転がるんや」と真ん中辺を足でつついた。「この序の口が、何をほざくか」そこへ女将が現れ、こっちへと居間らしい部屋へ私たちを入れ、「用意できたら呼んどくれやす」と出ていった。畳の上には晒木綿のふんどしが二つ並べてあり、早速私はズボン、パンツと脱ぎ、上の衣類は後回しにした。するとボブも同じ順に脱ぎ、下半身を先に裸にし、「これでええんか」とたずねた。私は噴き出すのをこらえながら、上の衣類も脱ぎ終えた。

ふんどしは、ボブがやり方を覚えられるよう、ゆっくりつけた。ボブは布の一端を肩に垂らし、もう一方を股間にくぐらせるまでは出来たがそこで立往生した。体の後ろとなると神経が回らないらしい。ボブにかかっては、まわしがうなぎか何かのようにその手から逃げてゆく。「スミト、頼む」拝まれて、仕方なく後ろにまわり、きっちり締めてやった。

「スタンバイ出来ました」

女将が出てきて「二階を呼びまひょ」と、仲居さんに何か伝えた。「芸妓さんも見てくれるんですね」「それはあきません。ぜんぶ帰らせます」つまり、客のおふざけに付き合わせるにも節度があるということか。

二階の連中が下りてきて、茶屋バーとの境に座らされた。みんな好奇と懐疑と放心をこきまぜたような顔つきだ。女将にうながされ、私とボブは土俵に上がった。

「勝負は一回きりです」

女将は芸妓の名の入った団扇を軍配にし、二人を見合わせた。私は考えた。身長差はともかくも、体重差が三十キロぐらいあり、吊り出しやサバ折りで倒すのは難しかろう。胸を合わせて組み合っても膂力《りょりょく》においてこちらが劣るから勝ち目がない。ここは頭をつけて食い下がり、隙を見て足を持つか、相手の出てくるところをかわすかどちらかである。

「時間いっぱいでっせ。手をついて」

フライングすれすれに私は突進し、左で下手まわし、右ではず、頭は胸につけた。この体勢で押すだけ押して、隙を見よう。相手はまわしが取れず棒立ちであるが、左手を私の脇腹に押っつけ、右手で私の左腕を極めにかかった。大して力を入れていないようだから、ここで引き技をやるとそのまま押し切られる。それでも、二度三度と前進を試みたが、相手は微動だにせず、これぞ大木に蟬、状態である。しだいに左腕の極めが効いてきた。これは危ない、ヴァイオリンを弾けなくなったら大変だ。「ボブ」と、力を入れたまま、小さく声をかけた。「なに?」「ふんどし、ずってきていない」「えぇっ」左腕を極めていた手がゆるみ、その一瞬をとらえ、その手をぐくって腋の下にくっついた。つまり私からいえばボブは横向けになったのであり、この機を逃さず私は後ろに回り込み、両手でがっちりまわしをつかんだ。まわしをつけるときもそうだったが、この男、背中のほうは神経が鈍いようだ。しきりと体を左右に振り、あるいは回転させて私を吹っ飛ばそうとするが、私は大木にしがみついて離れない。

「はい、そこまで。この勝負、預かりー」

ボブが行司に文句をいった。

「この一番。相手の反則負けとちがいますか、取り組み中、声をかけてきましたよ」

「何ていいました」

「ふんどし、ずってきてないかと」

「誰があなたのふんどし、結びましたか」

「それは、津村さんです」

「それ、責任上、聞かはったんや。これ、人間として当たり前のことどす。ボブさん、わかりましたね」

「うーん……はい」

ボブは意外とあっさり引き下がり、こんなことを女将にいった。

「ごっつあんでした」

「どういたしまして」

それから一同は、ふたたび歩いて三次会へ。白川沿いの石畳の道を行き、庭の小橋のような巽橋を渡ると、並んで歩くのがやっとの路地に、灯火が眩い。

「スミトのそれ、ヴァイオリンだよな」

ボブがやっと気づき、不思議そうな顔をした。

「これ、カラオケ・マシンのかわりだよ」

「どんな曲でも弾けるのか」

「ヒップホップとかラップは苦手だ」

「ダニー・ボーイは」

「まかしといて。ほかには」

「まさか、副業にしてるんじゃなかろうな」

「近々本業にするつもりだ。御社との共同開発、これが最後の仕事となるだろう」

「ほんとうか、ほんとうか」

ちらっとボブを見ると、ボブも私を見、ちょっと首を振った。その件はお断りだよといいたいのだろうが、「しょうがないな、オーケーするか」といってるようにも見えた。

プランタンの前に来ると私は一同に楽器を示し、「皆さん、大いに歌ってください。ただし、このヴァイオリンの知ってる曲をね」と短い挨拶をした。

「ようこそ、おいでやす」

外の声が聞こえたのか、ももゆうさんが扉を開けて客を迎え入れた。濃紫のワンピースに真珠のネックレス。さらっと流した髪がいかにも洗ったばかりの風情を見せ、親友の頼みを断り切れなかった事情を明かしてるようだ。カウンターには人数分のコースターが用意され、何人かがてんでに座ろうとするのをボブが待ったをかけ、日米交互に座ろう、カラオケ・マシーンは右端と指示し、自分はその隣に腰を下ろした。

「何をお飲みやす」

「その前に、この会の趣旨を説明しておきます」私は椅子を立ち、仕事用の顔を作った。

「左から奇数の席についてるのはアメリカの有望企業の社員、偶数はわが社の社員です。アメリカの人たちはこのほど、カリフォルニアの陽光か何かから、人類を難病から救うかもしれないタネを見つけ、私らに見せてくれました。このタネを苗にし木にし実をつけるための開発に私らも仲間に入れてもらおうとしております。今宵はその第一歩なのです」

「ちょっと待った」ボブが半分腰を上げ、日本語で反論した。「スミトの話、難しくてさっぱりわからへん。まあ、こちらはそのタネを高く買うてもろて、にこにことカリフォルニアに帰りたいだけなんや。それでママさん、お願いがありますねん」私はとっさにボブの肩を押さえつけ、黙らせた。「ももゆうさん、ボブのいうこと、聞かんでくださいよ」ボブが私の手をはずし、どーんと立ち上がった。

「ネマキですねん、女物の。どこぞに掘り出しもんありませんか、ママさん」

「そうやねえ、そら、さがしたら、どこかにありますやろ」ももゆうさん、間延びしたテンポで応じた。

「手に入れてもらえませんか」

「いつまでにどす」

「出来れば今晩中に」

「ボブさん、そんなこといわんと、一月ほど京都においやすな」

へなへなとボブの巨体が椅子に崩れ込んだ。

一同はみなウイスキーを頼んだ。水割り、ストレート、ハイ・ボールとてんでの注文であるが、手際は素早く、「急なことで、こんなもんしか」とつきだしも出された。茄子、胡瓜の糠漬けとイカの塩辛。「これ、自家製ですか」ボブにいわれ、「へえ、そうどすけど、口に合いますやろか」

「合います、うまい、うまい」

しばらくし、「そろそろやろか」とボブに急かされた。ヴァイオリンを手にしたら、あっそうだと思いつき、「国歌を斉唱しますので全員起立してください」と一同をうながした。初めにアメリカ国歌「星条旗」、次に「君が代」がそれぞれの国民によって歌われ、ボブはわが国のも歌った。この儀式、日米の結束にいくらか役立つかもしれない。

ボブが一番に手をあげ、「ダニー・ボーイ」を歌った。体軀に似合わぬ透明なバリトンで、しんみり、ノスタルジックに歌い、伴奏者を驚かせた。歌い終わると「諸君、乾杯しようではないか」と提案し、「その前に一言」と断り、「今宵、ももゆうはんにお目にかかれたことはわが生涯最高のよろこびです。以前夢の中で、かの、美貌比類なきクレオパトラ七世に会ったことがある。ブルックリン行のバスで隣り合い、うれしくて一言も話せなかった。しかし今宵はそれ以上にうれしい、目茶苦茶うれしい」

「カンパーイ」

「カンパーイ」

ボブが次の歌手を指名し、次の歌手がその次を、という具合に進み、研究所の芦田所長は「さくらさくら」を歌った。そして彼も「さあ乾杯しましょう。いや、その前に一言」と、たどたどしい英語で、論旨、次のように話した。

「春は、わが研究所の周りにも、東山の疏水にも桜が満開となり、このときばかりは仕事から解放されます。来年の春はみなさんとともに京の桜を満喫し、薬づくりの苦労を、いっとき忘れようじゃありませんか」

「カンパーイ」

「カンパーイ」

一曲ずつ、ひととおり歌い終わると、「ももゆうさん、歌って」の声が上がり、満場の拍手となった。「わたし、オンチやさかい、お酒がまずうなります」と彼女、かわそうとしたが、「歌うてください、わし、耳をふさいでまっさ」とボブに茶化され、「ほな」と彼女も乗り、割箸を持った。これをマイクがわりにしようというのだ。

「津村さん、セプテンバー・ソングを」

題名を聞いて思わず彼女の顔を覗き込んだ。あごを少しつんとさせ、「あなた、なにびっくりしてるの」といっていた。

オンチどころではなかった。シルクのようなつややかな声、確かな音程、しっとりした情感。私の伴奏など無用であった。

「九月、十月、十一月と、残されたわずかの時を、貴重な日々を、あなたと二人きりで過ごすのだ」

　みんな、麻酔をかけられたように歌に聞き入り、終わっても、しばらく拍手を忘れるほどであった。

　以後、ももゆうさんの割箸がマイクロホンに採用された。二巡目においても、二度乾杯が行われ、そのつど短いスピーチが添えられた。一人はわが社の一番若い社員で、彼はじいちゃんに教わったデカンショ節を歌うからと、歌詞を書いたノートを見せ、私に通訳を頼んだ。「デカンショも訳すのかい」と聞くと、「それはそのままで」とマジメくさく答えた。

「勉強するやつ頭が悪い、勉強せぬやつなお悪い、どうせやるならでっかいことやろう奈良の大仏屁で飛ばせ。万里の長城で小便すれば、ゴビの砂漠に虹が立つよ」を私が英訳し、そのあと彼が日本語で歌い、スピーチは英語で行った。

「同じやるならこのメンバーで、でかいことやろう。そうだ、ノーベル賞を、みんなで取ろう」

　アメリカの一番若い社員も「峠のわが家」を歌った後、一席ぶった。

「僕の実家はこの歌のように、バッファローが駆け回り、夜は星の輝く山の中にある。自分はこの歌をうたいながら日本にステイしたい。われわれの本望を達するまでずっと」

「カンパーイ」

「カンパーイ」

　ボブが何かいおうと、腰を上げそうになった。私はそれをさえぎり、次の曲名を告げた。

「私を野球に連れてって」

告げるやいなや、起床ラッパを聞いたようにアメリカの四人が起立した。メジャーリーグの観客が必ずうたう歌。七回表が終わると全員が総立ちになってうたう歌。私はわが社員にも起立するよう命じ、日米みんなが肩を組んだ。アメリカ人は大声を出し、日本人は口をぱくぱくさせて唱和していた。いよいよ最後は「アメリカ、ザ・ビューティフル」。願わくばこれ、とどめの一発となってくれ。

私はしんみりと曲名を告げ、前奏をまどろっこしいほどゆっくりとし、それからセンチメンタルな抒情をこめて演奏した。アメリカ人のこころをとらえ、琴線を揺さぶるには、千万言を費やすよりこの一曲である。はたして、たちまちのうちにその効果がみなの眼球に現れた。ボブにいたってはぼろぼろ涙をこぼし、それを両手でこすりながらつぶやいた。「こら、ジョイント・ベンチャーかいな」

9　唐津にて——永遠へ還る旅

地球上にはどこにも定住せず、船や天幕、最近ではトレーラーハウスなど、場所を移りつつ暮らしている人がいる。中でも、生計のためというより自身の内なる欲求からそうする、変わり者の人たちがおり、もしかして、実母萬里もその仲間ではなかったろうか。高校を終えると両親の反対を押し切り俳優養成所に入り、シングルマザーとなり、ニューヨークへと飛び出した萬里。そんな彼女の血を私が色濃く受け継いでいるとすれば、養母は教育方針を間違えたことになる。つまり、定住に適さぬ土地の上に堅牢な建物を築こうとしたのだから。その結果、私をいっそう風来坊へと向かわせた、ともいえる。

さて私が高三の秋、萬里に関わる大きな出来事が起こった。養母がくも膜下出血を起こし、急逝したのだ。教会へ主日礼拝に出かけるため玄関で靴を履こうとして倒れたらしい。私は県大会に出場するため早朝家を出ており、朝寝坊の父は気づくのが遅れて救護措置が間に合わなかった。父はそれをひどく悔やみ、めずらしく涙をこぼした。それを見て兄は諄々《じゅんじゅん》と父に説いて聞かせた。

「父さん、考えてもごらんよ。母さんが一命をとりとめるには、父さんが日曜に朝寝坊しない人でなくてはならない。そうなると母さんと教会へ行かなきゃならないわけで、それは父さんの信条に反し絶対にありえない。とすると父さんは朝寝する人でありつづけるのだから、そのへんのこと、母さんもわかってくれると思うよ」

教会での粛然とした葬儀、火葬場のあと、父が一つ覚えみたいにそこだけ知っている焼肉店に行き、家族一同、故人の言い付けを守り歯をフルに使ってカルビを食べた。

それから一月後兄が家に来て、「これ、君に渡すよう、母にいわれていたんだ」と四角い封筒の薄い束を差し出し、次のように説明した。

「これは君を産んだお母さんがニューヨークで書いた君へ宛てた手紙で、うちの母が途中で検閲し、裁縫箱にしまっていたんだ。澄人が二十歳になったら渡すつもりだけど、その前に自分にもしものことがあれば、お前がかわって渡してくれ、といわれてたんだ。君はいま十八だけど、相撲は一人前強いから、もう読んでもいいだろう」

封筒を見ると、検閲のあと糊付けしなかったと見え、ふたが開いている。

「これ、兄さんも読んだの」

「きみきみ、人の信書を読む趣味は僕にはないよ。けど、封筒の上から透かして見たら、面白そうだった」

兄はにやっと笑い、仕方なく私もにやっと笑った。郵便の住所はこの家の所番地、宛名は私になっており、この頃養母は日に三度ぐらい郵便受けを見に行ったにちがいない。消印を判読すると、死ぬ一年ほど前から半年のうちに三通書いたようだ。

サーカスの話

ピエロ、ピエロ、ピエロ。十人ほどがいっぺんに出てきて、鼻は真っ赤、顔は真っ白、コスチュームはペンキの缶をひっくりかえしたよう。一輪車がふらふら、ギクシャク、あっステージから落ちる落ちる。「ふん、だれがそんなドジやるもんか」いばって両手をあげ、口がつぶれたトマトのように笑ってる。

キーボードを首につるしタップを踊るシルクハットの男、そこへコサックダンスのひげもじゃ男が侵入、楽隊がブカブカドンドン、風船がテントじゅうを舞いくるう。

真っ白の顔に、瞼を黒くぬった男、空へ向けパッパラパーとトランペットを吹き鳴らす。そこへ美女が一人、ローソクを手に登場し、ひと吹きでそれを消すと、トランペットが鳴りやみ、男のまぶたからふたすじ、黒い涙が流れ落ちる。

トイレに行ってもどってくると、小人のピエロが舞台から私に声をかける。「何かリクエストは」「あなた、何が出来るの」「でんぐり返しだけ」「それ、それ、それをやって」ピエロはほんとに芸がないらしく、逆立ちとでんぐり返しでリングを一周すると、情けなさそうに肩をすくめる。そこへ雲をつくようなターザン女が現れる。女は腰におすもうさんのような布をつけていて、ピエロに自分の股の間をくぐるよう提案する。しぶっていたピエロも、よーしと心を決め、助走をつけてターザン女の股へと突進する。そうすると、はらりとターザン女の布が垂れてきて、ピエロはそれをつかむ。どういうしかけだか、布はどんどんくり出され、ピエロはおしりにローラースケートをつけたように、軽やかに、一直線にすべって、リングの奥へと消える。曲目はいつの間にか「ライムライト」から「虹の彼方に」へ、めずらしく楽隊が夢をつむぐように奏でている。ああ　人生は楽しいよ　遊ぼう遊ぼう

萬里

澄人へ

象のお話

象8頭がとりどりにおしゃれをさせてもらっている。ある者はペルシャじゅうたんみたいなコスチューム、ある者はおしりだけをモスリン地でおおい、また裸にちかい仔象たちはスカーフやティアラのような花冠だけをつけている。これなんか象使いのおねえさんたちの好みによるのかもしれないが、私は象たちのリクエストだと思う。象は、大きな体を見てひょうかされがちだけど、人の何十倍もある頭にはぎっしり脳ミソがつまってるのよ。

客席の一列目にイヤな一団がじんどっている。「動物虐待を許すな」と横断幕をかかげ、さかんにヤジを飛ばし、シュプレヒコールを上げている。象たちは楽隊に合わせ整然と行進し、休止符でトンと立ちどまる。いっせいに腰をぷりんぷりんふったり、二本の足を前の象にのせ、輪になって一周したり、いつもの舞台とかわらない。「象の曲芸、反対、象を野生に返せ」むろんこの声は象の繊細な耳にもとどいている。けれど象たちは涼しい風が通るように耳をひらひらさせる

だけ。

私は、サーカスにおいては人も動物も、芸を覚え芸を磨くことにおいて何のちがいもなく、すっきり平等だと思う。ただ、ここにも天才らしい一頭がいて、これには脱帽するしかなかった。デニムのエプロンドレスみたいな衣裳を着せられ、一番ちっちゃいので、しくじらないかとあんじていたら、四本の脚を玉にのせ、テンポよく玉を転がしリングを一周したのだもの。「児童虐待」「サバンナへ返せ」一列目のヤジがはげしくなる中、仔象はおねえさんにうながされて鼻を伸ばし、ヤジの隊長らしい男の緑のベレーを鼻先でつかんだ。そしてそれは、隣の象の鼻へ、つづいてまた隣へとリレーされ、8番目の象はそれをつかむと、鼻を真上に向けくしゃみをした。するとベレーは天幕すれすれまで舞い上がり、隊長のところに落ちた。

ああ　人生は面白いよ　遊ぼう遊ぼう

萬里

澄人へ

老ライオンのジョージ

ジョージは、ライオン使いのサムと同じように不器用だった。綱渡りは高所恐怖症で足がすくむし、タップダンスはリズム感がないから、ただの足ぶみにしか見えない。見込みのあるのは輪くぐりしかなく、火のついた輪をくぐるのに二年かかった。

ジョージはえらく食いしん坊で、初めてサーカスに来たときサムを見て舌なめずりをした。サムは芸を教えるより、まず自分の安全を確保しなければならず、くりかえし、人間の肉ほどまずいものはない、これを食ったライオンは神によってハイエナに変身させられるんだと、耳に吹きこみ難を免れた。

それからたくさんの時間が過ぎた。火の輪に焦がされ、たてがみの無くなったジョージは尼さんのような顔になり、ちかぢかサムとともにお払い箱にすると言い渡された。「その前に、世界一うまい物を食いたいな。何が一番か教えてくれよ」「ピッツァだな」とサムが答えた。これしか知らないのだった。「おれ、食べたいな」「出前をとってやるよ」「ダメだ、レストランで食べるんだ。それがかなえられたら、もう死んでもいい」リトル・イタリアのマフィアが撃ち合いをした店なんかがいいとジョージは注文までつけた。

冬のある日、サムはジョージに大きなローブを着せ、頭にすっぽり頭巾をかぶせ、特大の車いすに座らせ、ピンナップトラックに乗せた。ジョージはもう一つの芸に、マフィアの親分が安楽椅子で葉巻をすう役を持っており、椅子に坐るのはなれている。しりにタコが出来るほど何度もやっている。

店へは予約し、大男の大食いが行くといってある。サムが車いすを押して入って行くと、ジョージを見て店主は目を皿のようにし、口をぱくぱくさせた。頭巾にかくされていない目と鼻と口は、老いたりといえライオンそのものだった。サムは店主の耳に口を近づけ小声でいった。「エレファント・マンの噺《はなし》を聞いたことがあるか」「はい、だいぶ前に」「おれの連れはライオン・マンと呼ばれている。これを本人が気にしているんでね。二度と見ないでくれ。気持ちがこじれると何をしでかすかわからないやつなんだ」

ピッツァはムール貝、アンチョビ、アーティチョークなどさまざまな具材を選び、ナポリのマルゲリータも注文し、皿が来ると、熱々をサムがジョージの口に運び、十二皿がトマトのつゆ一滴残さず空になった。「ありがとうよ、これでもう思い残すことはねえ」ジョージがサムに礼をいった。

ジョージとサムがきそうようにこの世を去ったのはそれから間もなくのことだった。

ああ　人生は愉しいよ　遊ぼう遊ぼう

萬里

澄人へ

これらの手紙を兄の前で開ける度胸はなく、自室へ持ち込み読んだ。白い無地の便箋に濃いブルーのインク、子供を意識してか楷書を少し丸くした字がきちんと整列している。読みだす前、脳裏にこんな思いがふっと浮かんだ。この三通には息子への謝罪、自身の弁解、暮らしの窮状などがめんめんと綴られているのではなかろうか。

私は耳を閉じ、目を凝らし、全身を机にかぶせるようにして一字一字に神経を傾注した。どこにもなかった。一言もなかった。謝罪や弁解や哀訴など、どこにもなかった。

私は一度ならず二度ならず、くりかえし読んだ。一度目は何だこれはとたまげ、二度目は呆れながらも考えた、このひとは俺に何を伝えたいのか、と。そうして三度目にやっと、ふいに抱きすくめられたように、母萬里の体温、血のめぐり、優しい息づかいを全身に感じた。八歳の春、俺をサーカスに連れてって、人生は素晴らしいよと教えたのは萬里だったのだ。兄さんは知らず知らずにその代役をやっていたんだな。

「母さん」

私は胸の奥でそう呼んだ、生まれて初めてそう呼んだ。

このとき私は痛切に感じとった。なぜ萬里が四歳かそこらの私にこれらの手紙をよこしたのかを。それはこれが遺言だからだ、これは明るい長調の音符で書かれた遺言なのだ。

サーカスの舞台の、晴れやかな色彩と躍動する生命、弾ける笑いと途轍《とてつ》もない奇想、そして清い泉のようなペーソス。

萬里は余命いくばくもないことを知っていた。それだから萬里は、サーカスの舞台を借りて、私にこう言い残したかったのだ。

「澄人、私は楽しく面白く、自由に率直に生きましたよ。そのことに、確固たる誇りを持ってね」と。

母さん、ありがとう。俺もそのように生きるよ、鳥のように自由にね。

——こうして、養母の死を契機に、これからどう生きるべきかの指針が与えられた。すでに幼い頃より芽生え育っていた苗木に最良の養分が注がれたのである。

私は数日の間、いつから行動にうつすべきか、昂る胸をおさえながら考えつづけた。けれど或る晩、寝つかれずにいる瞼の中に養母の顔が浮かび、見る見る大きくなった。切れ長で理知的な目、かっこよく高い鼻、ほっそりと白い頬。やはりそれはグリア・ガースン演じるキューリー夫人だったが、ほんのり微笑した唇が私に優しく語りかけてくるようだった。

「母さん、ごめん」

思わず声が出そうになり、その瞬間、私は奈落に落ちるような衝撃を受けた。そうだ、自分は今までこの養母に、何の言葉もかけなかった、いつも反抗心を胸におき、このひとに対してきた。まだ歩けぬうちから十八になるまで、私を育ててくれた母。萬里の手紙をすぐに渡さなかったのも、息子を質実、勤勉な人間に育てたいと強く希《ねが》ったからであったろう。そんな母に対し、これまで自分は芯からの「ありがとう」をいったことがない。

しかしもう手遅れだ。養母の葬られた教会墓地へ行っても、教会学校を逃げ出した自分じゃ、追っ払われるだけだろう。

そうだ、養母に対する感謝の念を証すには、何かの行動で示すしかないだろう。たとえば、彼女みたいに勤勉な生き方を実践するとかして……。

いやいやそんなこと、俺には出来っこないな。あっさりと白紙にもどそうとしたが、頭にこびりついて離れない。そのうち感謝の念がいっそう強くなった。自分がこうしてあるのは養母のお蔭ではないか。考えてみると、ヴァイオリン、英会話、相撲の三つが自分のすべてであり、偉そうにそういえるのも彼女の支えがあったからだ。

この三つはこれからの人生にも大きな役割を果たすだろうから、彼女の貢献は絶大である。そうだ、やっぱり行動で示さなくっちゃな。

私は非常に困った。これは実母萬里に示唆された、鳥のように自由に、とは正反対の生き方だからだ。体が二つあるか、ジキルとハイドにでもならなければ、やれるわけがない。私は幾夜も幾夜も考えた。どちらを選ぶか、どちらをも棄てるか。いやいや、何とかどちらもやれる方法はないものか。

どう考えても、唯一両立可能なのは、時期を分けることだった。そして、どちらを先にすべきかといえば、当然勤勉な生き方だろう。先に鳥になってしまうと、のちに愚直な亀になるのはとてもじゃないが難しい。

時期は五十歳にしよう、とこれは即決の速さで決めた。一番区切りのいいのはそのあたりだろうと、大した根拠もなく判断したのだが、以後確固たる道標になった。

さて、五十になり鳥になるとして、具体的に何をするのか。十八歳のこの時点においても、サーカスが無理なことは自覚していた。体が硬く器械体操が不得手だし、相撲の股割りをしても地面にあごがつかない。これが五十ともなれば石みたいにコチコチになるだろう。

そのてんヴァイオリンは稽古さえ怠らなければ何とかなる。そう、ヴァイオリンをたずさえ、これを生活の資として鳥になろう。世界のどこへも渡る囀《さえず》り鳥になろう。

今日は文化の日、あさってまで三連休である。明日は九州の唐津へ多田の墓参りに出かけるが今日の予定はない。このところ夜はめっきり寒くなり、寝具は掛け布団の上に毛布を重ね、暖房としては大家から置炬燵を支給された。一辺五十センチぐらいの立方体、タマボールなら満足するだろうけど、これじゃ京の底冷えは乗りきれまい、石油ストーブでも買ってくるか。そう決めたところへ、美枝さんがやって来た。「津村さん、今日、予定あります?」「いいえ、とくに」「お願いがあるんやけど」「はい、どんなことでも」私は無条件に引き受け、「ところで何を」とたずねた。山科区にある児童養護施設へ車で行ってほしいという。彼女は定期的に施設へ野菜を届けているようで、「うちの車、エンジンかからへんの」と依頼の理由を説明した。

施設に贈るのはむろん庭の作物ばかり。スーパーと同じ取り籠にニンジン、ホウレンソウ、サトイモのほか、ひと籠にぎっしり四角く平らな柿が詰まっていた。私がサトイモを手に取り、渋い色つやに見入っていると、「それ、津村さんと合作や」夫人がいった。これのタネ芋はうねの低い所に植えてあったが、大きくなると露出してしなびてしまう。これを防ぐための土かけ作業を、夏の暑い日に手伝った覚えがある。「豊作に感謝ですね」美枝さんを見ると、紺絣の上下、地下足袋と、初めて会った日と同じ出で立ちだった。似合うなあと感心しながら口には出さず、彼女を助手席に乗せ、走りだした。

「そやそや津村さん、うちの柿、自由にとってよろしいのやで」

「たしか三本ありますが、みな甘柿で?」

「いいえ、後ろにのってる次郎柿だけです」

「よくカラスに食べられませんね」

「口にくわえるには大きくて固いから、というのがわたしの説です」

「吉川先生は別の見解で?」

「カラス、トリたちが怖いんやそうです。トリはぜんぶ女やからな、ああこわ、やて」

「ご主人はトリの見分けがつくそうですが、ほんまですか」

「たしかに主人が名を呼ぶと近寄ってくるでしょ。でもあれはトリの目をじっと見てやるからで、トリは目に魅入られてしまうんです。名前を知ってるわけ、ありません」

「吉川先生の知的な目、美枝夫人もあれに魅入られたのかなあ」私は口の中で、もぞもぞといった。

「さあどうやろ。わたしの担任してた頃は、麺棒みたいにぬーっとしてたさかい。それより津村さんは」

「何ですか」

「奥さんとは恋愛結婚?」

「ちがいますよ。見合いでもありませんが」

「わかった、いとこ同士や」

「友人です、男と女の関係じゃありません」

「そやかて、お子さん、あるんでしょ」

「息子が二十三、娘が二十一になりました」

「男と女でなくて、子供、出来たん?」

「友人同士でも出来ますよ。ほら、実際、出来たんだから」

力んでいったので、「けったいな人や」は、は、は、と美枝さんは屈託なく笑った。

何度も述べているが、私と亜紀、そして多田は純然たる友人同士、性にわずらわされないという点、同性の仲間といってよかった。大学オーケストラの公演後の行動などもつねに一緒で、亜紀がいるからといってとくに配慮することもなかった。まあ、良からぬ場所へ行くほどの資金もなかったのだが、一度だけ亜紀をまかねばならなくなった。四年のとき、大津でのマチネーのあと多田と並んで小用を足していると、「琵琶湖大橋のそばにソープ街があるの、知ってるか」と聞かれ、私は「いや」と答えた。それからトイレを出てホールの玄関で亜紀と落ち合うまでの間に、こういう会話が交わされた。「おれ、童貞なんだ、澄人は？」「おれも」私は、去年英国人のニコールとしたのを棚に上げて答えた。「そろそろ、童貞におさらばしなきゃな」「同感だ」「ソープへ行こうか」「うん行こう」

さて亜紀をどうまくか、である。とりあえず入った喫茶店で多田がこう切り出した。

「おれ、朝の湖水がものすごく見たい」

「おれも今それを考えていた」

「わたしも見たいわ」

「亜紀は東京へ帰ったほうがいい」

「ご両親が心配するといけないから」

「ふん、そんな親じゃないこと、知ってるくせに」

亜紀がトイレに立った隙に、私と多田は謀議を行い、銭湯に行くことにした。以前亜紀が「銭湯って途中で水を替えるの」とトンチンカンな発言をしたのを思い出したのだ。彼女がもどるとすぐ多田が私に新提案をした。

「澄人、二人で風呂に入りに行くか」

「それ、銭湯のこと？　わたしも入りたいな」

「亜紀は行かないほうがいい。お湯をとっかえて、なんていったらバカにされるよ」

「わたし、しまい湯だってへっちゃらよ。一度入ってみたいな」

仕方なく三人で銭湯に行き、私と多田は湯船の中でまた謀議した。「こうなったら、早く出て、ずらかっちゃおう」「女は長風呂だからな」「おれたち、しびれを切らし先に帰った、と言い訳すればいい」そそくさと洗い、そそくさと着衣し表に出ると、もう亜紀がいて「わたし、烏の行水なんだ」といいながら、ジョッキを上げる仕草をした。やむを得ず駅前のビヤホールに入り、多田は神妙な顔を亜紀に向けた。

「おれたち、こうしてはいられないんだ、今から行く所がある」

「それ、どこよ」

「えーと、君は知らないと思うけど、地名は雄琴という所でね、とにかく行かねばならないのだ」

「ねばならない、ですって。何をするの」

「それには色々と式次第があってさ」

「雄琴といったっけ。あなたたちそこの名誉町長と副町長？」

「それほど偉くはない」

「歩いて行くの」

「そんな悠長な話じゃない」

「駕籠を雇ったら」

「何だって」

「駕籠を雇って、わたしを乗せてってよ」

「亜紀、何を考えてるんだ」

「わたしを雄琴まで連れてってって、ソープに斡旋してちょうだいよ。ボーイさん、ボーイさん」

亜紀は指をぱちんと鳴らし、「中ジョッキ、もう一杯」と声高らかに注文した。

さて話を元にもどすと、児童養護施設から帰るとすぐ、美枝さんが次郎柿をむいて持ってきた。さくっとした歯ごたえ、種のまわりの甘み、微かな土くささ。「ああ、里の秋だ」といったら彼女、「しーずかーなーしーずかな」と歌いながら帰っていった。

翌朝早くに下宿を出て、自家用車で伊丹空港へ、機上に一時間半ほどいて、昼過ぎに福岡空港に着いた。しらうおのかき揚げうどんというのを食し、バスで唐津へ。

街を抜けると、バスは右に玄界灘を見ながら、制限速度をまもり走ってゆく。晩夏を思わせる白っぽい陽を受けて、灘はあかるく平らかで、砂浜に寄せる波は一本の白線に過ぎない。所々小さな集落の船がかりに、打ち棄てられた漁船が見える。

唐津に着くと、駅前の商店で花とカップ酒を二本買い、タクシーで菩提寺に向かい、五分ほどで着いた。本堂と鐘楼と庫裡だけの小ぢんまりした寺だが、墓地は広くとってあり、多田進の墓は奥の方にある。息子に対し格別の思いがあったのか、多田家の先祖の墓には納骨されず、新しく建てられたのだ。命日は十一月六日であるが、私は文化の日かその前後に、ほぼ毎年来ている。多田の父親は息子の五年後に亡くなり、母親はだいぶ前に柳川の娘の所に移っており、こちらへ来ても墓参りをするだけだ。お母さんがいたときは必ず家に立ち寄り、呼子のイカや五島のクエなどご馳走になった。亜紀も何度かいっしょに来たことがあり、「じっと座っとって」といわれても台所の手伝いをするので、「澄人さんは仕合せたい、こんなお嫁さん持って」とほめ言葉をもらっていた。私はなんだかくすぐったかった。

多田の墓は最近参られた形跡がなかった。地面に鶏頭の枯れ枝がちらばり、花活けの筒に泥がたまっていた。もしかするとお母さんの身に？　いやいや、そんなことがあれば知らせてくるはずだ、命日にはまだ二日ある。私は思い直し、ヴァイオリンを肩からおろすと、清掃にかかった。手提げ鞄に手拭いや線香など一式が入れてある。

ひととおり清掃を終え、花を供え、線香を焚き、合掌した。それからヴァイオリンを手にとり、彼が一番好きだったフォーレの「夢のあとに」を弾いた。この曲のあえかな優美さを意識するあまり、キーキーいわせてしまった。

「今回はもう一つ聞かせたいものがある」

私はそういって鞄から萬里の三通の手紙を出し、「流氷の上で約束したのに、遅くなってごめん」と謝ってから読みだした。一字一字尺取虫ののろさで読み進むうち、初めて目を通した日の、あの熱い思い――萬里に対する受容と共感をともなって湧き溢れる――あの感動がよみがえった。私は墓の下の多田に話しかけた。

「多田よ、君ならきっとわかってくれるだろう。この三通が俺の人生にとって、どれほど大事なものであるかを」

私はもう一度フォーレを弾き、それからカップ酒を二本とも開けた。一本は墓石の前に、一本は手に持って通路に胡坐をかき、ちびちび飲みだした。すぐ向うは小高い雑木林、黄葉する木々を海よりの風が吹き過ぎた。山鳩がしきりと啼いている。あれはデデッポーと啼いているのか、クックルックーと啼いているのか。

まあ、どっちでもいいや。耳に蓋をすると、同時に風景がぼやけ、自分がここにいることさえ覚束なくなった。多田が死んでからの二十六年はいったい何だったのか。ただいたずらに長い、のっぺらぼうの、区切りのない日々、水の無い川……。

ふいにくっきりと瞼に浮かんだ。二十六年前の、十月初めのあの日のことが。大学を出て、私は製薬会社の社員、亜紀は鍼の専門学校生、多田は中学の社会科教師になって半年しか経っていなかった。多田から、胆のう癌にかかり、もう末期だ、死ぬまでに一度会いたいと、突然いってきた。私と亜紀はその週の土曜日、彼の入院している博多の病院に赴いた。当時はまだホスピスというものがなく、彼は個室に入っており、私と亜紀は大学の部室の慣わしを復活させ、「おはよう」と声をかけながら病室に入った。布団から顔だけ出した多田は「おはよう。こんなとこまですまんなあ。黄疸になって診察を受けたら、このザマさ」と自嘲気味にいった。顔がすぼまり、くぼんだ眼窩の中、目が硝子玉のように光り、宇宙人みたいだった。

「顔色わるくないわ、黄疸、消えたんじゃない」と亜紀がいうと、「生命力の減退に比例して色が消えるんだろう。それより、あれ持ってきてくれた?」と私にたずねた。「うん、持ってきたよ」私はバッグからグリュミオのCDを出し、「かけようか」といった。窓側に二人用の応接セットがあり、テーブルにプレーヤーが用意されていた。私はそれにCDをセットした。

そこへ、色白の丸顔、眼差しに優しさのある婦人が入ってきた。ひっつめにした髪に白いものがまじっている。多田は「おふくろ」と紹介すると、「母さん、一時間ほど犬の散歩に行ってこんね」とおかしな注文を発した。お母さんも「はいはい、一時間ね」と調子を合わせ、私たちに「ごゆっくり」と会釈して出ていった。

「お母さん、病院に犬を連れてきてるのかい」

「いいや、席を外してもらいたいとき、ああいうのさ」

多田は一つ咳ばらいをすると、神妙な声で切り出した。「君たちに、こちらに来るのなら三時半にしてくれといったね。なぜだと思う?」

「さあ」

「三時半から一時間はまず誰も入ってこないんだ、看護婦さんもね」

「誰にも邪魔されず話が出来るわけね」

「いや、これまで話はたくさんしたから、もういい。じつは三十分、付き合ってほしいことがある」

「下の喫茶店へ行くのか」

「そう、そのような気楽な気持ちで俺の望みを聞いてくれ」

「何をするの」

「素っ裸になって、俺と寝てほしい。三人が素っ裸になり、亜紀さんを真ん中にして」

私は跳び上がらんばかりに驚き、それはちょっとと口ごもった。亜紀は黙って下を向いていた。

「お願いだ、一生のお願いだ」

私はなお、何とも答えかねた。多田の申し出の突飛さもあるけれど、亜紀の裸を見るということが、この世にあり得るとは思えなかったのだ。

「ほら、もうスタンバイしてるんだ」

多田は首までかかってる布団をつかみ、下へ放り投げるようにした。布団は陰毛の繁みの途中でとまった。

「わかった」

亜紀は宣言するようにいい、すぐさま脱衣にかかった。私と亜紀は寝台の右側に立っていたのだが、ちらちらと亜紀の方を見ないではいられなかった。まだ自分にはためらいがあり、ここへ誰か入って来てはまずい、亜紀よ本当にやるのか、と胸がドキドキした。

亜紀の手はメカニックなほどてきぱきと動き、おしまいのパンティを片膝を曲げるようにしてとると、衣類をひとまとめにして窓側の椅子にのせた。そうして、まだ傍観中の私を「澄人」と大声で叱咤した。私は反射的にその方に向きを変え、亜紀と向き合う姿勢になった。ほんの束の間であるが、私の目はすばやく、広角に彼女の全身をとらえた。これまで亜紀の裸身を想像したことのなかった、この私を責めるように、亜紀は堂々と佇立していた。すらりと伸びた脚、腰から上へとチェロの曲線、つんとそらせた胸。その、乳色の小丘から女が匂い立ってくるとさえ思われた。

私は突然思い至った。多田進は最期の近づくこのときにおいて、田村亜紀を女として抱きたくなったのではないか。多田は雄琴行に失敗してからも童貞だったにちがいなく、ここはそういう彼の境涯も忖度せねばならない。

「亜紀、早く早く」

私は寝台を指さし、亜紀を急き立てた。彼女は「あなたも早く」の意を強い目つきで示すと、寝台の裾を回って多田の左側に身をすべらせ素早く布団をかけた。私は間髪を入れずプレーヤーをオンにし、きっぱりとこういった。

「俺は外で番をする。誰かが入ろうとしたら神父が祈禱中だといってシャットアウトする」

私は逃げるように扉まで走り、「澄人」「澄人」と呼びかける声を、扉をばたんと閉めて、さえぎった。

廊下は、節電中なのか、ぼんやりと蛍光灯のあかりがともり、人も人声もない静けさが寒々とした空谷を想わせた。ずっと奥にちいさく見えるのは外光らしいが、ほろびを暗示するうすあかりに見えた。ここはやはり死の世界であろうか。けれど、部屋の中はそうであってはならない。多田に男としての生を全うしてもらわなくてはならない。そうならずに命を終えるなんて、俺自身が耐えられない。とはいえ、あの体でエレクトするだろうか。それが無理であるなら、せめて君たち、互いをいつくしみ、いとおしみ、やさしく、しっかりと抱き合ってほしい……とはいうもののの、しかし……。

　今さっき亜紀の体を一目し女を感じたために、多田も同じだろうと考えたのだけれど、束の間の幻想ではなかったろうか。亜紀との同性としての付き合いが確固としているため、こんな疑念が自然と湧いてくるのであった。

　思わず扉に耳をつけてみる。中からは何の音も洩れてこない。いま、グリュミオはモーツァルトを奏でているだろう。明るく聖らかな「ロンド」。トウ・シューズを履いた美少女が足をルルベにし、くるくる回転する姿が目に浮かぶ。このＣＤは二分か三分の曲が多く、記憶をたどり、「精霊の踊り」「美しきロスマリン」と次々にその旋律を耳にひびかせた。するとどうだろう、三人で過ごした懐かしいひと齣ひと齣が瞼によみがえってきた――大学一日目、席の並んだ三人がそろってオーケストラ部に入ったことの驚きとか、指揮者排斥運動における多田の「おおスザンナ」とか、大津で亜紀がソープに斡旋してくれといったこととか――。

　ひょっとしたら、多田も亜紀も私の耳と同じように、あの懐かしい日々を回想してるのではないだろうか。男と女としてではなく、生涯の友として、ただ懐かしんでいるだけなのではないか。そうだ、彼がこのＣＤを所望したのは、記憶の一つ一つをひきだすにぴったりの、珠玉の小品集だからだ。

　と、そのとき、どこからともなくといった具合に、ミュートをかけた声が私を呼んだ。

「澄人」「澄人」

　それは空耳かもしれないし、さっき扉を閉めるとき聞いたのが、今頃、耳の遠くでこだましたのかもしれない。けれどもう、そんなこと、どうでもよかった。

私は「ごめん」と大きく呼ばわり病室に入った。ヴィヴァルディの、もの悲しく透明な「シチリアーノ」がかかっていた。ベッドを見ると、二人は並んで首から上を出し、その下の布団といったら、薄雪をかぶった芝生のように静穏だった。私はすばやく脱ぎ、「俺、入るよ」といって布団をめくった。多田と亜紀は握り合っていた手をほどき、ともに両手を私へ差し伸べるようにした。私はベッドに横になると、私の手で三人の手が亜紀のお腹に重なるようにした。三人は肩を密着させ、仰向けの姿勢をつづけた。ベートーヴェンの「メヌエット」、シューベルトの「アヴェ・マリア」、「タイスの瞑想曲」……。

神よ、グリュミオよ、と私は祈った。この至福の時間を、あと三十分、あと一時間、いやいやずっとずっと永遠に与えてください、と。

墓の前の現実にかえると、二百ccの酒が空になっていた。時刻は四時を過ぎており、ずいぶんちびちびと飲んだらしい。二十分ほど歩いて駅前にもどり、少しぶらぶらすることにした。

この町は碁盤の目になっておらず、駅前商店街、市役所、唐津神社と、あみだくじを引くように歩いて行くと、お城がすっきりと見える白い小道に出た。右の高い石垣、左に連なる松の緑に天守閣が浮かび出ている。私は足をとめ、しばらく城を観賞した。夕凪に入ったのか小道には風が無く、松の匂う涼気の中に、そこだけ浄化されたように美しく、見ているだけで足りたので、道を右に折れて橋のたもとに来た。この橋は舞鶴橋といい、水の豊かな川が下をくぐり唐津湾に注いでいる。川岸には古い民家が並び、コンクリートの土台に石垣を積み河口の水と接している。

川には小さな漁船、平底の運搬船、プレジャーボートが舫われ、水はとろっとした青緑、遠くで、蔵の白壁が夕日に赤く照り、その色が瞬時に薄まると、にわかに海の匂いが強くなった。

駅前に引き返しタクシーでホテルに着くと、すぐにシャワーを浴びた。夕食は中ですませることにし、冷蔵庫のビールをとって窓側へ歩を運んだ。椅子を外に向け腰を下ろすと、横長く玄界灘が一望された。暮れなずむ空のもと、あと一滴か二滴のインクで夜になるという青さだった。

しーんと、一人のときが与えられると、またしても私は考える。多田の死は私にとって何だったのかと。あのメガトン級の衝撃は私の内部にぽっかりと穴をあけた。深くて、広大な穴だった。それでもそれが「喪失」に過ぎないのなら、やがて埋まるだろうし、癒えもするだろう。たしかに時が経つうち、穴を縁取るギザギザは摩滅し、傷みは感じなくなった。どんな悲しみも、時間が消してくれるわけだ。

けれど、内部にうがたれた穴は、私の骨格の一つであるように厳然と存在し、ちょくちょくと私に語りかける。そう、穴は多田進その人であり、彼の死後もずっと私の隣にあり、同行の旅をつづけているのだ。定年までしこしこと中学教師を務めるという多田、五十になったらヴァガボンドになるという私。網走の流氷上で語り合ったこの決心は、多田の死によって、くつがえしようのない、永遠のものとなった。

10　浄瑠璃寺の秋

九月初め、プランタンで浅川社員と鉢合わせをし、ももゆうさんに勤め先を知られることになった。その際「僕、こういうもんです」と改めて名刺を渡すと、彼女も自分のを出し、「津村さん、携帯は」とたずねた。「持ってますよ」と答えると、彼女は自分の携帯の番号を書き添え、「あなたさんも」と私にもそうさせ、「ピクニック、やりまひょね」と念を押すようにいった。このやりとりは浅川の前で堂々と行われたのだが、浅川はただニタニタと笑っていた。

大のおとながまさかと思ったらしいが、二人の意思は固く、その後一度の電話であっさりと実行が決まった。唐津行の一週間後に電話し、「ピクニックの件ですが」と切り出すと「どこへ行きまひょ」「そっちで決めてください」「わたし、若草山しか思い浮かばへんの」「それじゃ浄瑠璃寺経由で、どうでしょう」「そうしましょ」とすいすい話が進み、日取りは今月の最終日曜日と決まった。「落ち合う時間と場所は列車の時刻表を調べ、また連絡しますが、何か持っていくものは」と聞くと、「どうぞ、体一つでお越しやす」と答えた。「それ、何か深い意味が」「いえ、べつに」「そうですか」私はがっくりと声の調子を下げ、電話を切った。

体一つといっても、この遠足のため小さなリュックを買い、美枝夫人に梯子を借りて取った次郎柿を二つ、これを剝くための折り畳みナイフ、手拭いなどを中に入れた。さて、ヴァイオリンをどうするか。縁側に出て空を見ると、透明なほど水色に澄み、ところどころの薄雲も光を含んだ明るさだった。これは快晴になるなと、若草山の姿と合わせて想像すると、弾くにふさわしい曲が思い当たらない。今日はやめとこうと、その旨、楽器に申し渡した。

朝八時半ＪＲ京都駅、奈良線のホーム中程で落ち合った。ももゆうさんはアイヴォリーのスラックス、ブラウスとセーターを青の濃淡で組み合わせ、私はといえば、茶の剝げたような薄手のジャンパーと同じ色調の木綿のズボン。このダサさをさらに引き立てているのが黒のスニーカーだったが、ももゆうさんも同じ製品、同じ色を履いていて、大笑いになった。その気分が列車の二人掛けに座ってからもしばらくつづき、私が彼女のスニーカーをつつくと、すかさずつつき返してきた。

「津村さん、若草山へは？」

「修学旅行のとき、奈良公園から眺めただけです」

「わたしは小学校で一度、中学で二度、遠足に行きました。中学では行先を生徒に選ばせるんやけど、いつも若草山になるんです」

「三度目はどうして選ばれなかったのです」

「三度目は修学旅行で鎌倉、東京でした」

「浄瑠璃寺へは？」

「三十年、いいえもっと前に、吉祥天を見に行きました」

およそ四十分。木津で奈良線を関西本線に乗り換え、次の加茂で降りて浄瑠璃寺行の町営バスに乗る。マイクロバスだから拝観客でいっぱいになるのかと思ったら、ほかに一組しか乗って来ず、二人掛けを一人で占領したほうが楽である。

「窮屈とちがいますか。僕、移りましょか」

「津村さん、町営のロマンスシート、楽しくないのん」

「いや楽しいです」

ずっと昔、遠足の電車で可愛い子の隣になっていたら、こんな気分になっていたろうが、そんなこと一度も起こらなかった。アメリカのトム・ソーヤーとは大ちがいだ。

お寺へは十五分ぐらいだそうだ。駅前のロータリーを抜け直線道路に出ると、そこはもう新開地のようで、丘陵のあいだの広い空地にぽつぽつと役所らしい建物が見える。そしてそれも束の間、バスは畑地の方へ折れ、すぐに林の中に入った。私は、風景の熱心な観察者をつづけるのに、困難を覚えた。彼女との密着によって自然と、体温や肌の弾力性に想いが及ぶからだ。

バスは樹間のほそい道を上がったり下がったり、里と呼ぶほどもない小さな集落を縫うように行き、途中停まったのはたしか一つ。私の散漫な目はこれぞと思う紅葉をとらえきれず、印象としては緑を塗り込めた画布に紅や黄を少々点描した程度。紅葉の多い川沿いの箇所が少ないせいかもしれない。

十五分が、五分ぐらいの感じで、経過した。バス停から何歩か行くだけで寺への道にかかる。人ひとりすれちがうのがやっとというほそさの、土をかためた道で、両側に一本の竹柵が伸ばしてあり、奥に見えるのが山門らしい。堀辰雄が「浄瑠璃寺の春」で「なあんだ、ここが浄るり寺らしいぞ」と書いたぐらい簡素な屋根門である。堀は馬酔木の花へのあこがれから大和路をたずね、この参道で見出したよろこびを語っている。私はこのくだりを、ももゆうさんに持ち出した。「犯し難い気品がある、それでいて、どうにでもしてそれを手折ってみたい、などと危ういことを書いています」「わたしも読みました」「今は春じゃないから、馬酔木は咲いていないようだけど、ももゆうさんは常春の馬酔木かもしれないな」

「およしやす。あの花には毒があります。馬が酔うほどやからきつい毒や」

山門をくぐると目の前に池があり、これに沿って右へと歩を運び、本堂を背にし、ぐるりと首をめぐらせる。この地は三方を椎や樫の丈高い木に囲まれ、暗くおおいかぶさる緑に、池はひっそり静まっている。

正面に三重塔が見える。その足下にささやかな出島があり、楓らしい、淡い橙色の一本が、まだ灯を点したばかりといった風情でたたずみ、上方にも一本、これはもうすっかり闌《た》けた紅が花笠を重ねたように見える。

そちらの方へと、私たちは池を周り、本堂に向き合った。横長にでんと構えた建物の、六割ほどを甍が占め、丸瓦が折り目正しく、池に向かって急勾配をなしている。その色は紫がかった藍色をし、日が照ってきらめくと、絣模様を見るようだった。

本堂の内陣は、仏像を置くことだけに意を用い、人の入るのを予定しなかったのではなかろうか。庭の側に九体の阿弥陀如来と同じ数の板扉が設けてあり、かつてはこの扉を解放し、池越しに仏さまを眺めたようだ。和辻哲郎が『古寺巡礼』の中で「開いた扉から金色の仏の見えるのもよかった」と書いている。

ともかく内陣は狭いうえに人が多くて、距離や角度を変えて仏像を観賞するだけの余裕が持てない。おまけに目玉の「吉祥天女立像」は東京かどこかへ出展中で本物がおられなかった。「津村さん、残念でした」「写真で見ました。ふくよかな頬、やや団子っ鼻で可愛いおちょぼ口」「祇園にようある顔やけど、目がちがいます。きりっとして叡智に輝いてます」「聖母なんですか」「たぶん、インドのね」

私はふと母萬里のことを思った。自分はあのひとに聖性みたいなものを感じるが、顔を知らない。身近にそれらしい写真はなかったし、実母がいるのを知ってからは反発心も強く、さがそうとしなかった。今、その気になれば写真は見つかるだろうが、未知のままいたいという気もする。

阿弥陀仏が九体あるのは、現世をどう生きたかで往生の仕方が九つに分かれるため、といったことが寺の小冊子に書かれている。そんなもんかなと中央にある、他の倍はある中尊像を見ると、これは来迎仏といって、浄土から迎えに来てくれる仏だそうで、「位が下だけに力強いな、百キロの悪漢でも持ち上げそうだ」というと、「仏さんに上も下もないと思います」ももゆうさんはぴしりといい、「わあ可愛い」と中尊像の隣、地蔵菩薩像に見入った。子安地蔵と呼ばれる一・五メートルほどの仏で、私も目をぐっと近づけ、感想を述べた。「遊び呆けて顔にいっぱい泥をつけてるな。帰っておっ母に叱られるぞ」

ふふっと、ももゆうさんが笑い、和んだ顔でこんなことをいった。

「父は仏師で、仏像の修復をしてました。店に一体、父の作品があります」

「ああ、飾り棚の中ほどにあるあれですね」

「見てくれてはったん」

「五十センチぐらいの木彫りの少女像。手の指をぴんと伸ばした直立姿勢。髪はおかっぱ、着物は膝小僧まで、目は一点を見つめ、口を真一文字に結んでいる」

「おおきに、津村さん」

会話をすると、どうしても人の動きに逆らうことになる。それでも波をよけるようにして寄り添い、ゆっくりと進んだ。中の明かりは仏を見せるという一点に工夫をこらしているようだ。ほのかな照明だが、一体一体を見ると、仏の金色が内なる力を秘めて、曙光のようだ。

私はこの九体を、テレビの映像で見たことがある。板扉を開けて外から撮られたもので、よわい月明かりがあるのか、甍の台形が幽かな船影のように見えた。そんな薄闇の中、九体の仏像がライトアップされ、それが池水に映り、巨大な蠟燭を点したようにゆらゆら揺れている。その光景に私は目をみはり、いつにない興奮を覚えながら考えた。この映像はいったい何をいわんとしているのか。ナレーションが「幽玄」という言葉を二度も使ったから、これがヒントになるのだろうが、わが目には仏像の金色がいやに生々しかった。そうして、池水に映る灯は現世の煩悩を、つまりは肉欲を表していると思えて仕方なかった。

「僕はテレビの映像で、この九体がひどく興奮しているのを見たことがあります」

「仏さん、どう興奮しやはったん」

「それが、セクシーにギラギラと」

「津村さん！」

ももゆうさんは、私の背中を強く押し、外へ連れ出した。今日は薬師如来も大日如来も公開されていない。それで拝観は打ち切りにし、バスで奈良に向かった。二十分ほどで近鉄奈良駅に着き、そこから市内循環バスで春日大社まで乗り、十分ぐらい歩いて若草山南ゲートへと。

ももゆうさんは踊りの稽古を欠かさないから健脚である。十二時を過ぎて空腹でもあるのだろう。直登の道をすたすた上がっていき、一重目と呼ぶ、三笠山の二つ目の笠に着くまでに、「お待ちくだされ」を三度いったが聞き容れられなかった。

ようやく彼女の足がとまり、平らな箇所をえらび合羽紙がひろげられた。展望はここで十分だった。ゆるやかに起伏する枯芝の斜面が陽を受けてこがね色に染まり、その足下に東大寺が見える。楠の濃い緑を四方に、海中の遺構でもあるような灰青色の甍。何か茫漠とし、太古の景色を見ているようだった。

ももゆうさんがリュックからお茶のポットと弁当を出し、茶を紙コップに入れ私に差し出した。お握りは梅干しと鮭、それに卵焼きと茄子の糠漬け。

「お握り、転がさんようにね」

「はいはい」

彼女がこんなことをいったのは、小学校のとき同じことをいわれたのだそうだ――家が清水焼の窯元とかの、いけずな子がクラスにいて、ここへの遠足が決まったとき、こんなやりとりがあった。「あんた、行ったことあるか」「あらへん」「うちは三回行って、慣れてるんや」「何に慣れてるの」「弁当のお握りや。あんた、おっちょこちょいやから、下まで転がしそうや」またあるとき、こんなこともいわれた。「あんたとこの便所、水洗か。うちはそうやけどな」「汲み取りやったらいけないの？　山科からお百姓のおっちゃんが汲みに来てくれはる」「わあ、臭いなあ」その子、鼻をつまむマネをしたので、「わたしがつまんであげる」と手を伸ばしたら避けようとして転げ、助け上げようとすると、「構わんといて、よう覚えときや」と捨てゼリフをいった。晩御飯のときその話をしたら、母は「向うの親が来たらガツンとかましておくれやっしゃ」と父にいった。父は「まかしとけ。親のケンカに子供が口出しするな、というてやる」笑いもしないでそんなことをいい「もう一本」と母にお燗を命じた。父はかなり重症の変人で、豆腐は一日三度食べても飽きず、牛肉は人にご馳走になるときだけと決めていた。あるときめずらしく動物園に連れてってくれたが、象を見て急に家に帰ると言い出し、「早苗、一人でだいじょうぶか、そうか、だいじょうぶやな」と一人で合点し、さっさと家に帰ってしまった。何か制作のヒントを得たらしいが、自分もときどきモデルに借りだされ、「ただ一つの星を見つめるんや、ショウウィンドウの洋服のことは頭から追い払ってな」などと難しい注文を出した。母は、独身時代の父がよく買いに来た豆腐屋の娘で、男親に「相手はぶさいくにかぎる、面食いは不幸のもとや」としつけられ、女親にいわせると「正月のお獅子が笑ってるような」味のある顔を夫にした。芸事が大好きで、娘には五歳から踊りを習わせた。家はわりと貧乏だったけど、一人っ子だから出来たのだろう。十五になったとき両親に、祇園の舞妓さんになりたいと三つ指ついてお願いすると、母は「好きなことやるのが一番幸せや」といってくれたが父は「あの世界はチミモウリョウの棲む世界や」と知ったような口を利き猛反対。これにめげず「なあなあお父ちゃん、お願いや」と粘りつづけていたら、モデルになれといわれ、「祇園一清い心を持った芸者になりますと誓った顔をせい」と命じられた。それから二時間父は「そんな顔やない、目が浮わついてるわ」と文句をいいながらスケッチし、一晩で仕上げたのが店にあるあの木彫りです——。

「そうだったのですか。お父さん、魂、こめたのですね」

私は膝にティッシュをのせて次郎柿を剝き、半分をももゆうさんに渡した。

「で、お父さんは」

「七年前に亡くなりました。母は健在で、六原のマンションにいっしょに暮らしてます」

「僕は、養父母に育てられましてね。小学校の遠足はいつもサンドイッチで、お握りがうらやましかった」

「まあ……」

「その母は高三のとき亡くなりました。実母はずっと前にニューヨークで病死したそうです」

「そうなん……いろいろ大変やったんや」

「大変といえば、ももゆうさん、旦那を持つのがいやで警察に裸足で逃げ込んだこと、ありませんか？」

「誰に聞かはったん」

「円山公園のおしゃべり雀からです」

「あのこと、だいぶオーバーに伝わってるんです。いよいよその日、旦那が来ると思うと、ふいに逃げとうなって、表に飛び出したらお巡りさんが通りかかった。裸足やなくてつっかけ履いてたけど、血相変えてたらしく、義侠心を出さはった。何でもおへんといってるのに、まあ話を聞こうやないかと交番へ連れて行かはった。たちまち情報が遊月のあおいさんの耳に入り、おっとり刀で交番へ駈け込んで来た。どうしたんや、あのことかと聞かれ、そうやと答えると、これは一種の人身売買です、警察が見逃してるのは職務怠慢も甚だしいと大演説を始めた。周りに黒山のように野次馬が集まり、困り果てたお巡りさんがパトカーを呼んで、あとは松原署でやってください、ということになったわけ。まあ、それだけの話どす」

「ももゆうさん、恋愛は何度か？」

「一度だけ、あるにはありましたけど……わたしクールなんや」

　話そうかどうか迷ったらしく、十秒ほどの間の後、今度は一気に話しだした――二十五のとき月に一回知恩院で開かれる源氏物語を読む会に出ていて、講師の私大助教授に娘のことを相談された。踊りを習っていて舞妓になりたがっているが名花になる素質があるか、見てくれという。つまらぬ顔でジョークをまじえ講義するのが、父に似ていて好きだった。来週踊りの発表会があるというので、はいと二つ返事で引き受け、念のために眼力のあるあおいさんにも来てもらった。会場の入口で父と娘さんに会い、つい「奥さんは」とたずねると、「乳癌で療養中なんや」と意外な答えが返ってきた。会が終わり、「どう思う、名花になりそうか」とあおいさんに聞くと、「名花をダリアとすると、あの子はタンポポや」とばっさり落第にした。「本人のためにも、早う引導渡したほうがええ」「そんなこと、ようせんわ」「ほんまにしようがないな」その後、助教授と三人で喫茶店に入り、「娘、どうでした」「よう踊れました」の問答のあと、あおいさんがやわらかく切り出した。「よう頑張らはる子やと思います。けど地味で派手さがないから優等生の芸妓で終わってしまうのやないかと心配します」「そうですか、落第ですか、やっぱりな。そういえば娘のこと誰かがいいよったな。狆《ちん》があくびしたような顔やて」いいながら娘の父親はクリームソーダの白い部分をストローでつついていた。

それから間もなく彼は源氏の講師をやめ、一年半ほどたった頃、ひょっこり茶屋に私を訪ねてきた。「いちげんやけど、座敷に上がれますか」「なんにも、ここで会わんでも」「一年前に妻が亡くなりました」「それはそれは……」「そやから座敷で会わないといけないんです」「どうしてですか」「外で会うてはならんのです」彼のいう理屈はわからないでもないが、妻に義理立てするのなら、私に会うこと自体やめるべきなのに、座敷に芸者として呼ぶのは別だというのだから、何だかおかしかった。「おおきに、どうぞ」と私は恭しく頭を下げた。私大の助教授では茶屋遊びが続くわけがない。会いたい会いたい、の気持ちを抑えかねていると、ようやく三月後にやって来た。「先生、わたしのこと好きですか」「うん、死ぬほどです」「わたしも同じです。そんなら、外で会うても恥ずかしいことおへん」「よくいってくれました、ありがとう」週に一度外で会うようになり、わりない仲になった。一年ほどして、貧乏やけど結婚してくれますかと申し込まれた。「すごくうれしいです。けど色々と……」返事を待ってもらい、つらつら考えると、自分は奥さんの療養中に先生を好きになっていた、そのことがとても後ろめたいし、妻の座というのも怖かった。いやそれよりも、踊りの修業かて中途半端やしなあ、と祇園に執着する気持ちがよほど強かった。「そういうわけで、結婚は勘忍しておくれやす」「そうか、断られた以上、ずるずる付き合うわけにはいかんな」「先生がたった一人のお人どす。二度と恋愛はいたしません。さあ握手しまひょ」「まあ、光源氏もハッピーエンドやなかったからなあ」彼はそんなことをぼそっといい、素直に手を差し出さはった——。

「津村さんはどうなん。奥さんとは恋愛結婚?」

「ちがいますよ、ぜんぜん、まったく」我ながらムキになってそういい、それから亜紀、多田との付き合い、多田の死、亜紀のプロポーズなどについて簡潔に話した。するとももゆうさんは私にとってきわめて重大な、死命を制するようなセリフをすらすらと発した。

「わたし、奥さんと友達になりとおす。京都へ呼んで、連れておいでやす」

「いやいや、その前に、やることがたくさんある。ごちそうさまでした」

私は腰を上げると、両手をメガフォンに、汽笛まがいの音を吹鳴《すいめい》した。ポーポーとホーホーの中間ぐらいの音を。

「それ何ですの」

「いずれわかります」

私たちは山を下り、東大寺の参道の少し手前で足をとめた。あちらこちら鹿が群がり、せんべいのほどこしを受けている。ここの鹿は春日大社の神の使いだそうで、なるほど態度がでかい。もらって当然という顔をしている。

「同じオスでも角を切られてるのと切られてないのがいますね。自分が鹿なら、どちらを選ぶかな」

「あわてて切らんでも、春になったら自然に生え変わるのに」

「切った角は漢方薬にするのかな。宮司さんは知ってるだろうね」

「角切りは神事といわれています。だから追及してはあかんのです」

「メスが圧倒的に多いな。オスはハレムの王になるため死闘をくりかえすんだ」

「鹿には、男女の友情は成り立たへんのどすか」

「それは、人間社会でもあり得ません」

「あれっ、奥さんと、親友やなかったの」

「あっ、そうだった、奥さんは女でした」

ところどころに鹿せんべいを売るスタンドが立っている。一束百五十円を二束買ったら、たちまち五、六頭にかこまれた。まずももゆうさんが当番になり、「あなたたちは神の使いですからお行儀よくね」とさとし、一枚を手にしたところ三頭が鼻を突っ込んできた。「おさがり、ガオー」元祇園芸妓がドラ猫を真似たが指を嚙まれそうになった。十枚が十秒もしないで無くなり私の番になった。私は両手を肩まで上げ、ももゆうさんに頼み指の間に一枚ずつ計八枚を挟んでもらった。ここまでは鹿の鼻も届かなかった。「あと二枚は」と聞かれ、「僕の分」と答えると、ほんとに口まで持ってきた。私はパクリと食いつき、両手を上げたまま、口の中へ引き込み、ひとかけらも落とさず平らげた。「ももゆうさん、おかわりを」ほんとにまた口に入れられた。味はうまいともまずいとも感じなかった。というのも、鹿たちが何とかせんべいにありつこうと私に足をかけるやらぺろぺろなめてくるやら、攻勢を受け続けたからだ。せんべいが無くなると、彼らは綺麗にいなくなった。

「ほんまに可愛いことあらへん」

「あそこに、ひとりいますよ」

まだ若木らしい、紅葉した楓の下に、仔鹿が一頭いた。私は先ほどの吹鳴を、ホルンをイメージし、さらに音楽化した。メロディはドヴォルザーク「新世界より」の抜粋、中学で習った「家路」である。

「わあ、来た来た。バンビちゃんや」

仔鹿はふわりふわりと跳ぶように来て、ぎりぎりでとまった。そしてなんと、私のズボンを下から上へとなめはじめた。ぺろぺろ、ぺろぺろと、まるで私が父鹿であるように。

「わあ、バンビちゃん、わたしにもして、かわいかわいいして」

私はなおもホルンを吹き鳴らした。バンビはももゆうさんへは行かず、私を離れようとしない。

ふと思いつき、私は体をしゃがませた。そして両方の目をかぎりなく鼻に接近させた。前に寄り目をして野良猫を手なずけたことを思い出したのだ。利口な鹿はこの一計に乗ってくれ、私の顔に鼻を近づけ、ぺろりと頬を撫でた。「わあ、ええなあ」ももゆうさんも私と同じ姿勢になり、必死にかき口説いた。

「バンビちゃん、わたしにも、なあバンビちゃん」

バンビは、鼻にかかった声に耳を貸そうともせず、なおも私の頬をなめ、私は「僕、しあわせ」といった。「ふん、可愛くない」ももゆうさんがさっと起ち上がった。私は寄り目を元にもどし、バンビの鼻面を慈愛をこめて撫でた。

「シュッ、シュッ」と蒸気の音がした。

「ひゃー、冷たい」首筋に何か噴きかけられたのだ。

「津村さん、効きましたか」

「何をかけたんです」

「女よけのスプレーどすがな」

「ももゆうさん、イタリア語で、僕たちは別れねばならない、といってください」

「知りまへん」

「今それをバンビにいいます」

私は腰を上げ、仔鹿に向かい「アッリヴェデールチ」と、巻き舌でいった。

帰りは近鉄にすることにし、プラットフォームで特急券を買い、並んで座った。五分もすると眠くなり、目の覚めているうちに、もたれてやろうと首を傾けたら、ももゆうさんに膝を叩かれた。

「晩御飯、どうです。バンビを呼び寄せたごほうびに、どこかでごちそうしようと思うんやけど」

「僕、ただの友達としていくんでしょうか」

「そんなこと、どうでもよろしいやん。何を食べます？」

「ええ、それですが」

自分にも料理屋の当てがあります、と答え、六時半にプランタンでと約束し、いったん京都駅で別れた。

下宿に戻り、吉川氏に和尚の店を聞きにいった。「いつ、行くんや」「今日です」「一人でか」「そうともかぎりません」「そうか、連れは京女か」「祇園の南の豆腐屋が祖先です」「バカにくわしいな」「まあ、それほどでも」「うちの風呂、入っていくか」「いや、そこまでは……」

和尚の店は「まほろ亭」といって、電話すると本人が出て、「おおきに、空いてます。そやけどうちはおまかせだけでっせ」と念押しをした。

シャワーを浴び、何を着るかと、数えるほどもない衣裳の中から僧衣をえらんだ。京都ではこの恰好でハメをはずしても指弾されないそうだ。夏物なので、シャツをもう一枚、ステテコと足袋も履いた。これに加え、ヴァイオリンを背負って表に出たところ、吉川氏が竹箒を持って地面を掃いていた。桜の落葉はその辺に散らばっておらず、下宿人の伊達ぶりを見てやろうと待機していたようだ。

「ほほう、ヴァイオリン持参で逢引か」

「抱擁するとき、はずしたほうがよろしいですか」

「まあ、お気張りやす」

プランタンで再会したももゆうさんは、ネービーブルーのツーピース、白いシルクのブラウスという出で立ちで、私の恰好を見てくすっと笑い、「ほな行きまひょか」といった。「歩いてすぐです」「どんなお店」「それは見てのお楽しみ」私は、四条大橋における雲水と芸妓のエピソードを、和尚ともゆうさんに当てはめ、きっとそうだろうとわくわくしているのだ。

四条大和大路を南へ二百メートル、右の方へ鉤の手に入った敷石の小路。棟割のような小さな家が軒をならべ、人家の薄明かりと呑屋の照明がしっくり溶け合い、なんだか人恋しくなってくる。「ああ、あそこだ」紺地に白抜き、「まほろ亭」の暖簾を見つけ、私は演出家になった。「ももゆうさん、僕の二十秒後に入ってきてください」和尚と彼女の対面の場面を、じっくり脇から観察しようというのだ。私は静かに入って行った。白い割烹着の和尚が僧衣に驚きもせず、「どうぞ」と右の端を手で示した。七席ほどのカウンターだけの店で、柱や梁は黒に近い茶、壁は白、天井から地球儀ほどの電燈が二つ、和紙のおおいをつけて下がっている。左の方でおばさんたちがわいわいやっているが、演出に差し障ることもあるまい。

二十秒がたち、ももゆうさんが「今晩は」といいながら入ってきた。私のシナリオでは、彼女と和尚の目が合い、どちらもあっと驚き、棒のように立ちすくみ、口をあんぐりさせるばかり。といった場面が出現するはずだったのに、二人は店主と客の、普通の挨拶を交わしただけだった。このとき、演出が挫折したばかりか、舞台を激変させるセリフが脇から吐かれた。

「早苗ちゃん、あんた、何してんのん」

そちらに首を向けると、何と遊月のあおいさんではないか。

「あれっ、津村さん、いやはったん。その恰好、何ですの」

「いや、とくに深いわけはありません」

「早苗ちゃん、これ、どういうこと？」

「さあ……わたし、一人で来たんやし」

「ほんまかいな、ちょっと大将、ももゆうさんとお知り合い？」

洞口和尚、嘘をつくわけにもいかず、「まあ、名前は存じておりましたけどな」と、むにゃむにゃ口調で答えた。

「こんなわかりにくい所の、開店したばかりの店に一人で入るなんて、地球が逆さになってもありえへんわ」

「今日、奈良へ行ってきたの」

「あんた、話題変えんといて」

「浄瑠璃寺へも行ったの。津村さんも来てはってなあ」

「まあ、ぬけぬけしゃあしゃあと。ちょいと津村さん、私と早苗ちゃんが親友なこと、話しましたな。きっちりいいましたな」

「お寺のあと、ぺろぺろ、ぺろぺろと、津村さんが……」

「んまあ、なんちゅうことを」

ドンドンドンと、カウンターが叩かれた。あおいさん、手加減はしたようだった。

「ぺろぺろしたのは仔鹿のバンビです。津村さん、好かれはって、わたし、嫉妬で狂いそうになった。あおいさん、この身、どうしたらええの」

「あんた、早う津村さんの横に座りなさいな」

「親友がそういうてます。お隣させてもろてよろしおすか」

椅子を引いて座らせようとすると、「そうそう」とももゆうさんが下ろしかけた腰をしゃんと立て、あおいグループの方に向かい、男声を出した。

「おのおの方、色々とおのろけを聞かせたからには、今からのお酒、それがしのおごりとさせていただきたい」

あおいさんの連れの二人が中腰になって手を叩いた。「このお二人は洋装が先斗町の花みずきさん、和服が宮川町の秀次さん、どちらもそのまちの大姐御で、あちらさまはS製薬の津村さん、十年後の社長さんです」とあおいさんが双方を紹介した。先日和尚が新しい店を祇園と宮川町の間でさがしているといっていた。ここならどちらの花街にも顔が立つわけだが、川向こうの先斗町まで来ているのはどうしてか。半時間もせぬうちにその理由が判明した。人のおごりの酒をつぎつぎと空けながら、あおいさんが出馬する、再来年の市議選について謀議をこらしているのだ。推薦母体は京都五花街とし、まずはその結束をどう図るかが問題であるらしい。あおいさんが立とうと決意したのは、祇園を地盤とする市議が引退することも理由の一つのようで、このボスは、祇園に二つ存在する花街の一つ、祇園東を長年牛耳ってきた。それをあおいさんは一つにまとめ自分に支持させようとしているようだ。アルコールのもたらす興奮も手伝って、あれやこれやアイデアが噴出するのをよそに、私はひたすら食べ、さらに食べる。刺身は鱸の薄造り、蕪蒸し、海老芋の煮物、ぐじの塩焼き。酒のペースはあちらよりうんと遅い。隣の人も黙りこくって食べている。

「早苗ちゃん、どう思う、なあ、聞いてんの」

「はい、聞こえてます。中川あおい、目下得票数三票、当選確実」

「あなた、真面目になりなさい。何か妙案は」

「そうやなあ、日頃から五花街が交流してないとね。例えば英会話のレッスンを芸妓さんに義務づけ、一つの教室でやるとか」

「津村さん、何かアイデアありません」

私は、船頭が多いと船は進みませんよといいそうになり、自制したら、べつのことをしゃべっていた。

「選挙はお祭りだといいますね。一度その渦中に入ってみたいな」

「そうや、応援演説、やってもらえへんやろか。男の弁士あまりいないから」

「のん気節ならやってもいいな」つい口がつるりとすべった。

「のんき節て、聞いたことおへん」と花みずきさん、「やってやって」と秀次さん。私は勿体をつけずさっと椅子を立ち、ヴァイオリンをケースから取り出した。和尚の絶妙な味付けが脳に作用し、歌の文句が三つ出来上がっている。楽器を示し「大将、よろしいか」とたずねると、「よろしい」と一言、一喝より強い調子で許可をくれた。「それでは皮切りをやります。あとはみなさんですよ」そう口上を述べて弾きだした。

「十年あとに私は社長　あおいは市長　それよりおぬしと朝寝がしたい　ははのん気だね」

「ぺろぺろと首をなめられ　ああいい気持　ももゆうさんはぷんぷんぷんです　はは のん気だね」

「雲水と芸妓の出会い　橋の上　あれからン十年が夢のよう　ははのん気だね」

私はこの最後のを、空振りになる覚悟でやり、やっぱり拍手は得られなかった。四条大橋に悩める雲水がおり、芸妓が通りかかるという筋書を知らないと、チンプンカンプンであろう。ただこの中に、ちがった反応をする人間が二人いた。和尚とあおいさんが顔を見合わせ、じつに照れくさそうな表情を見せた。そうだったのか、通りがかったのはあおいさんだったんだ。私は誘導尋問をためらいはしなかった。

「あおいさん、映画の帰りだったそうで」

「津村さん、なんであのこと、知ってるの」

「いやね」と和尚が口を挟んだ。「こんな気っぷのええ芸妓さんがいたと、誰だとはいわず、津村さんにしゃべったんや、かんにんな」

あおいさんは、初耳の人にもわかるようにこのエピソードを簡潔に話し、「よっしゃ」と自分に気合を入れた。

「わたしはオンチの常磐津語りやけど、ん十年ぶりに歌いまっさ。津村さん、祇園小唄やっておくれやす」

「はい、よっしゃ」私も気合を入れ、弾きだした。

「月はおぼろに東山　霞む夜毎のかがり火に……」

歌いぶりは堂々とし、音程を気にせぬ流麗さが素晴らしかった。あおいさんのあとは先斗町の花みずきさんが「松の木小唄」を、宮川町の秀次さんが「京都の恋」を歌った。次はももゆうさんの番である。あおいさんが「あれやあれや、あれが死にそうに聞きたい」と注文を出した。

「けど、津村さんに伴奏してもらえへんもの」

「メロディが難しいのですか」

「メロディ、ついてへんのどす。まあ、即興で節をつけたりして、詩吟みたいにやるんです」

「早苗ちゃん、歌詞、ありまっせ。あんた、自作の歌詞をよう忘れるさかい、姉代わりのわたしが持ってるんや。これです、津村さん」

題は「ＫＹＯＴＯオンディーヌ」、ワープロできちんと打たれたその歌詞に目を通し、うーんと唸ってしまった。これに合う既成のメロディは思い当たらないし、自分に即興する能力などない。されど、ももゆうさんと合奏しないで終わるのは無念至極である。私は数秒考えた末、弓を椅子に置いた。

「それではももゆうさん、自由に歌ってください。私はあとを追って爪弾きをさせてもらいます」

白川に　かんざし沈め
あの街を　あとにしたけど
かにかくに
水音恋し　映る灯恋し
揺れ揺れる

わたしは　ＫＹＯＴＯオンディーヌ

宵山の　さざめき耳に
お座敷を　逃げてきたけど
かにかくに
朝のせせらぎ　風とたわむれ
きらきらと
わたしは　ＫＹＯＴＯオンディーヌ

花月夜　まぶたに想い
みだれ髪　眠れぬ夜は
かにかくに
いざよう波へ　花は雪色
ほろほろと
わたしは　ＫＹＯＴＯオンディーヌ

美しい声だった。低音はチェロのように奥深く、高音はしなやかに伸び、虹を描いて裏返る。私は爪弾く指をふるわせながら、ああこのひとこそ祇園の名花なんだと、芯から得心した。

11　一泊夕食付ポリス・ホテル

早くから、正月は帰省しないことに決めてあった。亜紀には退職するまで戻らぬと、子供たちには「一年間出稼ぎに出るからね」といってある。とはいえ無音でいるのも愛想がないから年賀はがきを出した。宛名は三名を連記した。

「　去年今年《こぞことし》貫く棒の如きもの
　新年を詠んだ虚子の句はチンプンカンプン
　ですが　私の句はもっと難解です
　去年今年つるりコンニャク状に過ぎ　」

おととい、離れの縁へ昼寝に来た猫の肉球を撫でていると、吉川氏が現れ「正月どうするんや」と聞いた。「居ることにしました」と答え、「お子さんやお孫さんは」と聞き返すと、「今年は誰も来んけど、孫がハイスクール出たら下宿させてくれというてきてる」と、うれしくもなさそうにいった。吉川夫妻は一男一女、息子さんはアメリカに赴任、娘さんは夫の勤務地のドイツにいて、それぞれ二人の子があり、下宿を希望しているのは息子のほうの男の子だという。

「それじゃ、三月いっぱいに空けないとね」

「卒業は夏頃やろ。どっちにしてもあんたには引き続き居てほしい」

「母屋に下宿させるんですか」

「離れはあぶない。ガールフレンドを連れてきても、中の様子が見えんからな」

「僕が連れてきたときも、見えなかったですか」

「ほうー、いつ連れ込んだんや。こらタマボール、お前報告をサボったんか」

猫は片耳だけぺこんと平らにし、また眠りに入った。それが返事であるらしく、「ふーん」と吉川氏、それで納得したらしい。私には理解不能であった。

大晦日は、美枝夫人の堆肥桶をオールのような棒でかきまぜたり、母屋のガラス拭きを手伝ったりし、夕食は一人用の土鍋に、市販のスープの素を使い、鶏肉、ネギ、人参、白菜をぶっ込んでうどんすきを作った。その間に缶ビール一本、カップ酒二本を飲み、片づけを終えると、ことんと寝てしまった。目が覚めたら、除夜の鐘が聞こえてきた。近くで一つ打たれ、余韻のひびくうちに、それより小さな、くぐもった音がした。西山あたりにこだましているのかと思ったが、テンポからすると別の鐘のようだ。この音が消えると、次の鐘までしーんと静まり、何も聞こえず何も見えない広大な闇。私はその闇に沈むまいと窓の方へ寝返りをした。そうだ、寝る前に空を見たとき、星あかりでぼうっと明るかった。いまあれらの光は地上近くあり、鐘と鐘の間を縫いすすみ、この部屋にとどくだろう、ひそやかな弦楽のように。そんなことを想像するうち、また、ことんと眠ったらしい。

ぴったり八時に吉川氏が呼びに来た。元日の朝食はうちに来てくれと、おととい言い渡され、ちゃんと頭も顔も剃って待っていた。場所は日頃と同じ洋式の食堂で、夫妻の服装も普段着だったが、まず昆布茶と小梅が出された。小梅はどうするのか注視していると、氏が茶に入れ箸でつぶしたので私も真似た。雑煮は京の白味噌仕立て、何も具の入らないシンプルなもの。驚いたのは、漆の重箱に盛られたおせちがみんな、美枝夫人の手になることだった。ゴマメ、ゴボウ、ニンジン、レンコン、ブリの焼き物、ナマコの酢の物、蒸し鶏などで、数の子と黒豆は別の鉢にしてあった。酒はお屠蘇ではなく普通の清酒、龍の絵柄の九谷の徳利と、対の猪口で飲むのがこの家の流儀のようだ。

私は丸餅の二つ入った雑煮を二杯、おせちは万遍なく箸をつけ、酒は猪口に一杯にしておいた。「どうしたんや、調子わるいんか」「いえ、ひと稼ぎするもので」ヴァイオリンを弾く真似をし、夫妻をあきれさせた。

路上ライブは月に二度、場所を変えて三、四時間やっている。いずれ会社の誰かに見つかるだろう、それはそれで面白いと心待ちにしているが、いまだ幸運に恵まれない。ライブの上りは一時間平均千円程度。

元旦の膳から戻り、顔がとっつきにくいのかもな、と洗面所の鏡を見た。目はいちおう切れ長でやや釣り上がっているが、キツネ目ではない。それどころか瞳が大きく、いくらかキョトンとしていて、背伸びをしたレッサーパンダのようだ。輪郭は面長、鼻筋は直線だから白塗りの二枚目もやれそうだが、造作を綜合的に見ると、ハンサムとかブサイクとかでは片付けられない、ひと癖ある顔貌に見える。しかしそう見えるのは、黄ばんで曇りのかかった鏡にも責任がある。

今日は空が薄い銀板を敷いたようで、いまにも粉雪が落ちてきそうだ。下に厚着をし、蝶タイにタキシード、くるみの鉢と看板を布袋に入れヴァイオリンを背負って出かけた。電車とバスで北野天満宮前まで行き、大鳥居の斜め三メートルほどの路上に鉢と看板を置き、鳥居に尻を向け弾きだした。「春が来た春が来た」や「箱根の山は天下の険」など十五分ほど弾いて百円硬貨が二枚与えられた。鳥居を背負っているので賽銭のつもりであるようだ。そうだ、ここは学問の神様だったな、合格祈願の受験生を相手にすれば賽銭も増えるにちがいない。私はためらうことなく客引きを始めた。

「さあさあ希望校をいってください。その校歌を聞けば合格間違いなし。さあさあ京大でも早稲田でも同志社でも」

途切れなくつづく参詣者の列に声をかけて五分、最初のリクエストが「東大」とは驚きだった。見ると、相当くたびれた学生服の詰襟にとっくりセーターがはみ出し、顔は無精ひげをちりばめた、純然たるおっさん顔だった。「き、きみが受けるの」とたずねると、「はい、四浪なんす」と悪びれずに答え、「一高の寮歌ならやれるよ」というと「それでいいっす」と簡単に妥協してくれた。「ああ玉杯に花うけて……」私は、今度こそ合格を、の願いをこめて弾き、それが伝わったのか四浪氏は顔を赤く火照らせ、ぴんと直立して聞いていた。おわると彼は鉢に視線を落とし、ポケットの中をあちこちさぐる手つきをした。ああ百円硬貨が取り出されるなと見ていると、何と五百円玉が鉢に入れられた。「ありがとう、きっと受かるよ」と私はいい、彼が行ってしまうと、鉢の中の百円二枚をポケットにしまい五百円玉だけにした。これを、おとりにしようと思いついたのだ。

少しして、こちらの言葉でいえばおぼこい、つまり乙女チックな女の子が二人前に立ち、口をそろえて「立命、お願いします」といった。だいぶ前に衣笠のキャンパスを通りかかったとき、正門の警備員さんに「校歌の楽譜、どないかなりませんか」と持ちかけたら、どこかへ走って行き、コピーを渡してくれた。お蔭でメロディは覚えたものの、金を取れるほど熟達していない。「あのね、きみたち、立命はやめとこか、あの学校、難しいもん」「まあーおじさん、ひどいひどい」「どうやろ、すべりどめに京大を受けたら。三高の寮歌、ばっちり弾くさかい」「あかん、立命館です」私は覚悟を決め、初演のこの曲をおそるおそる弾きだした。テンポはしまいまで鴨流れのようにゆっくりと、旋律のあいまいな箇所はハミングをまじえ、プランタンの柴山嬢の好きな「仰げば比叡千古の緑」は歌唱のおまけをつけて。おわると彼女らも鉢を覗いた。「あのう、五百円でないと、あきませんか」「千円でも受けつけますけど」「そんなに、持ってへん」「おじさんはなんぼでもええけど、あんまり少ないと、落ちるかもしれへんよ」一人の子が百円玉を三つ出し「これで」といった。「おおきに、二人ともきっと受かるよ」私はその三つを鉢に長居させずポケットにおさめた。風が出て寒気がつのってきた。そんなこと意に介さぬように人出は増えるばかり、私の客引きも悲愴味をおびてくる。

ふいに右の方から警官が二人近づいてきた。一人は万福寺のバッタラ尊者のように目の出っ張った、小肥りの中年男、もう一人はハンガーみたいに肩を怒らせた、のっぽの若者。私はとっさに「君が代」にとりかかった。「神社の承諾を得てやってるんか」年長のほうがわりと穏便にたずねた。私は手ぶりで会話が出来ないことを伝え、布袋からメモ用のノートを出して「用件はここに」と書いて渡した。「神社の許しを得たか」ミミズがのたくるような字を見て、バリバリの楷書で応えた。「君が代を奏でるのに誰かの許可が要るのか」警官は鉢を見て、飛び出た目をぴかりと光らせた。「ここは道路上で、営業を行う所ではない」彼が書いてる間に「雲にそびゆる高千穂の」に曲を変えてみた。「これは天皇を尊ぶ歌です。故に、営業ではありません」「おわんに金が入ってるではないか」「これは私の金ではありません」「では誰の金か」「やがて国に支払われ、君たちの懐に入るであろう」二人の警官が普通の声で言い合った。「こいつ、生意気やなあ」「いっちょ、やってやりますか」今度は若いのが丸い字で「署へ来て、話聞かせてもらおか」すでに私は「青葉茂れる」に曲をかえていた。「この歌、知らないだろう。楠公の国を憂える烈々たる心情を思ったら、弱い者いじめなど出来ないはずだ」「これは通行妨害だ、ただちに退去しなさい」「受験生が校歌を聞きたがっている。ほらこんなに人だかりが」「もう一度警告する。すぐに退去しなければ、条例違反で逮捕する」「やむをえん。この不当な仕打ち、よーく覚えておかれるがよい」

いったん吉川邸に戻り、インスタント・チャーハンに卵とチリメンジャコを加え、昼飯とした。置炬燵で一時間ほど寝ると、エネルギーが充電され、官憲に一矢報いたくなった。この辺は市中より寒く、雪がちらちらしているが、雪ん子が原っぱで追っかけっこしているようで、よけい元気になった。よーし、と私は気合を入れ、僧衣に着替えた。これは夏物だけど、車の外に出る気がないから平気である。念のため後部シートにヴァイオリンを置いた。例の警官らに、車の男が先刻の音楽師と気づかせるための小道具なのだ。

彼らの所轄署は北野天満宮と目と鼻の先にあり、さいわい署の駐車場に警備はおらず、そのうえガラ空きの状態だった。中ほどにパトカーが一台とまっており、直感的にもうすぐ任務につくと見た私は、駐車場のど真ん中に車を止め通用口を注視していた。ほどなく制服警官が二人現れ、こちらにやって来た。二人ともふてくされた歩き方をし、元旦勤務の恨みをにじませている。だが、こっちにとっては何とラッキーなことか。つい四時間前私を不当に扱ったあのコンビではないか。私はクラクションを一発鳴らしてから、のろのろと駐車場を一周し、パトカーの横へ、少しスペースを空けて停車し、も一度クラクションをブーと鳴らした。二人の警官は尻に火がついたように走りだし、私の車から目と鼻の先まで来た。私は横の窓をちょっと開けた。「こいつ、警察をからかいに来よったな」「ふざけとりますなあ。なんや、坊主でっせ」窓の外のそんな会話を聞きながら、ダッシュボードからピストルを取り出し、銃口を前方に向けハンカチで拭き始めた。「お前はただの玩具だよね」私は前を見たまま、外に聞こえるほどの声で拳銃に話しかけた。興奮しているせいか、二人にはこれが聞こえなかったようで、「おい、どえらいもん持っとるぞ」「援護を頼みますか」「待て待て」と言い合い、そこでぷつんと会話が断たれた。どうしたのだろう、と警官の方を見たら、ピストルもそちらを向いてしまい、あわてて前方へ向き直った。それから数秒後、後ろのドアを強打する音がし、振り向くと拳銃を手にしたのっぽの警官が靴底でドアを叩いていた。上体をのけぞらせ、逃げ腰とも取れる恰好だった。私はピストルを左に持ちかえ、右の窓を大きく開け、「どうかしましたか」とたずね、目をきょろつかせた。のっぽ警官が姿勢を低くし、両手で拳銃を構えた。私はピストルをダッシュボードに入れ、「そんな物騒なもの、しまってくださいよ」といった。この間に年長の警官がヴァイオリンに気づいたらしく、「お前、ひょっとしたら朝のやつやな」と顔を近づけてきた。「まあ、そうですわ」「お前、口が利けるやないか。警察を騙しよったな」一矢報いるのなら、ここらで引き揚げるべきだったろう。二人が何か話し合っていたので、おさらばする隙は十分にあった。だのに私はここでドラマを閉じるのが惜しくてたまらなくなった。若いほうがまた拳銃を構え、「おとなしくピストルを出すんだ、抵抗は無用だぞ」と震える声で命じた。「何ですって。私に何か用ですか」年長がしゃしゃり出てきた。「お前を逮捕する。両手を前に出すんだ」私はそのとおりにし、たずねた。「して、罪名は」「公務執行妨害だ」私は手錠をかけられ、外に出された。「現行犯逮捕ですか。それで銃砲刀剣類所持はどうなるんです」「そうや、それもや」「ダッシュボードに入ってます」年長がハンカチに似た布でそれを取り出し、たずねた。「タマは入っているのか」「入ってたら、とっくにあんたらの命はないわ」「お前、坊主のかっこして、ほんまはヤクザやな」「北九州の武藤会のもんや」私は免許証と車のキーを取り上げられた。ヴァイオリンも厳重に保管してくれよ、時価二千万だからなといったが、後部座席に置いてきぼりにされた。

私はいきなり、外の明かりの入らない取調室に連れ込まれた。裸電球こそ下げてないが、粗末な机に折り畳み椅子、かび臭い空気と陰鬱な明かりなど、古い刑事映画そのままの景色の中、隅の机にパソコンのあるのが目についた。監視役であるのか、年長の警官と入れ替わりに、額にニキビのある紅顔の少年が入り隅の椅子に腰かけた。「手錠をはずしてよ。はずさないと違法取り調べになるよ」「私は取り調べ、しません」「給料はいくら」「答える義務はありません」「ねえ君、可愛い婦警さんと替わってくれたら一万円差し上げるよといったら、贈賄罪になるのかな」少年警官はぷいと横を向き、その後だんまりをつづけた。三十分ほどして、彼の父親ほどの年恰好の、ずんぐりした体軀の私服が入ってきた。くたびれ、だらんとした紺の背広が体つきにぴったり合い、つるっと禿げた頭頂をふさふさした毛髪が馬蹄形にとりまいている。ようやく手錠がはずされた。「武藤会やなんて、いうてくれたもんや」「もう調べたんですか。お手数かけました」「前科がのうても、執行妨害と銃刀の二つやと、実刑食らうんやないか」「弁護士、頼まんとあきませんか」「ああそうそう」ここでやっと供述拒否権が告げられ、ついでに素直に自供することをすすめられた。「上申書、書いてもろて、さっさと調べ、終わらせよか」「私、無学で読み書きが出来ませんのです」「あんた、なめたらあかんでよ。顔にインテリと書いてある。早う書いたら、その分酌量されるがな」「犯罪はおかしていません。嘘を書けというんですか」「ピストルを差し向け、職務を妨害したやないか」「職務って何ですか」「職質のこっちゃ」このときドアがノックされ、「警部、ちょっと」と遠慮がちな声が聞こえた。警部は椅子を立ち、廊下で立ち話をしたのだろう、ものの三十秒で戻ってきた。「お前、警察を何度騙したら気がすむんや」「どういうことで」「ピストル、ニセもんやないか」「玩具だといったんですがねえ。でもあの二人を責めないでください。

この玩具、じつに精巧なんだから」「こいつ……」「銃刀の線が消えて、さあ、どうします」「公務執行妨害がある、懲役三年や」「すぐに取り調べてください」「時間はたっぷりある。わしは家に帰っても、ゴキブリ一匹待っておらんのや。また後でな」留置係の警官が呼ばれ、私はそれらしい部屋に収容された。トイレもいれて四畳半ほどの、一部が畳敷きの部屋で、壁の高い所に一つ脱走できそうな窓が設けてあったが鉄格子がついていた。一隅にあるトイレはいちおう囲いがあるものの、看守に用便の姿が見えるよう、額縁みたいなアクリル硝子がはまっていた。暖房は申し分なく、この点だけを基準にすれば修学院の離れより数段優っている。まあそんなことはどうでもよかった。私にとって何か意味があるとすれば、それは一人同房者が居たことだ。窓のある壁際に尻をくっつけ、じっと動かぬそのさまは沈鬱と暗澹を彫像にしたようだった。端整な顔をした青年だが、目を一点にこらし、くの字に立てた膝を抱くようにしていた。「こんにちは」というと、無言のまま、角度にして十度ぐらいのお辞儀をした。「いつ、ここへ」「きのうの夜」「今朝、雑煮が出たかい」「はあ」「うまかったか」「食べてません」「体ぐあい、悪いの」「はあ……」「ぐあい悪いって、看守さんにいったか」「いってません」「どうして」「どうせ死ぬんです」「末期癌なのか」「いいえ」「君、何をして捕まったの」「はあ……」私は彼の前に腰を下ろし、彼と同じ膝抱きスタイルをとり、朝からの顚末を明るい口調で話した。「これ、犯罪と思うかい」「さあ……でも僕のやったことは犯罪です」私がフランクに話したせいか、彼もぽつりぽつりと話しだした——きのうの昼、京都で一番のホテルのダイニングルームで昼食を食べた。背広にネクタイ、スーツケースも持っていたので、とくに警戒もされず、極上のステーキとワインをとることが出来た。デザートのケーキとコーヒーも追加し、食べ終わるとウェイターを呼んで礼をいった。そして「僕、お金持ってないんです。警察を呼んでください」といった。それから、パトカーで最寄りの警察に連れて行かれ、簡単な取り調べの後、留置場の電気か何かに不具合があったらしく、こちらの署に移された。自分にはどちらでも関係ないことですが――。

「ほほう、無銭飲食だったの」私はそうつぶやきながら、ふとこう思った。彼がホテルに警戒されなかったのは服装というより、第一印象がよかったからではないか。清らかな眼差し、額に落ちかかるちぢれっ毛、頬からあごへの優しい骨格、などがかもす品格のようなもの。

「いま着てるジャージーはスーツケースに入れてきたの」

「はい」

「無銭飲食は確固とした計画だったんだ」

「はい」

私は逮捕を告げられたとき、ここでただメシ食うのも遊びのうちと、気楽に処しようと肚を決めたのだが、そうもいかなくなった。この青年の「どうせ死ぬんです」が鋭い針となって胸に引っかかり、はずれてくれないのだ。

私は慈善事業家でもなければお節介焼きでもない。むしろ風来坊志向にとりつかれたエゴイストなんだから、こんな風になるのは摩訶不思議であった。けれど、こうなった以上、針が抜けるまで徹底するのも風来坊の一面ではあるまいか。

五時半に、差し入れ口とでもいうのか、タマボールがぺちゃんこになれば脱出できそうな穴から夕食の弁当が渡された。塩の噴き出した薄っぺらい鮭に卵焼きが一切れ、切り干し大根に八分の一のミカンも入っていた。同房者はうずくまったまま、弁当に見向きもしなかった。「君はずっと食べないつもり」「はい」「水は」「それがどうも辛抱できなくて」これはもしかすると脈があるぞ、いくらかほっとした。

また取調室に連れて行かれ、さっきの警部と対面することになった。「黙秘権は告げたかいな」「はい」「職業は」「辻音楽師」「知らんなあ、そんな商売」「私も、知らんなあ、警部の名前」「富本や。いうとくけどな、質問するのはわしのほうや。ところで本署に乗り込んで来たのは何のため」「乗り込むなんて。ただ署長に話を聞いてもらいたかっただけです」「何の話を」「御署の警官に、北野さんの前で不当な仕打ちをされたのです」「お前さん、通行妨害したそうやないか」「直立してヴァイオリンを弾くのにどれだけのスペースをとりますか。警官がぼさっと立っているのとかわりませんよ」「言葉に気をつけたほうがええな。ところで喋れんふりをしたのはなぜや」「あの二人、無茶をやりそうな気がしたので、筆談を思いついたのです。証拠になりますからね」「書いたもの、どこにある」「いえません、私を無罪にする有力な証拠ですからね」「あのな、問題は警察に来てからの行動やがな。そんな恰好をしてるけど、ほんまの坊主なんか」「いいえ、このほうが署長に取り次いでもらえると考えまして。若い頃演劇をやってまして、そのときの衣裳ですわ」「二人の警官が近づいてきたとき、ピストル向けたやろ」「とんでもない。ハンカチで拭いていたのです。彼らとはちがう、前方を向いて」「なんでピストルなんか取り出した」「これを拭いていると気持ちが落ち着くんです。警察署長に抗議するんですから緊張していました」「警官の一人が職務質問したところ、ピストルを向け威嚇したな」「いいえ、何の質問も受けていません。こいつ坊主やないか、えらいもん持っとるぞなどと言い合って、ぱたっと話が途切れ、数秒後に後ろのドアを叩かれたのです」私はあのとき若い警官に「そこで何をしている」と質問を受けたような気もするが、その確信がなかったし、そんなあいまいな供述をする余裕も与えられなかった。畳みこむように警部が迫ったからだ。「もういちど聞く。質問は受けなかったんだな」「はい、間違いありません。たしかにピストルを警官の方に向けましたが、ドアを叩かれびっくりして振り向いたとき、ピストルを持った手もついてきたのです」富本警部は正直な人のようで、うーんと唸りながら片手をあごにつけ、しばらく考え込んだ。警官が職務質問に着手していなければ、これに対する妨害行為も存在し得ないから、この事件はパーになる。そのような悪い予感がするのか、つるっ禿げの頭も光度を弱めたように見えた。私はいよいよ勢いづいた。「そうそう、のっぽの警官が足のかかと部分、つまり靴の裏でドンドンとドアを強打したのです。きっとボディに痕跡が残ってるはずだ。これは、脅迫をともなう不当逮捕の証拠になるな」いいながら椅子を立ち、「警部、いっしょに見ていただけますね」と、表の方へあごをしゃくった。「まあまあ、うーん……」今度は姿勢を腕組みにかえ、十秒ほどして「ちょっと休憩にしよう」と、か細い声でいった。「警部、一人で行って証拠隠滅、やるんじゃないでしょうね」「あんたを連れて行くとなると、手錠をかけんならん。そんなめんどくさいこと、出来るかいな」先ほどの少年警官が呼ばれ、警部があたふたと出ていき、十分後に戻ってきた。「正月のことで、まだ戸籍がとれんのやが、奥さんいるのやろ」「証拠、はっきり残ってたでしょ」「質問に答えるんや。奥さん、いるのかいないのか」「一人、いることはいますが」「免許証の住所にか」「ええ」「明日、こちらに来て身元引受人になってくれたら、微罪ちゅうことで釈放できるかもしれん」「あの人はダメです。いま離婚協議中だから」「ほかに、しっかりした身分の人、おらんのか」「まあ、どうしてもというなら、祇園の芸妓さんですかね」警部は私をじろっと見、僧衣から芸者を連想して納得したのか、「こちらに呼べるんやな」と念を押した。「そら、呼べますけど花代がかかります。署で持ってくれるんでしょうね」「こいつー。ほんまに正月から、なんちゅうこっちゃ」警部はぼやきながら椅子を離れ、看守係を呼んだ。

看守は親切な男で、私の僧衣を見て「何ぞ着るもん持ってこうか」とたずねた。「青い縞の囚人服ですか」「いや、普通のトレーナーや」「暖房は切られるんですか」「切られへん」「それなら結構です」

房には二つならんで布団が敷かれ、消灯時間にもかかわらず青年はまだ膝抱きスタイルで起きていた。「寝ようか」「はい」下着になって布団に入ると、センベイのような薄さゆえ、尻に畳表の感触が伝わった。むろん私語禁止であるから、私は青年の方に向き小さく話しかけた。「少し話をしよう」「はい」相手もこちらに顔を向けた。「よかったら、生い立ちから今日までのこと、話してくれないか」

ためらってるのか、まとめるためか、五分ほどして「僕、父一人子一人だったんです」と話しだした――母は早くに亡くなり、父は大阪の門真に電気部品の下請け工場を一人で営んでいました。貧乏でしたが月に一度うまい物を食べに連れてってくれ、通天閣の辺がお得意でしたが、年に一度新しい洋服を着せてくれ一流ホテルで食事する慣わしでした。高三のとき父が亡くなり、財産もないので進学をあきらめ、東京大田区の機械工具の会社に住み込みで働くことになりました。七年間世話になりましたが、社長は大変いい人で、従業員はみな親方と呼んでいました。自分は父にならい月に一度ごちそうを食べることを楽しみにし、よく働いたと思います。それが一年前親方が死に、とたんに取引が減って二月前に倒産してしまいました。自分はいい人を死なせる災いを運勢に持ってるんです。父もそうですし、幼いときから親友だった友達は大学一年のとき潜水事故で亡くなり、妹のような間柄だった親方の娘さんは二年前に膵臓癌で、そして親方まで……もう何の希望もありません、生きてゆく気力もありません。それで、前に父と一度行った京都のホテルで最後の食事をし、そして死ねればと――。

　私は少し間をおいてから話しかけた。「今日の晩飯、君は食べなかったけど、あれだって、お百姓さんや色んな人の手が加わっているんだよね。水だって天の恵みであるかもしれないしね。そうそう、水は飲んでるといったね」

「はい、口を濡らす程度」

「喉が渇くの、生きる気力が残っているからだと思わないか」

「……」

　ぷつんと、彼は黙ってしまった。こんな説教じみた話、聞きたくないのかもしれないが、やめるわけにいかなかった。

「七年も勤めたのだから、それなりの技術も根気もそなわってるはずだよ」

「そんなもの、ありません」

「何か、得意なことは」

「べつに何も」

「私は人を見る目がある。ただの坊主じゃないんだぞ。君には何か輝きが感じられる。さあ、得意なものは」

「手先が器用だと、いわれたことあります」

「それを活かせばよい」

「でも会社は無くなりました」

「今までの仕事に関連することでも、新しい土地で苺を育てることでも、通天閣の辺りでタコ焼きを焼くことでも何でも、その若さだもの」

「でも……僕にはもう誰もいませんから」

「いるよ。いるとも。きっとまたいい人に出会えるよ」

私は、彼の澄んだ目を見てそう断言し、現実問題二点について質問した。「会社に住み込みといったけど、ずっと続けたの」「親方が亡くなってからはアパートを借りました」「それを整理して出てきたの」「部屋は整理しましたが、家主さんには話しにくくて」「契約はそのままだね」「はい」「雇用保険はまだ当分受けられるね」「はあ、はい」

私は「ああ喉が渇いた。弁当の鮭、塩辛かったからな」といって布団を飛び出し、洗面所の水を手に受け、ごくごくと飲んだ。「ああ、うまかった」いいながら振り向くと、青年が立っていて、

「僕も」といった。

　布団に戻り、ひと仕事終えた気分で、うつらうつらしていると、「おじさん、おじさん」と呼ぶ声が聞こえた。夢かな、と返事しないでいると、「ハグしてください」と同じ声がいった。目を開けて声の方を見ると、布団の上に青年が正坐していた。「おじさん、ハグしてください」「うん、うん、やろう」自分も身を起こし正坐してみたが、これではハグはやりにくい。「起立」廊下を気にしながら号令をかけた。私と青年は布団の端に立ち、向き合った。彼は身長百七十センチほど、華奢な体つきをしている。私が手をひろげると「おじさん」とひと声、腕の中に入ってきた。ハグにしては感情移入が強過ぎるようだ。そう思った私は左手をやわらかく肩に回し、右手を肘に添える程度にし、十秒ぐらいたった。私は軽く肩をたたき、身を離そうとした。看守の巡回を考えたからだが、彼は意に介さぬように体をくっつけてきた。相撲のくせで、押されると力が入りその拍子に両腕が上から彼を抱え込んだ。私の首根っこに彼は額を押し当て、こするようにした。私はサバ折りにならぬよう気を遣いながら手に力をこめた。どのくらいそうしていたか、鎖骨のあたりに安らかな寝息みたいなものを感じた。

「おじさん、あったかい。ありがとう」

「君、明日の朝飯食うんだよ」

「はい」

　翌朝、彼は約束どおり弁当を食べ、私は彼のかわりに断食し、彼にこう指示した。「この弁当、自分が食わなかった顔をして看守に返すこと。私にいい考えがある」

それからじりじりして待っていると、十時になってやっと取調室に呼ばれた。富本警部はあれからずっとこの部屋にこもっていたような、煤けた、腫れぼったい顔をしていた。「これ以上面倒かけたくありません。ですからすぐにここを出してください」「身元引受人は」「そんなの、おりません。しかし、釈放が相当であるのなら引受人など必要ないはずです」「あんた、法学部出たのか」「ゼミの教授に司法試験をすすめられましたよ」私は話題をさっと同房の青年にかえ、彼は断食して死のうとしている、精神状態がひどく昨夜も一睡もしていない、無銭飲食犯に自殺されたのでは署としても立つ瀬がないでしょう、としんみりした口調で話した。「知らん男に、なんでそんなに肩入れするんや」「ともかく私がホテルへ行って示談にし、釈放してやったら、光明が見出せるかもしれないし、署もマスコミに叩かれなくて済むでしょう」「ほんまに正月からなんちゅうこっちゃ」きのう聞いたセリフを、いくらか救いようを含んだ調子でつぶやき、「上司を連れてくる」と部屋を出ていった。十五分後、警部が連れてきた男を見て「おおっ」相手も「おおっ」男は警部に「けったいな被疑者の名が津村澄人だと、どうして早くいわなかったの」「あれっ、お知り合いですか」「この男な、大学オーケストラのとき、俺の面目つぶしよったんや」「懐かしいな、角田君」私は手を、紅葉が揺れるようにひらひらさせた。彼こそ、指揮者排斥運動を煽ったトランペット吹きで、楽器よりホラを吹くのがうまかった。

「君、警察庁はやめたの」「懇願を受け入れ、出向しとるんや」「で、この署でのポストは」「それを聞いて、どうする」「一切の決定権があるのか知りたくてね」「この方は署長です。二月前に着任されました」富本警部が要領よく説明し、「それで安心しました」と私は警部にうなずき、「すぐ釈放してくれるね」と角田に矛先を向けた。「事案としては微罪ではないな。しかし富本警部が寛大な見解を述べたようだから、それに従うことにする」「身元引き受け、してくれるの」「とんでもない。さっさと出ていってくれ」「それじゃホテルに連絡してほしい。坊さんが代理で示談に行くと」「ニセ坊主が行くんで用心しろといってやる」「ありがとう」椅子を立とうとして脳天に閃光が走った。俺たち、何のためにオーケストラやっていたの？

「角田、ラッパはまだ吹けるか」

「吹けるとも。本庁で楽隊を組んでいたからな」

「明日、俺の前座をやってくれないか」

「だしぬけに、何言い出すんだ」

「警視庁の楽隊が昼どき日比谷公園でやっている、あれをここでやるんだよ。ただしここのは一つ、大義名分がついている」

「お前、何考えてる」

「チャリティコンサートさ。無銭飲食の青年のために、明日の昼休み大会議室に署員を集めてくれ」

「とんでもないことを」

「これ、実現したら美談になるぜ。警察が薄倖な被疑者のために署内でチャリティをやるなんて、おたくの長官、感涙にむせぶだろうよ。俺、地元紙の記者とも懇意なんだ」

「ほんとうか。いやいや、やっぱり駄目だ。そんな先例、ありっこないからな」

「青年を自殺に追いやるか、再起に手を貸すか。彼が絶望に陥ってるのは、極北の地にひとりあるような、そんな孤独感からなんだ。もし彼が自分を気にかけてくれる人がこの世にいると知ったら、どうだろう」

角田は目を閉じ、顔の前に両手をはこび、トランペットを構える形にした。ものを考えるときのくせなのか、明日の予行演習を始めたのか。

「おもろいな。いやーおもろい。よーし、やろうじゃないの、やってやろうじゃないの」

私は特別扱いで、も一度留置場に入れてもらい、青年に次のように述べた。——自分は間もなく釈放される、君も近々に出られると思う。そうなったら君は東京に戻り仕事を見つけるんだよ。旅費は警察で何とかしてくれる。だからそれまではしおらしく断食を続けてもらいたい。人生は捨てたもんじゃない、と君に伝えてくれと、ここの署長がいってたよ——。

同房者は正坐してこれを聞き、私が話し終わると、「おじさん」と上ずった声で一言いい、両手で顔をおおった。

少しひげが伸びているけれど、署を出ると真直ぐホテルに向かった。東山の峰々をこけにしたように空へ出しゃばった、例のホテルだが、今日は文句をいってるひまはない。フロントで「無銭飲食の件で、支配人を」というと、待っていたように奥から黒い上下を着たスリムな男が出てきた。名画座で見たフレッド・アステアのように身振りが軽やかだった。ロビーの一隅に向き合うと「署から連絡をうけております」と名刺を差し出し、受け取ってもそのまま手を引っ込めなかった。私の名刺を待っていると気づき、「こういう行いは匿名でやることにしてます」というと、

「あ、篤志家でいらっしゃるんですね」と気を回してくれた。飲食代金を、一円硬貨も使ってきっちり払い、領収書をもらうと、それをしばらく見つめた。「何か間違いでも」「いやいやそうじゃありません。ただ一言書き添えてほしいのです。一切解決済みと。支配人も篤志家になった気持ちで」「はいはい」支配人はそのとおり手書きし、職印も捺してくれた。

翌日十一時半に警察へ行き、署長室に通された。角田は、何に使うのか地球儀を置いた大きなデスクで昼飯の弁当を食べていた。「今日は全署員に早メシするよう告知してある」ホテルの領収書を渡すと、明るい窓に向け透かし見るようにした。「手書きの部分、本物らしいな。なんぼか余計に出したのか」「一銭も」「津村、そこらの弁護士より腕がええな。今日、担当検事にこれを見せ釈放を頼んでくる」「新聞記者、連絡してあるが、会場に入れるか」「それはならん。予め記者に知らせたとなれば、売名行為と受け取られる。あとで取材には応じるさ」

十二時二十分、最上階の大会議室に約三十名の署員が参集する中、一列目に例のパトロールコンビの姿もあった。「やあ」と頭を下げると、二人申し合せたようにぷいと顔を横に向けた。司会は署長が担当し、「それではまず署長、ご挨拶を」と自分を紹介し、トランペット片手に聴衆の前へ進み出た。

「警察署内でこんな催しをやるなんて、人類史上空前にして絶後でありましょう。この丸太のような首がすっ飛ぶかもしれないが、知ったこっちゃございません。一人の薄倖の青年の、純な魂が救えるのなら、警視総監の椅子をふいにしたって、お安いことでございます。さてこの青年、数々の不幸に遭い絶望のどん底にあって、せめて最後の晩餐をと、無一文で高級ホテルのステーキを食い、計画どおり捕まり、わが署で断食自殺するところであった。そこへ、ここにいるヴァイオリニストが同房になったわけ。わが記憶に間違いがなければの話だが、この紳士、不敵にも署の駐車場で立小便をし、通りかかった署員が注意したところ、やにわに身を反転させ、ピストル類似のものの銃口を向けてきた。当然公務執行妨害で逮捕することとなったが、弁解を聴取したら『こちらのほうこそ、しっこ妨害された』と言い張るしまつ。それでも根は優しい男と見え、同房者に父親のような感情を覚え、その境遇にいたく同情した。本官もこの心情を意気に感じ、今日この歴史的リサイタルとなったのであります。よって、気前のいいわが署員諸君、絶大な協力をたまわるよう、伏してお願い申し上げます」

「弁士、注意」と私は口に出かかった。いまの弁舌、事実無根もはなはだしい。ここは断乎反論を、と足を踏みだしたところ、角田はなおも続けた。

「なおこのヴァイオリニスト、言葉が不自由のようなので挨拶は割愛し、まず前座からはじめます」

いきなり、といった性急さで吹きだした。旧日本軍の起床ラッパだか突撃ラッパだかの、トテチテタを二度くりかえし、それから、もの悲しい秋の小川のような出だしのあと、音が発作的にせり上がった。大空に向けてロケットを放ったようだった。私は二小節目でこれがセントルイス・ブルースだと気づいた。シカゴの地下酒場で聞いた、ねっとりとワイセツな音楽性とはひどく異質である。切れのよい吹奏といえばそのとおりなのだが、かつてのように息がつづかず、そのくせ肺活量は衰えていないと誤解している男の演奏というべきか。ともかく勇壮で、かなり威嚇的だから、警察でやるには申し分なかった。

「それでは津村さん、どうぞ」私は一礼すると、「まず初めに、ミュージカル『雑居房の中のヴァイオリン弾き』を……いやいや、『屋根の上のヴァイオリン弾き』でした」と前置きし、「サンライズ・サンセット」を弾いた。それからホルストの「ジュピター」、陽水の「少年時代」、バッハ、グノーの「アヴェ・マリア」とすすみ、そこでストップがかかった。「浄財を集める時間をとらねばなりません。すばらしい演奏ですが、あと一曲ということで」

「角田署長、あと三曲用意しておりますが」

「あと一曲です。執務時間に食い込むわけにはいかんのでね」

「あれっ、私、口を利きましたね」

「ほんとだ。でも、逮捕の状況がちがうなんて、反論する時間はあげません」

「それではひとこと。私と同房だった青年は高校卒業後東京大田区の町工場で真面目に勤務しておりました。青年が親方と呼んで慕っていた社長は一年前に亡くなりましたが、この人こそ、彼のかけがえのない恩師でした。私、全身に青年の思いをこめて弾きます。『仰げば尊し』を」

会場はしーんと静まり、弾くうちにいよいよそれは深まり、空気まで感極まって、絃をぷつんと切るのでは、と思われた。

私は身に余る、熱烈な拍手を受けた。それが鳴りやまぬ中を、署長自ら私の鉢を持って会場を回った。

浄財は四万円ほどになった。署長室に戻った私たちは、それぞれ三万をプラスし、これを祝儀袋におさめた。「津村、彼はお前のことをどの程度知ってるんだ」「何も。ホテルに示談に行ったことだけは話してくれていい」「どういう人かと聞かれたら何といおう」「さすらいの辻音楽師とでもいってくれ。それからその袋に、署員一同と書いて渡し、表玄関から送り出してくれ」「そうか。まあ本件のシナリオライターはお前だからな」

角田は玄関まで私を送ってきた。

「そうそう、田村亜紀さん、元気かい」

「ああ、元気、元気だよ」

「ティティナ、ティティナ」

署長は口ずさみながら、太い腰を振った。私も合わせて尻を振った。

吉川邸に戻ると、亜紀から封筒の郵便が来ていて、お年玉付き年賀葉書が二枚、ぽつんと入っていた。

一通は亜紀から。

「　澄人氏がいない元旦の感想

寛太　ヴァイオリンが聞こえないのはありがたくもあり

　　　さびしくもあり

弓　　卒論のタイトルは　ヴィヨンのような父を持って

　　　にしようかな

私　　友達はたまに会うのがいいのよ

どの感想も澄人氏の気に入ることでしょう」

もう一通は兄から。

兄は、母が亡くなって間もなく官舎から実家へ家族移動し、五年前その家で父の最期を看取ってくれた。経産省を退職後は私大で経済学を教え、七十歳まで勤められるので、その後は君の尻にくっついて乞食坊主をやるよ、などといっている。

兄の葉書は紋切り型の印刷文の欄外に手書きがしてあった。

「いよいよ飛躍の年だね」

そしてもう一つ、ボードレールの詩の一節が引用してあった。

「そんなら君は何を愛するのか、風変わりな異邦人よ――僕はあの雲を愛する。遠く、あそこに流れゆくあの雲を……」

12　紅々と　冬のかがり火

三月末に退職と決めている。あと二か月半しかなく、人事異動を考慮すると、明日にでも申し出ねばならない。四か月ほど前、例のバイオ・ベンチャーの件で社長に呼ばれ、礼をいわれた際「来期のこと、わかってるな」と、また役員の件を告げられた。私は「何のことかわかりませんが、大阪支店長もしんどくて任に堪えられません」と返事し、社長を唖然とさせた。「失礼します」と一礼し、さっと退出したのだが、退社の意思表示としてはトーンが弱かった。やはり文書で正式にと、文案を考えだしたところへ、ももゆうさんの電話である。祇園を地盤にしていた例の市議が亡くならはって、二月初めに補欠選挙が行われ、あおいさんが立候補します、自分は選挙事務長を仰せつかりました、というより買って出たんどす、やる以上は出来るだけのことをしたい、津村さんを応援弁士にお願いするのも私の大事な役目の一つです、もちろんお勤めがあるさかい夜の演説会にですが、このとおりお願いいたします。電話口で深く低頭する彼女の姿が瞼に映り、「どうか面《おもて》を上げてください」と私は右手を差し上げた。選挙がもし一過性の、祝祭的狂騒状態を呈するものならば、風来坊にとって最高の寄港地ではないか。私は即座に返事をかえした。「よろこんで、のんき節をやりますよ」「お話もしてくれはったら、なお結構なんやけど」ふわっと、かつ、きっぱりと押しこまれた。うーん、そうなると、肩書は辻音楽師ではなく、現職を明示したほうがよくはないか。聴衆の中には、辻音楽師て何者やと訝る人間もいて、足を引っ張ることにもなりかねない。私はここまで思考をめぐらせ、ふと面倒なことに気がついた。相手候補は保守党代議士の倅だそうで、その保守党を我が社は長年後援している。大阪支店長の肩書を使うと、保守党から横槍が入らぬとも限らない。さてどうするか。このまま進むか引っ込むか、思案しだしたとたん、のっぺらぼうだった支店長の三文字が精彩をおびだした。よーし、利用できるものは利用してやれ、それに会社の宣伝になるかもしれないぞ。

私は翌日退職願を持って本社に出かけた。人事部長は自分では手に負えないと見え、担当役員を呼んできた。役員はくりかえし理由を聞き、私はそのつど「思うところがありまして」で押し通した。役員はあからさまに溜息をつきながら退職願をぼんやり眺めていたが、ようやく気づいたようだ。「津村君、日付が少し先になってるが、どうしてかね」「べつに大した理由はありませんが、確定的に受理されるにはそれぐらいの期間かかると思いまして」「その間に翻意することもあり得るのか」「いいえ、絶対にありません」私は文書の日付を市議選の当日にしておいたのだった。それまで会社におられれば支店長の肩書で演説がぶてる、と計算したわけだ。

選挙戦の始まる前夜、事務所となる茶屋「遊月」を覗いてみた。玄関の間、茶屋バー、つづきの客間とビニールのシートが敷かれ、履物のまま上がれるようにしてあり、事務机、折り畳み椅子など運び込まれ、臨時電話も引いてあった。さながら夜の花園が役所の備品置場に様がわりしたようで、バーの硝子棚は必勝と大書された模造紙に占領され、酒瓶の影も見えなかった。

芸妓さんかその卒業生であろう、十人ほどの女性がぺちゃくちゃ、景気づけをやっている向こうに、男が一人作業をしていた。私がそちらへ歩いて行くと、ももゆうさんが現れ「津村さん、おおきに」と礼をいった。男は吹き流しみたいな長い紙に跨り、太い筆を動かしていた。書いているのは演説会場に下げる弁士の名前のようだった。「これ、垂れというんやて」とももゆうさんが教え、「あなたの肩書、『のんき節家元』でよろしおすか」とたずねた。「いや、家元はおこがましいです。これ、書いてもらってください」会社のほうの名刺を示すと、「会社の名、出してよろしいの」「かまへんかまへん」ももゆうさんはこれを書き手に渡し、「この方、津村さんです」と私を紹介した。男は「わし、為永や」とぞんざいに自己紹介し、私を無遠慮に観察した。私も同じように見返し、相当高齢らしいこの人物に一種畏怖の念を覚えた。つやつやした白髪、血色のよい中高の顔など、江頭先生と同じマントヒヒ系だのに、ぴかっと光る目のおっかないこと。「失礼ながら津村はん、この名刺、ほんまもんか」「はあ、まあ一応」「あんたを見ていると、別の姿が浮かびよる」「へえー、どんな」「浮草のようにゆらゆらしてるんや。近々そうなるのとちがうか」「うーん、ご明察で」「なんや、わしもゆらゆらしてきたわ。このままではこの肩書は書けん」「いや、それでいってください」「ああ体が宙に浮きそうじゃ。どうしても書けというなら、わしの体に重しをつけんならん」つづけて為永老、「そうやこうしよう」とつぶやき、かたわらで墨磨りをしていた女に声をかけた。「アシスタントの青月さんじゃ」面長な王朝風の顔に、場ちがいな特大の日、齢は三十ぐらいか。「青月よ、わしの背中に乗ってくれんか」青月女はグラマーな長身、為永老はしゃんとしているがなにせ小柄である。この組み合わせで女がおぶさったから、これはつぶれるぞと野次馬的に見ていたら、手も膝もつかずすいすいと肩書・氏名を書き上げた。私は二人にありがとうをいい、自分の垂れに見入った。老はおそらく八十代後半だろうに、筆の運び潑剌とし、中でも澄人の「人」の字がぴんと跳ね上がり、ダリのひげを盗んできたようだ。

「皆さま、お世話になります」あおいさんと、化粧気のないおばさんが茶を持って入ってきた。このおばさん、会計責任者だそうで「経費きりつめてるさかい、番茶でっせ」と左右を見回し、一発かますようにいった。私と為永主従は並んで腰を下ろし、たしかに色だけのその茶をいただいた。「ところで貴殿」と私は気取った調子で老に話しかけた。「私のこと、知り過ぎたようですな。私の今の仕事、そして近々風来坊になることも」「そなた、何がいいたい」「私にも貴殿の実体を知る権利がありましょう」「津山城主の末裔という説もあるが、わしの履歴は青月に聞きなされ」私は青月女の方に首を伸ばし「ぜひお聞かせを」といった。「はい、仄聞するところ、特攻を熱望し果たせず敗戦になり闇市へ。そこで表はアイスキャンデー、裏はヒロポンを売り、そのあと薬の現金問屋をやりメリケン粉の袋に強壮剤のレッテルを貼って大儲け。元皇族を担いでM資金詐欺をしたり悪さのし放題。捕まったのは一度だけ、比叡山麓の大社を流れる渓流でアマゴ釣りをしたときだけ。ここは神聖な場所で釣りなど誰もしないから入れ食いだったそうな」「ちょっとお待ちを」と私は手を上げて制した。「それ、何罪で捕まったのです」「知りません。じつはわたしの知っていることといえば、この方が大原と静市の境に豪邸を構えていることだけ。そこの石垣の修理のため雇われているのです」ここで老が口を挟んだ。「そういうこっちゃ。青月さん、住み込みでいてくれるんや」脇腹を、老につっつかれ、私はうーんと唸った。

と、このとき、女性たちのおしゃべりがぱたっとやみ、和服の女が一人、自意識たっぷり、しゃなりしゃなりと歩いてきた。「まり乃はん、今日は下準備やさかい、あんた来んでもええの」大先輩の芸妓であろう、ずばっといった。「まあ、いわはること。おねえさん、聞いてはる?」「何をや」「あたしが立候補するという噂」「あほらし」この問答の間に私は、歌手や作家と浮名を流した、有名芸者をとっくり観察した。黒の紬に銀の帯、髪をひっつめに結い、厚化粧の中の目がきりりと鋭い。神護寺のキツネが白川の水に洗われ、色好みの銀狐に化けたのか。

まり乃は帰る気などさらになく、奥に進み、壁に下げられた垂れに目をとめた。「これ、誰が書かはったん」「このわし、為永左門や」「ねえ、あたしのも書いておくれやす」「あきません」選挙事務長がびしっと断った。「ももゆうさん、お願いや。演説会出しておくれやす」「こちらからお願いします。選挙中謹慎してくださいい」「あたしが出たら、どこも満員になりますえ」「選挙に行かへん、すけべなおっさんばっかりな」会計責任者が口を出した。「ちょいとおばさん、あんた誰?」「元婦人警官やけど。おとなしくさせてあげまひょか」「ああこわ。ねえねえ、為じい、あたしのも書いて書いて」「まあ、演説やのうても何かあるじゃろう。さーて、ちょいと体をほぐすか」老は腰を上げ、垂れ書きのため空けてあるスペースに立った。そして「イェー」とひと声放つと、その場にいなくなった。一瞬そう見えたのは、天井すれすれまで跳躍したからで、脚は水平に、竹トンボの羽みたいに開いた。それから老はぴたっと足を揃えて着地すると、「これ、おまけや」といって尻を床につけ、ゆるゆると百八十度になるまで脚を開いた。満場喝采の中、「ブラボーブラボー」と拳を上げ、まり乃が進み出た。「為じい、あたしとかわって」老が引っ込むと、彼女、スペースの真ん中でちょっとおかしな所作をした。今日は座敷着の引き摺りでない普通サイズの和服を着ている。その裾の端を両方のくるぶしにはさみ、着物を締めつけるような仕草をした。「中川あおいの必勝を期して」歌うように口上を述べると、ほとんど一瞬のうちに、身を沈め、前に屈み、腕を立てる、の三つを行った。そうして何秒か、くるっという感じで尻を上げ、すーっと脚を伸ばした。ぴったりと倒立がきまり、着物の裾もくるぶしの位置を保っている。そのまま四秒か五秒、はらりとした風情で着物が二手に分かれ、白足袋がむき出しになった。このとき私は呼吸を止めたと思う。呼吸を止めたからといって着物の落下をとめられはしないが、ばさっと粗暴に落ちたという印象ではなかった。衣ずれの音とともに桃の果肉があらわれるといった風に、衣がほどけ白い肌があらわになった。「あっ、あぶない」思わず声が出そうになり、私は息を吐き出した。着物が最果てまでめくれてしまいそうに見えたのだ。私はさらに目を凝らした。すると、今のは幻覚だったのか、まり乃は床に立ち、拍手半分、溜息半分の観客にピースピースで応えていた。選挙はお祭りである、というのはこんなことなのか、私はよろこんで拍手の側に味方した。

翌朝九時半、遊月の玄関前で出陣式が行われた。八メートルほどの道の真ん中に三角コーンがならべられ、両端にガードマンが立って交通整理をしていた。コーンの内側におよそ百人ほど集まり、その七割が花街の女性であろう、まだ目が覚めないのか「何でここにいるんやろ」と顔に描いてある人も多かった。一番バッターは中川あおい後援会会長、本業は酒造会社社長にして商工会議所副理事長。血色のいい、ふくよかな顔がいかにもそれらしかった。「私が会長になったのはあおいさんの出馬が決まった翌日、任期はこの選挙が終わるまでです。なんで会長を引き受けたかというと、代々うちの酒をひいきにしてもらってるからですが、相手を応援する祇園東にもお得意が居るので、挨拶は短くしておきます。あの東日本大震災のとき、このゴミを受け入れるかどうかで、市は右往左往しました。これを新聞のコラムで叱りつけ、即時搬入を主張したのがあおいさん。プロ野球の応援について、あのマナーは、歌舞伎座で勧進帳が演じられていると き観客が阿波踊りに狂ってるようなもの、コミッショナーは例のとおり狸寝入りで知らん顔と言い放った。まっこと見事、こんなにすきっとした人物は日本男子にはおりません。以上、これで挨拶とさせてもらいます」

次は事務長のももゆうさんがマイクを握り、「私、あおいさんとは同期に舞妓になった者でございます」と殊勝げに切り出したが、「私が意に添わん旦那から逃げようとしたとき、一緒に裸足で松原署に駆け込まはったと、いわれてるほどの間柄です」と巷間の伝説をちゃっかりと利用し、「さて皆さん、候補者は常磐津の名手で知られておりますが清元も大変お上手です。前者は男勝りに後者は女の色香が匂うように演じますが、私みたいに男はんが好きな女は清元のほうが踊りやすいのどす。ただこの選挙が済むまでは互いに清元も踊りも封印して、めちゃくちゃ突進する雄牛となります。よろしゅうご協力のほどを」これで終わりかと思ったら、素人が出来る選挙運動について懇切に説明し、事務長の職務を果たした。

交通の迷惑を考慮し時間を短くしたのか、早くも候補者が登場した。濃紺のツーピースに一点、大輪の白菊を胸につけている。

「おはようございます。皆さん、こう思ってるのとちがいますか。あの出しゃばりが選挙になんか出やがって、応援に来いといわれたらいかんわけにいかないし、ほんまえらい迷惑や、ああ眠た。まあそういわず、ほんの数日私のわがままに付き合うてくださいね。数々いいたいこと、ありますが、ここでは一つだけ原発ゼロを訴えます。さて皆さん、原子力というのは原子爆弾だけが怖いのではありません。原子力そのものが怖いのです。あの凄まじい破壊力を持つ核エネルギーを、どう処理するのか、人類はいまだにそれを制御する術を持たないのです。使用済み核燃料を地下三百メートルに埋め、放射能が消えるのを半永久的に待つ、などということ、科学技術といえますか。このような危険で厄介な原発を、こともあろうに日本は外国に輸出し政府はその旗振りをしている。総理は恥ずかしくないのでしょうか。原子力の洗礼を受け塗炭の苦しみを味わった広島、長崎の方々を思ったら、そんなこと出来るはずがない、絶対に出来るはずがない」

ここで候補者は少し口をつぐみ、目に笑みを浮かべながら百八十度首をめぐらせた。

「あら私、衆議院じゃなく市議選に出てるのでしたね。そこで、このまちに目を移すと、電力を消費し過ぎていると思いませんか。何かというとライトアップ、ライトアップ。去年も円山の夜桜さんが、月や星とお話できないことを嘆いておりました。ああそれにしても、わが友もゆうが『花月夜　まぶたに想い　みだれ髪　眠れぬ夜は　かにかくに』と歌った祇園情緒はどこへ行ったのか。私はこのまちの照明をもっとおぼろにし、観光客の数を減らしたい。ゴミ箱をひっくり返したような無残な現状を見るにつけ、心底胸が痛みます。政府はおろかにも外国人客を倍にするなどと唱えてますが、ヴェネツィアを見ていただきたい。増え続ける観光客で町の暮らしは破壊され、この十年で三分の一が逃げ出したのです。皆さん、眠たい目を開いて足元を見てください。そして力を合わせ、政府の悪政から祇園を自衛し、美しい街を、文化薫る京都を取り戻しましょう。皆さん、朝早くからおおきにどした」

がくんと、全速の車が急停車したように演説が終わり、数秒してやっと拍手が湧いた。このあと司会者が今夜の演説会の案内をし、こぞってご来場をと付け加えた。私は少々心配になった。満腹状態のところへ、もっと食えといわれたような気がしたのだ。

今日は得意先に立ち寄るといってあり、出勤は昼前になった。宴会係もやる小暮次長が決裁書類を持ってきて「どうでした、立ち寄り先は」とたずねた。「とくになし」と答えると、「遊月の女将、ほんまに選挙に出たんかな」と独り言をつぶやいた。ぽんぽん判こを捺しながらちらっと見ると、ニヤニヤしている。「小暮君、今度売りだすあの薬、京都花街に宣伝かけようか」「えっ、何の薬で」「足裏の臭い消しさ」「京の芸者さん、そんなに足がにおうんですか」「稽古が厳しうて、足裏洗うてるひまあらしまへん、かもしれないよ」「異例ですが、その宣伝主任、私にやらせてください」「あなたは銃後の守りをお願いします」「はあ？　ジュウゴて何です」

夜の演説会はナビ付きの自家用車を使うことにし、門のところで美枝夫人に出くわした。「行ってらっしゃい」「はい、行ってきます。それで僕、どこへ行くのでしょう」「なんや、うれしそうや」私がこれこれと用向きを話すと、ぱっと顔を輝かせた。「中川あおいさん、大好きや。津村さん、なんで知ってはるの」「まあ知り合いの親友というか」「その知り合い、女の人でしょ」「選挙事務長やってます」「そうなん。何か差し入れ考えとこ」

演説会場の塔頭は、知恩院の背面、低く連なる山の中腹にひっそりとあった。教室一つ半ぐらいの本堂にベンチ椅子が四列、およそ五十人ほどの入りである。私が入るとすぐ、女性の弁士が登壇した。恰幅のよい体軀を堂々と押し出すように歩き、まず一礼すると、演台の水を悠々と飲んだ。

「私、地元の小学校であおいさんの二年後輩でした。今は仕出し屋の、無給のおかみやってます。もう何十年になりますやろ、いまは廃校になりましたが、この傍の小学校に来たことがあります。ごみごみした町中とは大ちがい、木のにおい、風の音、音楽教室からの歌声も澄みきって、別天地でした。五年のときそこで書道展が催され、私は『音楽は命の泉』で奨励賞を、そこの六年生が『東山三十六峰静かに眠る』で金賞を取りました。半ズボンから出た膝小僧が不揃いのジャガイモみたい、頭がたぶんバリカンで刈った虎刈り、目が円《つぶ》らでくるくるした男の子でした。これが私の初恋で、まあ十回ぐらい初恋しましたけど、この子が一番。いま何をしてると思います？　私の亭主ですわ。六年のときには中学の校庭を借りて区の対抗運動会が行われました。亭主の後輩に速い子がいて、私と百メートルを争いました。わずかに鼻の差、いえ胸の差で私が勝ったのですが、何や悪いことしたような気がして仕方がなかった。なにしろそこのグランド狭いでしょ。ええ練習が出来ないのやもの。さて、あおい先輩は文武に優れ、走るのも速かった。ももゆうさんとの松原署駆け込み事件でも、あおいさんがつっ走って、ももゆうさんがだいぶ遅れたとの説があります。しかしこれは根も葉もないデマであり、あおいさんはつねに弱者とともにある人です。とはいえ、過激なところもあり、それが気がかりです。六年の学芸会のとき、生徒自主制作の劇で彼女は浦島太郎の亀を演じました。浦島になった男子というのが金持ちの家の子で札付きのイジメッ子、この役も腕力で勝ち取ったようでしたが、いよいよ劇の大詰め、もう一度竜宮城を訪ねようという場面。さあ行くんだと尻を叩かれた亀が『はい』と返事して立ち上がり、そしていいます。『浦島じいさん、ほんまに竜宮城へ行かはんの。それより、家に帰って猫のノミ取りでもしていたら』あおいさんペロッと舌を出し『セリフ、間違いました。ごめんなさい』と謝りますが、それからの浦島はしどろもどろ。これにあおいさんが調子を合わせたものだから、爆笑劇になってしまいました。学校は、日頃のお転婆ぶりを恐れたのか不問にしましたが、卒業のとき優等賞は与えませんでした。だいたい優等賞なんて柄に合わないし、それやからあおいさんが大好きなんです。おしまいに、あおいさんの健闘を祈り、一句作りましたので、ご披露申し上げます。

紅々と　都を焦がせ　夜のかがり火

」

私の番である。いきなりヴァイオリンを構え、こういった。七十年以上前、代議士でもあった石田一松という人がのんき節というものを演じました。祇園まちの雑踏ぶりを、のんき節でやってみます。

「座頭の市が祇園に現れ聞いたとさ　ここはどこだい　チャイナタウンかシャンゼリゼかい　はははのん気だね」

歩きスマホ、自転車スマホは事故のもとですね。

「京の祇園の巽橋　坊さんスマホするを見た　スマホしながらお経を読んで　川へドボンと落ちたとさ　ははのん気だね」

初めてあおいさんに会った夜、私、半時間後に裸になっていました。京大の先生と、相撲で決闘しようとしたのです。ふんどしを持ち合わせず、すっ裸でやろうとしたら、「相手のどこ、つかまはるの」とあおいさんにいわれ、私も大学教授も少年のように頬を赤くしました。次に会ったとき、ふんどしをプレゼントされました。今度は大男のアメリカ人と決闘したのです。そのとき気づかなかったのですが、ふんどしに赤い糸がついていて、今朝これを干していて気づき、引っ張ると、あおいさんの声が聞こえました。「ヴァイオリン持って応援に来ておくれやす」と。どうして来ずにおられましょうか。会社に次の日曜まで休みをくれといったら宿題を与えられました。今度売り出す足の消臭剤を芸妓さんにいきわたらせよというのです。しかし、足ってそんなに臭うものですか。たしかに大男のアメリカ人が靴下を脱いだとき、ぷーんと臭いました。足の裏にスカンクを一匹飼っていたのです。ところで昨晩、名前は申しませんが、やんちゃで有名な芸妓さんが、すてんとこける場面を目撃しました。そのとき足袋のこはぜがはずれそうになり、その隙間から白桃のような白い肌がのぞき、甘酸っぱい香りが漂いました。ああ人生は何と素晴らしい。消臭剤なんか、くそくらえだ、どこかへ行っちまえ。

しまった。私、この発言で会社をクビになるかもしれません。しかし、それがどうしたというの。今やるべきことはあおいさんを当選させることだけ。それだけです。おしまいに、宝塚から借用した、あおい賛歌をやります。歌舞練場の最後の演説会で大合唱したいと存じますので、そのときはよろしく。

「あおいの花咲く頃　初めて君を知りぬ……」

翌日定時に出勤すると、待っていたように総務部長から電話がかかり、今から常務と新幹線でそちらに向かう、用件は顔を見て、と私に禁足を命じた。だのに私は、電車で三十分かかる研究所に出向き、芦田所長と、米国研究者のための宿舎について協議した。これは、社宅を若干リフォームすればよいと五分で結論が出た。「遊月のあおいさん、立候補したそうですね」「そのことだよ」「わかりました」私と所長は研究員の間を隈なく回り、二人で次の会話をくりかえした。「今度の件で世話になった祇園のあおいさんが市議選に立ったんだよ」「へえー、何とか恩返ししたいですね。選挙区は」「東山区だよ」「東山区ねえ……そうだ、知り合いが二人おりますわ。さがせばいるもんですなあ」そして、おしまいに私が研究員に「何々君、今の話、われわれの秘密にしておこうよ」といってニヤッと笑うのだ。

支店に戻り五分すると、総務部長と常務とがひどく険しい顔で室に入ってきた。私は時計を見て、「昼飯、どうします。外に出ましょうか」といった。「話が先決だ」「ああそれなら出前をとりましょう。うな重でよろしいか。特上にしますか」「君はいつも社費でそんなものを食っているのか」「いいえ一度も。今日はお二人の分も持たせてもらいます」「ならん、自分の分は自分で払う。並でいい」「それではそういうことで。会費をまず徴収させていただきます」私が二千五百円をテーブルに置くと、今まで私を責め続けていた常務が口をつぐみ、その金に見入った。並がそんなにするのかと思ったようだが、三千円を出して、五百円玉を自ら取った。総務部長は千円札を二枚しか持っておらず、一万円で釣りをもらえるかとたずねた。私は首を横に振り、常務に五百円お借りになったらどうですと提案した。これで雰囲気が和むと思ったら、常務は渋面にいっそう苦みをくわえ、それでも小銭入れから五百円玉を出した。

「津村君、私らは何しにここへ来たのかね」床を這うような低い声で常務がたずねた。

「さあ、かいもく」

「京都で昨晩何をした」

「常務、それを知っていながら、聞いているのですか」

「まあな」

何と早耳な、と私は感心する一方で、相手はやはり大敵である、と認識を新たにした。私が会社の肩書で演壇に上がったことが、あちらの陣営から保守党の幹部へ、そしてわが社の上層部へと電光のように伝わったわけだ。私も、わが社の先々代が保守党の参議院議員を長く務め、今も保守党議員の資金集めに協力していることは知っていた。胸中一抹の懸念は持っていたものの、これほど大げさに反応するとはなあ。

「応援は即刻やめることだな」「候補者、立派な人ですよ。常務もお会いになったらファンになりますよ」「私は君をやめさせるために来た。それが来阪の唯一の目的だ」「それ、業務命令ですか」「一方は過激に保守党政府を批判し、他方は保守党代議士の子息ときては、社として動かざるを得ない。長年にわたり友好関係を築いてきたからね」「応援演説で、近々発売する、足の消臭剤に触れています。コマーシャルに祇園の芸妓を起用することも構想中です」「宣伝は電通にまかせておくんだな」「常務、今だから話しましょう。『熱い一撃、その後の快感』の水虫のコマーシャル、あれは私が電通の社員にプレゼントしたのです」「ともかく私は社長の意を体していってるんだ」「あの社長が社員の政治活動に口を挟まれますかね」「生意気いうんじゃない。君は退職願を出したそうだが、この選挙と何か関連するのか」「全然ありません。常務、消臭剤のコマーシャルですが、二つのシーンが目に浮かびます。芸妓が足袋のこはぜをはずすアップのシーンと、うっとりした表情を見せるシーンです。問題はスプレーをかけるときの脚の露出程度ですよね。ひとり脚線の綺麗な芸妓さんがおりますが、なにしろ逆さまに見たもので、何とも……」

常務は怒ったのか呆れたのか、首を数度振り黙り込んだ。総務部長が初めて口を開いた。

「社の肩書をはずすということで、常務、どうでしょう。津村君も、それなら承知してくれるよね」

常務が返事する前にきっぱり答えた。

「お断りします」

「ど、どうして」

「簡単なことです。いま肩書をはずしたら、上から圧力がかかったと誰もが思うでしょう。あの会社はブラック企業との評判が燎原の火のごとくひろがるのを、私はおそれます」

うな重が来た。これ以降東京から来た二人は一言も口を利かなかった。うなぎの食べ方に、常務は重箱をかきまぜる、部長は箸でつつく、のちがいはあったけれど。食べ終わると二人は、さよならもいわず帰っていった。

今朝出がけに吉川氏と顔を合わせたら、「中川あおいを熱愛してるそうやな」といわれ「先生も知り合いに声をかけてください」と頼んだ。その効果がてきめんに現れた。会社を早引けし、下宿に戻って車を出し、知恩院近くの駐車場に入れていると、子供の遊具のような四輪車が横にとまった。中から、もがき苦しむように体をねじりながら、車の倍ほどもある大男が出てきた。黒縁の眼鏡をかけて髪を七・三に分け、直前のユーモラスな動作とは別人のような勤直さである。思わず笑い顔になり、軽く会釈して行こうとすると、「あのー、失礼ですが」と男がいった。「私に何か」「もしかして津村さんでは」「そうですが、どうして私を」「吉川先生に聞きました、色々と」「へえー、人相なんかも」「坊主頭とか、そのヴァイオリンのことなんかも。あおいさんの選挙事務所に行かれるんでしょ」「そうです。あなたも?」「吉川先生に頼まれたもので」差し出された名刺を見ると、銀行の支店長代理とある。私も名刺を出し、選挙事務所までの間、牛のようにのろのろ歩き、この銀行マンと吉川氏の関わりを聞きだした。

――六年生のとき別のクラスの女子にラブレターを書き友達に配達を託したところ、そいつのポケットが破れていて、教頭の吉川先生に拾われた。先生は校庭のベンチへ自分を呼び出し、「あなたは僕にとって高値の花です」「今度鴨川の淵を散歩したい」の誤字を指摘した。自分は淵という字は辞書でちゃんと調べましたと抵抗したが、西沢君、淵というのはカッパの棲んでるところやでと教えられ、今度は相手に直接手渡したほうがええとアドバイスされた。「はい、間違った箇所を直して渡します」と答えると、「誤字のままのほうがええ、向うは面白がって君のこと好きになるかもしれへんで」と肩をたたき釈放してくれた。中学のとき父が勤務中の事故で亡くなり、労災補償がなかなか下りず困っていたら、労基署にいる教え子に掛け合ってくれたのも吉川先生で、大恩人です――。

選挙事務所に着いた。銀行マンはこの辺がテリトリーのようで、「やーやー」と応援団の何人かと挨拶を交わしていた。元婦警の会計責任者が彼をつかまえ、「中川あおいは清貧やから預金はしまへん」とことわってから、サービス品のメモ用紙やティッシュペーパーを鞄から出させ、周りにも配給した。ももゆうさんも顧客であるらしく、「西沢さん、応援弁士、引き受けてくれはらへん」と持ちかけた。大男は体を真半分に折り、「銀行員でありますので、どうかそれだけは」と声をやたら小さくした。「西沢はん、あっちの事務所にも行くんやろ」相当年配の、しわがれ声の婦人が口を挟んだ。「いいえ、それはしません」「そやかて、あちら側とも取引してるはずや」「それはまあ」「それやったら不義理することになるやん」「じつはもう一人の支店長代理があちらへ」「なんや、二人で手分けして預金の勧誘してるんか」「ちがいますよ。応援に来たんです」「それなら何か、それらしいことしてもらわんと」「はあ……」大男が塩をふりかけられたように体をちぢめ、そこで、私が助け舟を出した。「ドジョウすくいでも逆立ちでも、この場を明るくする何か、やれることない?」「はあ……大学時代合唱部だったので大声は出せます」「それそれ、やってやって」私は一つぽんと手を叩き、「これよりT銀行の西沢さんが一曲歌います。ご静粛に」と呼びかけた。

銀行マンは、「冬の旅」を歌うバリトン歌手のように胸の下で手を組み合わせ、奥の間へと歩を運んだ。そしてくるりと向き直ると、右手を高々と掲げた。「ケベラコサ　ナユナテソーレ……」素晴らしい声量の「オー・ソレ・ミオ」だった。会場の広さとしてはここの百倍は欲しいと思うほどのもの、天井と屋根さえなければ夜空の星と美しく重唱が出来たろう。沈黙が室内を満たし、興奮の度が沈黙を破りそうになったとき、歌が終わった。水が堰を破ったような喝采の中、さっきの老婦人が椅子を立ち、賛辞をおくった。「感動したわ。預金全部引きだしてイタリアへ行きまっせ」

この日、炊き出しが行われ、そのお握りを三個腹に入れ、演説会へと赴いた。

翌朝、「朝立ち」と称する選挙運動を見に行った。中川あおいの政見は原発ゼロの大看板とは別に、地元出身の芸妓を育てたいという、ささやかな願望も盛り込まれている。お茶屋の跡継ぎが途絶えようとしていることも理由の一つだが、地元の子は祇園ことばを自然にしゃべることができ、なんとなく洗練されているのだそうだ。子供たちをその気にさせるには「華」を見せるのが一番と校門の前に立つことになった。候補者自ら市教委と府警に根回しをしたようで、登校時間にパフォーマンスをやるのである。私は二十メートルほど離れた電柱の蔭から見ていた。あおいさんは裾模様が笹の葉の緑色、脇にいる芸妓は萌黄色、舞妓は桃色の地の着物。候補者の幟は舞妓が持ち、子供向けに作ったのか、字体がダンゴ虫のように丸っこい。三人から少し離れもう一人、年配の芸妓が三味線を弾き、候補者は生徒ひとりひとりへ、にこやかに「おはよう」をいっている。脇の二人は「祇園小唄」と「うれしいひなまつり」をくりかえし歌い、三味線の歯切れよいひびきと晴朗な声が校門に「華」を添えている。生徒はさまざまな反応を示し、私を飽きさせない。びっくりしたように立ちどまるもの、なぜか足踏みするもの、ずるっとこけてみせるもの、そんな中で候補者と握手する者が断然多い。あおいさんの笑みに誘い込まれ手を差し出すのだろう。子供たちの黄色い帽子、帽子、帽子。まだ眠気の残る瞼の中で、黄色の輪が躍り、ひろがり、笑いさざめいている。風に揺れる高原のひまわりのようにいとけなく、美しく。

この夕方、車を取りに吉川邸に戻ると、美枝夫人が「大根焚《だいこだ》きしたさかい、あおいさんに食べてもろて」と私を母屋の台所に呼んだ。アルミの大鍋の汁の中、円い飴色のものが押し合いへし合いしていた。「賑やかですね」「温めてもろたら、わいわいよろこびます」「ありがとう」蓋をして、助手席に新聞を重ねた上に置き、慎重に運転した。事務所に着くと候補者は夕食中で、差し入れの赤飯を食べていた。早速大根を温めてもらい、ひと皿がテーブルの上に供された。「これ、あおいさんの隠れたファンからです」というと、ひときれ口に運び、「ああ」と絶句し、目から一粒ずつぽろりと涙をこぼした。

二時間後、出番を終えて事務所に戻ると、為永老と青月女もいて、大根焚きを食べていた。私もその仲間に入り、体が温まったところで、老に質問をぶつけた。「あおいさんとは古いお知り合いで?」「そうや。その顔、知りたがってるな」「はい、めちゃくちゃ」「もう四十年前や。国有地払い下げに関与した右翼の大物をゆすったことがある。これ、公にしたら有史以来の疑獄事件になりますぜ、とな。やつ、どうしたと思う。金を出し渋って、ヒットマンを差し向けやがった。わしは死ぬのが怖いから、遊月の女将に、憂国の志士みたいな顔で頼み込み、匿ってもらったんだ。そのとき、ここの娘のあおいさんはもう売れっ子芸者だった。一月ほど潜伏していたが退屈でしようがない。そんなわしを見てあおいさん、映画でも見に行きまひょかと誘い出してくれた。ヒットマンも、繁華街を芸妓といるところではこうしますやろ、と空へ向け撃つ真似をし、ケロっとしていた。洋画邦画合わせて十本ほど見たところで、巨魁が死によった。わしの脅しが心臓にこたえたらしいわ」

例のやんちゃ芸妓まり乃、今日は洋装で入ってき、皿に目をとめた。「あたしもいただきまひょ」と元婦人警官へ、お手伝いに対するごとく催促した。そして、二きれ盛られた皿を束の間に平らげると、「おかあさん、おかわりを」と今度はかなり下手に出た。「あきまへん、一人一皿と決まってるんや。けど、そんなにガツガツして、ふだん何食べてるの」「ご飯にキャビアを乗せ、その上へ海苔がわりにトリュフをスライスするんやけど、これ、いけないことかしら」

澄まし顔を相手にぐっと近づけ、相手が何かいう前に顔をくるっと右へ向けた。「なあ為じい」と声を鼻にかけ、体もじいの方へ傾けた。「演説会に出しておくれやす、なあ、なあ」「うんうん、それはそうと、あんた、じじいが好きか」「そら、お金持ってはったら、自然と好きになります」「わし、十億ほど持ってるけど、どうや」「それ、どこに置いてはるの」「若王子の新島先生の墓の傍や」「そんなん、小説で読みましたえ」「じじいを一人、陥落させてほしい。無一物でよぼよぼのじいさんや」「元気なとこ、どこかありますやろ」「生涯女色無しのお方や」「ああもったいな。あたしには手に負えまへん」「体くねくねさせて嘘泣きするぐらい出来るやろ」「へえ、こんな風にですか」彼女にとってそんな所作は日常茶飯だろうに、意外とぎこちない。「青月さん、このひと、揉んでやって」為永老が助手に命令した。彼女はこの事務所において、指圧・マッサージのサービスを引き受けており、「はい」と元気よい返事をし、まり乃の後ろに立った。「椅子に座ったまま、体の力を抜いて前屈みに」まず首から始め、背中へ腰へと進むうち、「えらい、こってること」と独り言をいった。「どこがこってるんや」為永老の問いに、「腰のあたりです、よほど使ってるんやわ」小さな声で答えた。これが気にさわったのか、「おねえさん、プロとちがいますね、何や物足りんわ」まり乃が挑発に出たのを、老が受けて立った。「この人、日本橋の鰹節問屋の前で捨てられてて、そこの養子になり、乳母日傘《おんばひがさ》で育てられたそうや。頭脳すこぶる明晰、将来を嘱望された理系女だったのだが……まあ中間は省略することとして、あのな、まり乃はん、青月さんはプロ中のプロなんや。何のプロかというと、レスリングや。怪力無双で、うちの石積みするのにも重機は要らん。それでは今から、あんたの曲がった背骨、真直ぐにしてしんぜよう」老は「それじゃ、頼みますよ」と青月女に優しく命令し、「岩石落としはせんようにな」と但し書きをつけた。

「痛っ、痛っ、堪忍や、堪忍や」

五秒もせぬうち、まり乃が悲痛な声を上げ、自ら椅子から転げ落ち、床に手をついて青月女に謝罪した。

「あら、これからやったのに」青月女、まり乃に手を伸ばし立たせてやった。

翌日の夕方、演説の前に事務所へ顔を出し、晩飯の心配をしていると、洞口和尚が鯖寿司と恵方巻を持って陣中見舞に来た。そこへ新聞記者の橋爪が入って来、私を見るなり「春野さん、どうしてここに」と怪訝な顔をした。彼には、路上ライブをしているとき取材され、春野夏夫を名乗った。これは記事にならなかったが、警察のチャリティ・コンサートを知らせた相手というのがこの記者である。そういえばこの件、社会面トップの記事になると思ったのだが、どうなったのか。橋爪記者に質したところ、頭をかきかき、こう釈明した。「記者としては甘いといわれそうですが、角田署長に熱く強く説得されたのです。あの青年の将来のために、どうかそっとしておいてほしいと」私はうんうんと大きくうなずき、彼の対応に敬意を示した。そして、「じつは僕」と会社の名刺を差し出すと、「うへー」とのけぞり、「今度春野と津村の関係を聞かせてください」といった。「それより、あなたは政治部じゃないでしょ」「いやこの選挙、社会現象ともいえますからね」

橋爪も加わり、選挙情勢が俎上に乗せられた。和尚が「宮川町はまとまってるようや。祇園にライバル意識持ってるわりになあ」というと、「観光寺院はクソミソですわ。例の観光税発言でね」と記者が応じた。あおいさんは「拝観料をお布施と称し、全額ポッポに入れるのは欲張りというものです。その半分を民に還元しなさいとお釈迦さんもいうてはります」とぶっているのだ。私が口を挟んだ。「橋爪さん、風を起こすのはメディアの責任だよ。こんな見出しはどうだろう、保守の壁に敢然と挑む祇園の名花」「我が社の部数はじり貧ですわ。ブームを起こすとしたら全国ネットのテレビしかありません。この選挙ドラマ、インパクトは十分あると思いますが」「なぜ取り上げないの」「スポンサーの関係じゃないですか。候補者の政府批判は痛烈だから」

ももゆうさんが茶と皿を運んで来て、和尚が「さあ、食った食った」と周りにすすめた。ちょうどそこへ、「今晩は」と、深夜に一宿を乞うような大声がした。見ると魚津教授だったので迎えに出ると、やにわにベルトをつかまれ、吊り上げられた。私は足をバタバタさせながら「この一番、魚津の勝ち」といった。「あら、決闘の先生ですね」「いかにも」「選挙事務長のももゆうです。お相撲のこと、あおいさんから聞いております」「あれ、引き分けにおわりましたが本当は私が勝ったのです」「へえー、初耳です」「行司が津村氏に過度の好意を持っていて、えこひいきしたのです」「津村さん、そうなん？」美しい顔がアップになり、壁が倒れるように迫ってきた。「と、とんでもない。あおいさん、名行司でしたよ」

教授が鯖寿司に目をとめ、「これ、ここで買えるんやろか」と自問するようにいった。ももゆうさんが「こちら、まほろ亭さんの差し入れです」と和尚を紹介すると、日頃の偏屈はどこへやら、「いただきまーす」と愛想よく礼をいった。「うまいなあ、ほんまにうまい。そうとしかいいようがないなあ」

ももゆう事務長が魚津教授の垂れを持ってきて「歌舞練場の打ち上げ、名演説をお願いします」と頭を下げた。「それがねぇ、いい話が思い浮かばんのです」「何でもよろしいのどす。面白い学生さんのこととかでも」「今日び、おもろい学生なんかいませんわ。そや、生徒会の会長に出たことがある。あれでいくか」「どんな演説しやはったん」「校長先生が屁をこいた。においだら、くさかった。小使いのおばさんが屁をこいた。耳を澄ますと、屁がつぶやいた。今度の選挙、魚津君に入れよっと」周りがげらげら笑ってるのに教授はにこりともせず、「こんなんどうだろう、自分と津村氏が模擬相撲をやるというのは」と提案した。二人の背中に力士の名を貼りつけ、初っ切りみたいにふざけ合い、結局勝つべきものが勝つという筋書きで何番か取る、というのだ。私がたずねた。「例えばどんなしこ名で?」「ヤンキースとレッドソックス」「僕はどっち」「レッドソックス」「それ、いやだ。あおいさんが行司でも負けてしまう。それで次は」「ナポレオンとモスクワの冬」「僕はモスクワをとる」「だめ、あなたはナポレオン」「ふん、それじゃ三番目は金閣寺と観光税としよう。教授、どっちをとる」「これは難しいな。金閣寺はストライキしよるし、あおいさんはそんなのに負けてはいない」「水入りで引分というところか」「あきまへん」ももゆうさんがぴしゃりと極めつけた。「こっちはあくまでも戦います。あっちのふんどしがちぎれるまでや」私と教授は「そのとおり」と手を叩き、女性連は、一人の「エイエイオー」に呼応して、全員トキの声を上げた。選挙はやはりお祭りである。

翌日、社長が予告もなしに来阪した。典雅な銀髪、端整な目鼻立ち、洒脱味のある笑顔がぬーっと入ってきた。私は度肝を抜かれ、驚愕の声を手で抑え込んだ。

「君に会えるとはラッキーだ」荷物を持ったままゆっくり室を一周した。「君に会いに来たのさ、こうしてランチを用意してね」いいながらビニール袋から駅弁と茶の缶を出しテーブルに置いた。

私たちは椅子に座り向かい合った。

「京都の選挙に熱を入れてるようだな」

「はい、それなりに」

「応援したいために退職願を出したのか」

「いいえ、時期がかち合っただけです」

「私が何をしにきたか、わかるね」

「はあ、漠然とは」

「何をいってるんだ。どうしてやめるのか」

「はい、ずっと前に決めていたのです」

「わからん、来期は役員だというのに。理由を聞かせてくれ」

「とうてい理解してもらえないでしょう。あっそうだ、選挙と関係あるかもしれません」

「どんなふうに」

「祭りが好きなんです」

「祭り？　会社をやめたら毎日それがあるのか」

「風来坊になるんです。風まかせ雲まかせの」

「バカな。どうやって食っていく」

「それ考えたら、会社やめられますか」

「奥さん、賛成してくれたかい」

「十分承知していて、結婚する際にも念を押してあります」

「とっくに忘れてるさ」

「去年話したら思い出してはくれました。さばさばした性格だから承知するかもしれません」

「承知するわけないさ。だいたい、夫、父親としての責任はどうなるんだ」

「女房も子供も何とかやるでしょう」

「呆れたなあ。わざわざそんな困難な道を行くなんて、さっぱりわからんね」

「私にとって会社勤めを続けるほうが十倍しんどいです」

「そんなに辛かったのか」

「五十になったらという確たる目的がありましたから、それほどでもなかったです。社長、そんなことより昼飯にしましょうよ。まことに粗餐ではありますが」

「ふっふっふ」体面上大笑いはおさえながら、社長らしく豪快に、お手上げのポーズをしてみせた。弁当を食べ終わると、「人生は不可解なり」のセリフを吐いて立ち上がり、私にこう言い残した。

「君の長年の辛苦に鑑み、相応の退職金を支払うことにする。ただし三月末まで皆勤すること」

投票の前々日、事務所でお握りと豚汁の夕食を取った。日に日に立ち寄る人の数が増え、あちこち素人の票読みが花を咲かせている。「四条通りの旦那は二股かけとるのが多いから、当てにせんほうがええ」「東の誰々さんは絶対にあおいさんに入れる、血判押してもええというてたわ」「一般の女性票はおおかたこっちに来るやろ」「いや、べっぴんで革新的やから反発も多いねん」「うちのおっさん、中川あおいはネオ右翼やというてたけど、何のこっちゃ」「男の票は七五パーセントあおいさんに入りまっせ」「あほらし。君の算数、答えがどこから出るのか、いつも先生に不思議がられていたやないか」予想のお鉢が、千軍万馬の為永老に回された。「今のところ五分五分じゃ。勝負は下駄を履くまでわからんわ。今晩の祇園会館か明日の歌舞練場か、どちらが盛り上がるかやな」そこへ銀行マンの西沢が入ってきた。一日一回顔だけは見せることにしてるようだ。「町歩いて、反響はどんな具合?」「人気上々です」「おたくの行員さん、どっちが好きなん?」「その点については、出がけに支店長に、口を結わえられまして」ももゆうさんが登場し、「西沢さん、一曲歌って」といってから、「皆さん、歌が終わったらぱーっと散って、明日の歌舞練場へ動員かけてください」ぽんと手を打ち、「長居は無用」を一発で示した。

「どーんと　どんとどんと　波乗り越えて……」やはり西沢の声量は桁がはずれている。サバンナの象や怒った河馬に匹敵するかもしれない。私はこの歌を江頭先生のＳＰで聞いたことがある。藤原義江が得意満面、テノールに揮発油をかけたような声で歌い、この人イタリアの持て持て男みたいだなと感心したものだが、西沢のはプラス重みがあった。終わると、居合わせた四人に三人が、大波に押し上げられたように席を立った。「ご苦労でした」私は西沢に礼をいい、一枚、歌詞を書いた紙を手渡した。「これ、何ですか」「九百枚コピーして、明日歌舞練場へ持って来てほしい。これは実費」ポケットに紙幣を突っ込み、「頼んだよ」と念を押した。

翌朝十時に事務所へ顔を出した。ほどもなく橋爪記者が入ってきて、昨晩の祇園会館、取材に行ったという。「候補者はどうだった」「長身、面長、小綺麗な、二十世紀前半なら二枚目の顔、三十四歳にしては幼い感じ、商社勤務だったそうですがパンダのぬいぐるみでも売っていたのかな」「聴衆は」「三百人ぐらい。それがけったいな一団がいましてね」「ほう、どんな」「頭は角刈り、揃いのはっぴを着た十人ほどが最前列に陣取り、姿勢正しく身じろぎもせず、修養団体に占拠されたようでした」私は、はたと思い当たった。テキ屋の親分東田文造にも応援をお願いしたのが、こんな形で実現したのではないか。「それでそれで」「党本部の副幹事長が登壇するや、一団から『待ってました』『大統領』の声がかかり、『万障繰り合わせ馳せ参じたしだいです』のくだりでは全員起立して拍手、演説が終わったら、何をしたと思います」「何か、祈禱でも始めたのか」

『おっぺけぺ　おっぺけぺ』と歌い踊りながら退場し、戻ってこなかったのです。ところがそれだけじゃなかったのです」「へえー、まだ続きがあるの」「ようやく候補者が舞台に登場し、いったん椅子に座りました。そして司会が彼の経歴を紹介し、ちょうどそれが終わろうとしたときでした。にわかに会場がざわつき司会者が棒立ちになったのです」「な、何が起きたんだ」「真ん中の通路を黒の紋付、日本髪の女が細身の体をしゃなりしゃなり、左右に目配りしながら最前列へ、一団のいた席に腰を下ろしたのです」「橋爪さん、その女の名前、当ててみようか」「津村さん、好きなんですね。そう、祇園の小悪魔まり乃さんですわ。司会が候補者を急き立て登壇させ、候補者が演台に額をこすりつけてお辞儀をし、さて第一声をと胸をそらせたとき、よく通る声で『ぼん、ぼんやおまへんか、そんなとこで何したはるのん。しょうこりもせんと、また悪さしてるんか』とまり乃さん。司会者が舞台の縁まで駆け寄り、彼女をにらみつけた。『ああこわ、かんにんや、かんにんや』

　十秒ほどしてようやく候補者の声が出た。上ずった、点線のような発声のほどがまり乃さんのパンチの凄さを物語っていたが、おまけにそんな声で『昨晩総理から電話があり、私は君とともにあるといっていただきました』と述べたのです。会場は一瞬しーんと静まり、その空間を、一人の『ほんまかいな』という声が四方に伝播《でんぱ》するように響きました。それはヤジとは思えない、ごく自然に口から出たものと聞こえ、それだけいっそう候補者は動揺したようです。『私は政治はど素人です』と余計なところに『ど』をつけたり、『少子高齢化の実現に邁進し』と、『高齢化』の次に『対策』を入れるのを忘れたり、『このセンジョウの地において』と意味不明の言語を使ったりしました。あとで考えてみると、『千年の王城の地』というべきところを、にわか覚えのボロが出たらしいですな」

私はすでに地元紙の朝刊を読んでおり、橋爪記者の語った内容が記事にされていないことを知っている。もし記事になっていたらこちらが運動妨害したともとられかねないから、ほっとした。「ご苦労さまでした」と私は記者の労をねぎらった。

新聞広告に「祇園歌舞練場で花かおるフィナーレを」と、装飾過多のフレーズで来会を呼びかけ、甲斐あってか、定刻二時に定員九百名の八割が埋まった。銀行マンにコピーを頼んだ「あおいの花咲く頃」の歌詞は入口で配られている。

一番に演壇に立ったのは私で、「最後にヴァイオリンを持って登場するのが、ほんまもんの私です。そのときは手元の歌詞でご協力を」とまず予告から始めた。

「さて私は、あおいさんの営む茶屋に二度上がったことがあり、二度とも、即席の土俵を作ってもらいました。あおいさんが客間の床にチョークで円を描くわけです。二度目はまわしもプレゼントされ、それがゆるくもきつくもなく、まるで彼女、私のサイズを知ってるようでした。これを締めたとき、本当に男らしいおのれを生まれて初めて感じました。人生の先輩からよく、花街で初めて男にしてもらった話を聞かされましたが、ふんどしを締めただけで男になったのは人類で私が最初でしょう。私はあおいさんが好きで毎日応援に熱中してますが、そのぶん会社はサボっております。昨日社長が雷撃的に大阪支店へやって来て、私を叱りつけ、『選挙やるなら徹底的にやれ、そのかわり足の消臭剤の宣伝も死ぬほどやれ』と命令されました。これ、スプレーでシュッと噴きかける、女性向きのものでして、むろん、そんなものなくても女の人は生きてこられたし、男が無臭を望んでいるかもわかりません。しかし、です。ご来場の男性の皆さん、これからは前屈みに歩くようにしてくださいよ。あなた方きっと、すれちがうヒールや草履やスニーカーのあたりから、ちょっと熟れ過ぎたリンゴのにおいを感じ、薬局に駆け込むでしょう。そうして恋人や嫁はんにこの消臭剤を買ってしまうのです。これで、みんなみんなハッピーです、わずか二千円でベリーハッピーです。ちなみにさきほど、私もシュパッと噴きかけました。するとなんだか、芸妓さんみたいに内また歩行になった気がいたします。ああこれはちょうどいい。女になって宝塚のあの曲を弾くにはちょうどいい。というしだいで、また後ほどに」

花のフィナーレというだけあって、弁士は学者、芸術家、市井の人と多彩であったが、ここには弁護士と魚津教授の二人を記しておこう。

弁護士は七十歳ぐらい、整った面立ち、肩まで伸びた髪、すらりとした長身を和服につつみ、つーつーと花道を進むように登壇した。

「あおいさんとは三十年以上になるか。その頃何社か金貸しの顧問をしてて羽振りがよく、遊月でよう遊んだ。人間はいたって正直、手も早かったから、あおいさんにも直球で挑んだ。ぴしゃりと二の腕をやられ、今でもそのあとが残っている。彼女、根っからの世話好きと見え、よう依頼者を連れてきた。一番初めのは、夫が女を作って出て行き二児が残された。高利で借金していて女房に保証までさせている。家は借家で追い立てを食い、彼女は病弱ときている。弁護士に出来ることといったら破産を申し立て、大家にもう少し待ってくれと泣きを入れることぐらいや。

あおいさんが持ってくるのはこんなんばっかりやから、電話がかかってくると、今から舞鶴や福知山やと逃げようとするが、ほなお戻りになったら遊月にお越しやす、何時でも待ってますえ、とくる。そら、相談のあとべっぴんに酌をしてもろて、花代酒代がただというのは果報であったけれど、あおい関係に費やした労力を貨幣に換算すると、一力で芸妓総揚げしたとして、十二回は出来る勘定になる。よってご来場の皆さん、何としてでもあおいさんを当選させていただき、今後こちらに来る案件をすべて市の福祉によって解決するよう、私に対してもご尽力願いたい」

魚津教授。

「僕は変人といわれています。このことは、ついこの間知ったのですが、二十年前からいわれていたそうで、そういえばその頃日本手拭を尻にぶら下げ歩いていました。或る日、その恰好で吉田山を散歩していると、松ぼっくりが頭に落ちてきて、えらい災難やとぶつくさいっていたら、翌日助教授に昇進しました。あおいさんとは、あとでヴァイオリンをかき鳴らす津村氏と決闘したとき、彼女が行司を務めたことで知り合いました。この行司、津村氏をひいきにして引き分けにしたのですが、その後ろめたさからかサントリーの角をごちそうしてくれました。それ以後も学割の値段で飲ませてくれるので、薄給の教師には大助かりです。これを正規の祇園値段に換算すると、一力の総揚げを十一回出来るんとちがうやろか。今回何か役に立ちたいと選挙ポスターを一枚もらってきて研究室の前に貼っていたら、事務局長が撤去してくれといいに来た。『これは僕が貼ったんやない』『それじゃ誰が』『以前吉田山で松ぼっくりが落ちてきたんや。あれと同じ原理でここに落ちてきたのかもなあ』『はあ、何のことです』『こりゃあ今度はノーベル賞もら

える ぞ』事務局長、逃げるように帰っていきました。さて、僕だって女房がおります。今朝、生まれて初めて女房の略歴を聞いたら、この区の小、中学を卒業し、知り合いの住人が二十人もいるというので戸別訪問を頼みました。お駄賃、何くれるのんというので、まかしておけ、一軒につきこれだけや、と指を一本立てました。女房、大喜びでした。今晩帰ってきたら、ハグを二十回してやります。ではごめん」

いよいよ候補者の出番だ、という緊張の一瞬、拍手のかわりに、変な役者が二人現れ、会場がざわめいた。背中の曲がった僧衣の老人がまり乃に手をとられ登場したのだ。司会が興奮のあまり、首をしめられた七面鳥みたいなキーキー声で老人を紹介した。「仏教界の大長老、国本白泉老師が中川あおい応援のため、急拠馳せ参じてくださいました」老師はよぼよぼと、つんのめりそうになりながら演台の二メートル手前まで来た。そこで、まり乃の手を放させ、腕を振り膝を高く上げて闊歩し、くるりと会場へ向き直った。

「まり乃はん、おおきに。ほんまはちゃんと歩けるんや。まだまだ、あっちのほうも現役でっせ。というても、これまで女犯無しや。つまり童貞ちゅうことになるが、これ自慢にならんわなあ。あおいさんは坊主の会合に何度も呼んで花を添えてもろうた。わしはよくワイ談をして困らせようとしたが、彼女、見事に切り返しよった。どちらもこころに穢れがないから爽やかなもんやった。政界みたいな濁ったところへ、なんでいまさらと思うけど、仏教界も同じようなもんや。まあ、しっかり観光税取りなはれ。わし、そろそろおしっこが出とうなった。まり乃はん、早うきておくれ。もらしそうや」

老師はまり乃に手を引かれよぼよぼと歩きだし、袖に消える直前まり乃の手をぐいと引っ張り高くかかげ、聴衆の拍手に応えた。この幕間劇、為永老の作・演出によるものだろう。

候補者は紺色のツーピース、胸に白菊。選挙中、朝立ち以外はずっとこの装いで通し、色直しをしなかった。こんな地味な恰好なのに、舞台を歩くあおいさんは、拍手と大向うの掛け声を一身に浴び、花吹雪の中を行くように晴れやかだった。マイクの前に立ち、まず無言で頭を下げた。感動のためか、なかなか頭が上げられず肩が震えているように見えたが、ぱっと顔を上げると、こう切り出した。

「私、物心つく前に祇園のお茶屋にもらわれてきたんです。おかあちゃんは躾《しつけ》の厳しい人で、その反発でこんなやんちゃになったんやろか。小学校二年のとき、子猫を拾ってきて飼ってくれとおかあちゃんに頼みました。『あきません、元の所にもどしてきなさい』『名前つけたんや、ユージロウって』母は石原裕次郎さんの大ファンだったのです。『名前なんかで、だまされますかいな』『なあお願いや、自分の部屋で飼うさかい』『猫は自分勝手に行きたいとこへ出ていく動物です。おまけにこの子、オスやないの』『オスだったら、どうしてあかんの』『なあ、あおい、夜になってお座敷賑やかになったら、どんな気がする』『うきうきする』『女でもそうなんやから、このユウジロウ、お座敷へ入りたがるにきまってる。飼うことなりません』若い芸妓さんが『このまま捨てるの、可哀そうや』と同情し、こんな提案をしました。『お客さんの中に、猫をたくさん飼ってると自慢してる人がいやはります。あの人の家の前に置いてきたらどうやろ』次の日の夕方、芸妓さんと私は、南禅寺の豪邸の前にそっと忍び寄りました。そして、可愛い猫の子飼ってくださいと手紙に書き、鰹節一個を添え、置いてきました。それから何日か猫のことで眠れませんでした。『おねえさん、あの子、ちゃんと飼うてもろてるやろか』『それやったら、よろしおすけどなあ』『なあ、お客さんに聞いてみてくれへん』『なんて、ですか』『誰かがそっと猫を置いて行くことありますか、って』『そうか、あれはお前の仕業やな、といわれたら、あおいさん、責任持ってくれはる』ああ、かくのごとく私は、猫一匹ちゃんと飼ってやれませんでした。

もう三十数年前、こんなことがありました。妹分の妓が貧しい青年画家と恋愛したのです。その妓にはパトロンはんがいましたから、不倫ということになるのかもしれませんね。それはともかく、一度この青年の絵を見たことがあります。白川の桜を背に立つ一人の芸妓。たぶん彼は吉井勇の詠んだ『枕の下を水の流るる』の耽美的情緒を描きたかったのでしょうが、華がなかった。そらそうや、お金が無くて食パンの耳をかじっていたんやもの。絵は売れない、なのにその妓は身ごもりました。おかあちゃんはおろせといいます、いやですどうしても産みたい、あんたどうやって食べていくの。結局おろしましたが体を悪くし、私は自分で面倒みると母と喧嘩し、自分の部屋で養生させていました。けど或る日大変お世話になりましたと置手紙して出ていきました。何年かソープで働いていたそうですが、七年後に何でもいいから住み込みの仕事紹介してくれといってきました。私はとりあえずアパートを借り、お手伝いの口を見つけました。けど半年して腎臓癌を発症し、生活保護を受けざるを得なくなり、その三か月後に亡くなりました。遺品の中に便箋一枚の手紙があり、赤ん坊らしい名前に宛てて、ごめんねと書いてあった。私はこの妓に何もしてあげられなかった。何も……彼女とお腹の子のために、何も……」

言葉が出なくなった。うつむき、うっすらと髪の影になった顔、ぎゅっと握りしめた二つの拳。まるで深海のような静けさが五秒ほど。「中川あおい」「頑張れ、あおい」につづいて「フレーフレーあおい」の声が起こり、たちまちこれが手拍子つきで唱和された。

ようやく静かになった。深々と頭を下げ、あおいさんは語りかけた。

「皆さん、ありがとう。私は微力です。ほんとうに微力です。けど私、もう一人ではありません。孤独な女の戦いは終わったのです。今、この瞬間から、皆さんが手を差し伸べ、力を与えてくれる。そう、私たちは共に進むのです、不遇な人たち、困窮してる人たちの家へと、暖かな手と熱い思いを持って向かうのです。一歩ずつ、一歩ずつ、ここにいるみんなが」

あおいさんは円を描くように手をひろげ、それはとても大きくて、ここの一人一人をくるみこむほどのものに見えた。

地軸を揺るがす、というしかないような拍手がとどろき、十秒ほども続いた。それがやむと、司会が間髪を入れず場内へ呼びかけた。

「祇園甲部の皆さん、すぐに舞台に上がってください」

およそ六十人の舞妓・芸妓が和服洋服とりどりの装いで舞台に二列に並び、その前に指揮者のももゆうさんと私が立った。今日の彼女は黒のツーピースに真珠のネックレス、ブラウスの白い襟が初々しかった。打ち合わせどおり私が先ず祇園小唄の一小節を弾き、つづいてももゆうさんが高らかに「ヨーイヤサ」とひと声、これを花のコーラスが「ヨーイヤサ　ヨーイヤサ」と見事に受け、一拍の休止のあと、ふわっと光が洩れくるように「つきはおーぼろに　ひがーしやま」と歌いだした。合唱の声は鶴の羽ばたきのような指揮ぶりとぴったりと合い、おしまいはもう一度「ヨーイヤサ」の艶っぽい掛け声。

司会がまた客席へ呼びかけた。

「京都花街の皆さん、全員舞台に上がってください。ただし現役の方にかぎります」

祇園甲部のメンバーは後ろに下がり、各花街ごとに舞台に上がった。一番目の上七軒は舞妓・芸妓合わせて十数人の小所帯ながら八人も来てくれた。先斗町は約十名、宮川町はその倍ぐらい、総勢四列のコーラスとなった。ももゆうさんが一同に向かい、「歌詞はお持ちですね。私の手がパッと上がったら歌いだしてください。パッとですよ」そして客席に向き直り、「皆さん、ご一緒にね」と頭を下げた。私はまた一小節を先に弾き、ちらっと指揮者の手を見て「パッ」と声に出してしまった。ぴったりタイミングが合ったのだ。

「あおいのはーなさくころ　はじめてきーみをしりぬ……」

メロディが耳にやさしく、歌詞も記憶のどこかに残っているのだろう。ぶっつけ本番にしては脱線もほころびもなく、しだいに高まり重なり合う声は、美しい夏の怒濤を聞くようだった。翌日の地元紙も（たぶん橋爪記者が書いたのだろう）、「水平線の波濤が見る見る定員九百名の入江に伝播し、海はかなたもこなたも一体となって澄んだ水を噴き上げ、幸福への祈りの音楽を、こよなく美しく響かせた」と同じような感想を載せていた。

合唱が終わると、あおいさんが客席に向かい中央に立ち、指揮者と私の手をとって高く差し上げた。祭りは終わったのだ。

終章　雪のハーレム　母の歌声

ももゆうさんが心筋梗塞を発症し急逝した。

私がそれを知ったのは、事が起きた三週間後であった。魚津教授が会社へ電話をかけてきて、きのう遊月に行って愕然とさせられた、あのあおいさんが憔悴しきっていると声を落とし、顚末をかいつまんで話した。市議選の翌日、内輪の祝勝会の席で胸の激痛に襲われ、すぐに救急車を呼んだが病院に着くまでに事切れていたという。その祝勝会、私も誘いを受けたが仕事を口実に断った。賑やかな酒宴もいいが、済んだ祭りのおさらいをするようで、気がすすまなかったのだ。「しかし、人の命って、はかないね」私は月並な言葉で教授の電話を切ろうとした。「老母が一人残されたらしいけど、お悔やみといってもなあ」「うん、そうだなあ……」香典をおくるなど、私には思いもつかなかった。そんなもの、日常の儀式にしか過ぎない。「だいぶ時間がたってるね」「まあ、そっとしておくか」

受話器を置き、さて自分は何をしてたんだっけと考えた。そうだ昼飯は何にしようと何品か思い浮かべ、地下街のカレー屋にするかと決めたところだった。あそこの真っ黄色のカレー、じゃが芋がごろんと入っていて懐かしい。

椅子を立ち、ドアの方へ歩こうとした。だのに爪先が勝手に動いたのか、気がつくと窓際に立っていた。雪もよいの鉛色の空、のっぺり無表情な高層ビルの間を高速道が走っている。フェンスがあるので乗用車は見えないが、トラックの上のほうは見える。右から左へつぎつぎと、かなりの速さで現れ、消えてゆく。あれらはいったいどこへ行くのだろう。どれもこれも行先も知らずただ突っ走っているように見える……。ふいに私は思い出した。阪神大震災のとき、こんな出来事があった。地震で崩落した高速道を、それと知らず走行した車が宙に飛び出し落下したという事故を。

ときとして死はこのようにやってくる。多田にしたって癌の告知から死ぬまで二か月とかからなかったが、死の司令塔を掌《つかさど》る天の思し召しを知りえぬ以上、文句をいってもはじまらない。人はただ、あちらが定めた時間の中を浮遊しているだけなのだ。

ももゆうさんを最後に見たのはいつだったろう。私は即座に、ああ、あのときだと思い出した。歌舞練場のフィナーレ、あおいさんが二人の手を放したとき、自然顔が合ったのだ。にっこりと、ちょっと目を輝かせ、朝のジョギングですれちがった顔馴染みの男女のように。「楽しかったね」「ほんまに、たのしおしたなあ」そんな会話を無言で交わし、うなずき合った。あれが最後だった。

私はカレー屋に行くのをやめ、デスクに戻り片っ端から決裁書類に目を通した。夕方、会社を早めに出、京阪を四条で降りてデパートに寄り、インスタントの鍋焼きうどんとウイスキーを一瓶買った。外に出ると、雪が降っていた。一歩ごとに、降り方が密になるようで、橋の上は凍えるほど寒かった。川岸の店の灯が雪にふるえ、風に散る花びらのように見えた。ふたたび電車に乗り修学院で降りると、市街よりだいぶ北のここはくるぶしぐらいまで積もっていた。いつもより余計にかかって吉川邸につき、一応声をかけておこうと玄関のブザーを押した。何度押しても応答がなく、夫婦でどこかに出かけたらしい。

私はとことん、何する気も起らなかった。当初のひりひりした傷みは消え、べつのものが胸に入り込んだ。広大な空虚感、計り知れぬ喪失感、というべき厄介物で、私にはどうしようもなかった。ほとんど機械的に、石油ストーブの火をつけ、湯を沸かし、鍋焼きうどんを温め、ウイスキーのお湯割りをつくった。うどんは舌の上も喉元も素通りし、食道へと落ちていき、汁は辛くて一口すすっただけでおわりにした。

人がどんなに不幸であっても、ウイスキーは体を温めてくれる。三杯目に入ったとき音楽を聞こうと思いつき、フランク・シナトラをかけた。マイ・ウェイなども入ったポピュラー集だが、耳から耳へ通り抜ける間に、千枚の厚着を一枚はぐほどの効果はあった。初めて会ったときのももゆうさんが瞼に浮かんだ。頭を姉さんかぶり、紺絣を着て箒を手にしていた。水を所望するとその箒を私に預け、大きなタンブラーに水を持ってきた。私がそれを飲み干し、第九を歌うと、空のタンブラーをタクトに指揮をしたっけ。部下だった浅川がプランタンに入ってきて、私が「左近山」と名乗ると、ももゆうさんも「左近さん」と調子を合わせ、浅川が上司であった津村のことを自慢げに話すと、「津村さんのこと、もっと知りたいんやけど」とつづけた茶目っ気。大男ボブたちと歌合戦したとき彼女はセプテンバー・ソングをしっとりと歌った。「九月十月十一月と、この貴重なわずかの時をあなたと共に過ごそう」と。あれは何かの暗示だったのか。

私とももゆうさんは、会った数こそ少なかったが、はなから自然に通じ合った。けれど彼女には、自ら画した一線があり、そこを越えてはならぬと堅く決めているようだった。自身にいわせればクールという、その処世は、内部に温かい思いやりを秘め、すがすがしかった。花街で鍛えられただけに人を見る目があり、私が風来坊計画を語ったとき、まだ知り合ったばかりなのに、それをまことと受け取り、茶化すようなことは一度もなかった。それどころか私の身を按じ、「ヴァイオリンの流し、知り合いのバーを紹介しますえ」とか「芸妓学校の英会話教師、津村さん推薦しようかな」とか、俗な会話の隙にさりげなく持ちかけるのだった。

それにしても私は大事な大事な友人を失った。「今度奥さんお連れやすな」と彼女にいわれたとき、彼女なら亜紀ともよい友達になり、三人が多田とのような間柄になれると、直感的に得心した。三月のおわり、離婚を含んだ協議の前にこちらに呼び、プランタンに連れて行こうと計画もしていたのだ。

私は置炬燵の台の前に胡坐をかき、硝子戸の方を向いている。カーテンを開け放しにし、ときどき雪の具合を見に腰を上げ、硝子の曇りを手の平で拭った。何度かそうするうちに、いくらか気持ちが落ち着いた――この先、四月以降、自分はももゆうさんの好意に乗っかろうとしていたらしい。祇園まちでの流しや教師の推薦に対し、飛びつきはしなかったものの、快い音楽のように聞いていた。こころのどこかに甘えがあり、それぐらいなら風来坊の域をおかさないだろうと、優柔不断な自分であった。この件は市議選があって具体化まで至らなかったが、自身は忘れていなかった。それが彼女の死によって、二つともあっけなく吹っ飛んだ。考えてみると、ヴァイオリンの流しはともかく、英会話教師は臨時雇いとはいいきれまい。宮仕えではないにしても、一つ所に錨を下ろすのだから、風の吹くまま気の向くまま、というわけにはいかない。だから自分はその場で峻拒《しゅんきょ》すべきだったのだ。

ももゆうさんの死が私を覚醒させ、私は、明日という衣を着ぬ裸の自分をまざまざと見せられた。

「堪忍しておくれやす、会話教師のこと、わたしの勇み足でした。津村さん、人の世は、遊びをせんとや生まれけむ、どっせ」

凛とした声が、降りしきる雪を一筋つらぬき、私の耳を撃った。私は体をぶるっと震わせ、縁側へと歩を運んだ。先刻までの喪失感が薄れ、裸になった緊張感が胸を領している。その、張りつめた臓器の中に、不安と弱気、安定への未練とかも、まぜこぜになって。

私は何十秒かの間、無意識に行動したようだ。ふと、自分がヴァイオリンを弾いているのに気づいた。ヴァイオリンはふだん部屋の西側、押し入れの横壁に立てかけてあり、私はそこまで歩き、ケースから取り出したらしく、いつもの稽古の位置で、江頭メソッドの、左足をやや開き加減に背をしゃんとして弾いていた。私がこんな行動に出たのは、不安と弱気が大きくなるのを予感したからだろう。弾いているのはカザルスの「鳥の歌」。指づかいが不器用な私なのに、今夜は江頭先生が弾いてるような力強さと抒情を感じた。そうだ、俺はこのヴァイオリンがある限り、風来坊を共に生きることが出来るのだ。江頭先生がその力を俺に与えてくれたのだから。

雪は霏々《ひひ》と降り、厚い灰銀のヴェールで地上をおおってゆく。どこか祈りに似たその荘厳さは、バッハのオルガン曲を聞くようだった。

どれくらいそうしていたのか。すっかり曇った硝子にほの明かりが映じた。指でその部分をこすってみたら、にわかに風が出て雪を南へ吹きやっている。目をこらすと畑との境にある庭園灯が片側だけ雪を落とし、硝子玉の半分をこちらに見せていた。まるく、うちにオレンジを含んだ黄の光が雪片にさからいながら周りを照らしている。それはまた、私に何かの信号を送っているように見えた。

数秒の後、私はデジャ・ビュの感覚を覚えた……雪が降っていた、私はひとりだった、けなげに点灯をつづける丸いライト……。

私はすぐに気づいた。これは実景ではないか、あのハーレムではないか、と。

十五年前の冬、私は役員に随伴してニューヨークに出張し、仕事が済んでからも女遊びの手伝いをさせられた。役員は正確な情報を得ていたらしく、ブロードウェイ裏のナイトクラブに私を連れて行き、マネージャーを呼んでくれと私に通訳させた。その男が来ると役員はチップを与えてから、高級コールガールを世話してくれ、どこへ行けばいいか、いくら払うのか、と私にいわせ、「その女、病気はだいじょうぶか」までも通訳させた。シティホテルの何号室へ一時間後にと指定され、私は役員に乞われホテルまで送っていった。ロビーに入ると急に心細くなったのか「バーで待っとってくれんか」と役員が懇望した。「いいですよ」私はそう返事し、最上階にあるバーの窓際に席をとり、ウイスキーソーダをなめつつ、夜光性の巨大きのこ群を眺めていた。ほどもなく雪が降りだし、たちまちそれはぶ厚く広がり、原色の義眼をはめた街を灰白色に濁らせた。私はふと母萬里を想った。あの人は少なくとも二回、ニューヨークの冬を過ごしたはずだ。いったい、ろくに金も持たないで、どんな暮らしをしていたものか。さぞや寒かったろう、辛かったろう、心細かったろう。一杯飲み終わる前に、居ても立ってもいられなくなった。ウェイターに「小太りの眼鏡をかけた日本人が入ってきたら、用心棒は先に帰ったといってくれ」と頼み、ホテルの玄関でタクシーを拾った。「どちらへ」「ハーレムへ」ドライバーは言葉に訛りはあるが白人だった。「ハーレムのどちらへ」「真ん中辺へ」「あんた、住んではいないようだね」「そのとおり」「何しに行くんです」「何のために聞くんです」「いや、出来ればよしたほうがいいと思ってね」萬里がハーレムに住んでいたという証拠は何もない。ただ萬里の死を知らせてきたのが黒人らしいというのが——それも萬里の音楽仲間らしいというだけで、黒人だと思い込んでいるに過ぎないのだが——そこへ私を向かわせる唯一の根拠なのだ。「お気をつけて」降ろされたそこが真ん中かどうかわからないが、片側三車線の道路を挟んでわりと高いビルが建ちならぶ、ニューヨークではよくある街並みだった。この表通りは萬里と無縁であろうと歩きだし、二つ目の四つ角で幅の狭い道路へ折れた。ここは両側に、一階が店舗になっている五、六階のビルがならび、赤や青のチカチカした電飾が、気のせいか、少し毒を含んでいるように見えた。けれど、私は怖さより気持ちの昂りと好奇心で目がきょろきょろし、足も速くなった。

雪がオブラートのように街をつつみ、靴がさくさくと音を立てた。人通りは少なく、見渡したところ、こちらを狙うそれらしい人影もなかった。私はとりあえず真直ぐ歩きだした。むろん行く先のあてはなく、歩きながら萬里はどこに住んでいたのかと雪に目をしばしばさせ、二階から上へ目を走らせた。どのビルも窓が小さく、その窓も真っ暗か、今にも消えそうな弱い光を洩らすばかりだ。一ブロックほど行ったとき「あれかな」と私は立ちどまった。二階の角部屋の、ほかよりだいぶ大きな窓にピンクの燈火が輝き、外の街路樹を珊瑚のように見せていた。ああ、あれは住居じゃないな、音楽をやる場所にちがいない。私は耳を澄ませ、何も聞こえないとわかると、ビルの側道に足を踏み入れた。そちらに回ったら聞こえるのではと考えたのだが、その側に窓はなく、外壁と鉄の階段、非常口の扉がそろってむっつりと、雪に打たれていた。私はがっかりしてその場を離れた。

私の着ているコートは防寒より防水の効用のあるもので、寒さに耐えられず、さらに歩調が速くなった。一人また一人、足取りのあやしい男が対向してくるのが見えた。ジャンキーと呼ぶ麻薬中毒者かもしれないな、ぶつかってきたら肩すかしを食らわせようと、足や背骨に言い聞かせたら何事もなく通り過ぎ、まだ営業中の酒屋へ入って行った。ハーレムという場所、聞かされたほど治安は悪くなさそうだ。そんなことを思うにつけ、なおさら萬里が住んでいた街に思えるのだった。時計を見ると十一時を過ぎている。通りかかったピザ屋らしい店が中の灯を消し、金釘みたいな「ＮＡＰＯＬＩ」のネオンが闇に残された。屋台ほどの小さなホットドッグ屋、終夜営業のドラッグストア、その隣に雑貨屋があり、店員がいるのを見て中に入った。店員は中年のおばさんで、東洋系の顔をしていた。壁の上部に電気ストーブが付けてあり、しばらく当たらせてもらった。「傘、いらないか」「いらないね。俺、上を向いて歩かなきゃならないんだ」「窓から客を誘う女なんて、いないよ」「温まったお礼に何か買おう」私は頭にポンポンのついた毛糸のスキー帽とお揃いの手袋を買い、その場で身につけた。ライトブルーの綺麗な色をしていて、少年時代にこんなの持ちたかったなあ、と思うと、またここが萬里の街である気がした。それにしてもあの人、何をして生計を立てていたのか。店を出ても、それが頭に引っかかり、つぎつぎと邦人の出来る仕事を思い浮かべた。手紙に活き活きと書いていたからサーカスはどうだろう。体力的にやれるはずがないな。和食の料理人は？　日本で修業する時間など無かったろう。勉強が出来たというからプロの通訳はどうか。ほかに夢があったとしたらプロには徹しきれまい。大使館職員は？　まったくのお門違いだよ。ブロードウェイの役者は？　まだまだ、だろう。レコード歌手は。それもまだまだ。かなりの確率でいえるのはジャズ歌手の修業をしていたということ。そしてそれならアルバイトしかないだろう。皿洗い、時間ぎめの店員、ベビーシッターなどか。いずれにせよ薄給の身で、どんな部屋が借りられたのか。冬の暖、夏の涼はちゃんととれていたのか、部屋にトイレは？　シャワーは共同ではなかったろうか。

何だか水っぽくなった鼻に、おい、どうしたとばかり粉雪が降りかかる。雪のとばりがネオンや窓の灯をおぼろにし、車のライトもめっきり数が減った。ここは街の中の、夜は鎖《とざ》される森か何かか。そんなことを感じながら、ふと水音がするのに気づいた。立ちどまると、それは地下からの音楽だった。外に看板らしいものはなく、階段に沿って青いネオンが二本壁をつたっている。私はその青に惑わされ、地下へと下りて行った。重い扉を開けると、そこは奥行きの長い酒場だった。ほの暗い琥珀色の明かり、薬くさく湿っぽい匂い、いぶかしそうにこちらを見ている何人かの顔。ピアノがスローテンポの、歌をつけたくなるような優しい旋律を奏でていた。カウンターと四人掛けの丸テーブルが二列に並び、奥がステージになっている。客は十人もいなかった。私はカウンターに腰を下ろし、若い黒人のバーテンにバーボンのオンザロックを頼んだ。ピアノとベースとドラムスの三重奏。ドラムスは中年の白人、ピアノとベースは黒人なのだが、皮膚の色がだいぶちがう。相当老齢のベース奏者は純な黒色に皺がくわわり、この国での父祖の苦難を顔に貼り付けていた。

曲調は意外とモダン風だった。ピアノはぎこちないほど追想的に、ドラムスはシンバルをさざ波の立つように、ベースときたら、気まぐれな気流のように自在に音をはずし、そこで、巧みに余韻を響かせた。私はおかわりを頼み、じっと耳を傾けた。瞼のうちに、海の日暮れの、束の間の菫色があらわれた。さびれた港なのか、船影は何隻かの貨物船と、湾の中ほどに正体不明の黄色い船が一艘見えるだけ。その船の舳先は陸に向き、上空に水先案内らしい鷗が一羽水平に飛んでいる。半ば夢の中にいるのか、そんな風景が唐突にあらわれたのだが、ピアノソロがひどく暗鬱な、北の海を想わせる旋律を弾きだすと、風景の基調がたちまち菫色から濃い青色へ、鷗もそれに染められ、暮色の中に見えなくなった。

あの鷗、どこへ行ったのか。宙に迷ったまま陸へも行けず、黄色い船に羽を休めることも出来ないのか。あの鷗はひょっとしたら、ひょっとしたら、萬里……。

私は背中をどやされたように、身を起こした。夢とも現ともつかぬもやもやに向かい目をこらすと、山羊ひげをたくわえた、恰幅のいい黒人が白い歯を見せ笑っていた。齢六十前後、ただのバーテンダーじゃなさそうだった。私はもう一杯バーボンを頼んだ。

「だいぶ、お酔いのようですが」

「これっきりにするよ」

身を案じる、親切な言葉にもかかわらず、今度のが一番濃かった。

「あなた、マスター」

「そうです」

「ここは長いの」

「若い頃、ここで働いていました」

「ずーっとこの店にいたの」

「いや、十五年ほど前ニューヨークに戻ってきてここを買ったのです」

「女の歌手、というか、歌手のたまごがここで歌うことはある?」

「それはありますよ」

「若い頃にもあった?」

「たまにはね」

「そのなかに、日本人、いなかった?」

「さあ……そんな記憶、ありませんな」

「ジャズメン、たくさん知ってるだろう」

「それはもう」

「若い頃の話だけど、誰か日本の女性と同棲していた人、いなかった？」

「うーん、そんなことあったような気がしますがね。なにせ、むかしのことだから」

「二人で住んでたとしたら、この近辺？」

「たぶんね」

「それらしい記憶、あるんだね」

「自信はありませんが」

「ありがとう」


闇夜の遠くに、ちいさくよわく明滅する灯を見たような、そんな頼りなさだが、ゼロではなかった。私は勘定し、店を出た。雪はなお降りしきり、どっちへ行けばいいのか定めのつかぬまま、あの灯が消えるまでにと気持ちが急いだ。ともかくも歩きだし、スケートの要領で靴底をすべらせ足を速めた。瞼に今夜飲んだ酒のぜんぶが色になってあらわれた。ワインの紅、シャンパンの淡い金、ウイスキーの乾草色……それらが交錯し、万華鏡になってきらめき、にわかに酔いが深くなった。時間の感覚が希薄になり、つぎつぎと、ほとんどいっときに、色んなものが通り過ぎる。路上で雪の投げっこをしている黒人の子供たち。その一球が私の鼻にぶつかりそうになった。二番目はコントラバスのようなストリートガール。「ねえあんた、ちょっと遊ばない」「うん、いいね。それで君、歌はうたえる？」「安くしとくわよ」「僕は君の歌に金を払いたい」「冷やかしかい。向うへ行きな」三番目は耳がだらんと垂れた、焦げ茶色の犬。私の通り道を確保するためか、体を左右にラッセルして私の前に来た。ほめてやろうとしたら、片足を上げ小便をはじめた。その次は裸の女を象《かたど》ったオレンジの電飾。片肘をついて横たわり、顔をこちらに向けている。建物の中は小さな芝居小屋なのか。気がついたらネオンのダンサーに話しかけていた。「やあ今晩は」「そんな恰好で寒くない」「いつからそうしているの」「これからもずっと?」「齢はいくつ」名は何ていうの、と聞こうとして「萬里」の名が口から出かかった。いや、そんなことあるはずがないけれど、一時期ここで踊っていたという事実があれば、それで私の気持ちはどれほど安らぐだろう。

足元が覚束なくなってきた。どこを通っているのか、初めてのブロックかそうでないかもはっきりしない。それでも信号に来ると、従うだけの分別は残っていた。どの信号も雪をまとい、凍った花のようだが、懸命に光を放つ、その姿を見ると、もう少し歩こうと気を入れ直した。朦朧とした頭に、萬里の声を聞きたい、何としても聞きたい、の思いだけが針のようにとがり、それらしい部屋の明かりを求めた。

ああー、と思わず声を発した。左の踵がつるっとすべり、どーんと尻から落ちて、ずずっとそのまま運ばれた。二メートルほど滑走したらしく、仰向けの顔に明かりを感じ、目をこらした。街路樹が網の目に枝をひろげ、夕陽を受けた果樹のように薄紅に染まっている。あっこれはさっき見た光景だ、俺、元に戻ってきたんだな。私は何かにみちびかれた気がし、よっこらと身を起こした。すると、木の精か、風の精か、私にこう語りかけた。「耳を澄ませ、じっと耳を澄ませ、旅人よ」

私はそのとおりに耳を澄ました。蝸牛の角のように耳を立て、そこに全神経を傾注した。あっ、聞こえるぞ、たしかに聞こえる。後ろのビルから、ひくく、とぎれとぎれに女の歌う声が洩れてくる。私の好きなビリー・ホリデイのあの曲ではないか。私はそっと雪を踏み踏み、ビルの壁際まで歩を運んだ。二階の窓に一つ、ピンクの灯がともり、蒸気に曇った硝子にほのぼのと映じている。まるでそこに、こころ優しい何かがあるように。私はやっと萬里に会えるような、来るべきところへ来たような、そんな気がし壁にかじりついた。聞こえるのは、ホリデイの分身ともいえる「アイム・ア・フール・トゥ・ウォンチュー」。「恋は愚かというけれど」と邦訳される、恋の嘆きの歌だった。

「あなたをほしがるなんて　馬鹿なわたし　かなわぬ恋におちるなんて　馬鹿なわたし……でもあなたなしでは生きられないの」

そんな歌詞を、ホリデイはこよなく哀切に、いくらか捨て鉢に、褐色のビロードの声で歌うのだが、いま耳にしているのはぜんぜん趣を異にしていた。声のメリハリ、歯切れよいテンポなど、開き直った女の気概を横溢させている。ああ、やっぱり萬里だ、「人生は楽しいよ、遊ぼう遊ぼう」と私に教えた萬里があそこにいるのだ、私が会いに来るのを待って、あの部屋に……。

風がやみ、雪はぱたっと小降りになった。車の往来も、人声も絶えた、原初のような静けさの中、続けざまに三度その歌を聞いた。私は二度の短い合間をとらえ、窓に向かい、こう確かめた。「あなたの教え、本当でしょうね」「おもしろおかしく生きて、いいんでしょうね」一度目も二度目も何の返事もなかった。けれど、引き続き同じ曲を闊達に歌うことで、返事は尽くされたのだと私は理解し、もう一つ、気がかりなことを大声で窓にぶつけた。

「いくら楽しいといったって、食うや食わずじゃ、辛くて耐えられないでしょう」

やはり、何の応えもなく、部屋は無人になったようで、それきり明かりが消されるのではと不安になった。

「アイム・ア・フール・トゥ・ウォンチュー」

四度目の出だしは暗く、深沈としていた。「いくら歌が好きといっても暮らしは惨めなものよ」鬱々とそう告げているようであったが、二小節目にホリデイそっくりの「ためらい」の間を入れると、殻が弾けたように声が明るくなった。からっと爽やかな、天空へ放たれたような声。

「ああ、母さん」

私は生まれて初めて萬里のことを、声に出してそう呼んだ。

「ありがとう母さん。ありがとう萬里」

歌声とともに靴で床を叩くような音がした。ああ萬里はチャールストンを踊ってるんだ。私も、雪などかまわず足を横へ跳ね上げげた。

四度目の歌が終わると、私は雪でボールを作り、窓にぶつけた。三球目にやっと窓が開けられ、髪をちりちりにした黒人の若い女が顔を出した。目をくるくるさせている。

「何すんのよ」

「お礼がしたいんだ」

「何のお礼よ」

「いい歌を聞かせてもらったから」

「あんた、変なこと、考えてない」

「わずかだけど、金を払いたい」

「あたし、そっちへ降りて行く気も、あんたをこっちへ呼ぶ気もないよ」

「雪玉にお金を詰めて、そちらへ投げ入れるというのは」

「わははは」女は体いっぱいの笑い声をあげ、手を横に振った。

「そんなこといわないで、受け取ってもらいたい」

「ダメ、いただく理由がないわ」

「どうしても？」

「そうよ、まだプロじゃないもの」

「名前は」

「聞いて、どうするの」

「ひょっとして、萬里じゃない？」

「マリリンよ。じゃあね」

窓が閉められ、「オン・ザ・サニー・サイド・オブ・ザ・ストリート」の陽気な歌が聞こえてきた。

「マリリン、ありがとう」

私は窓に向かい礼をいい、萬里が住んでいたにちがいないこの街をあとにした。

マリリン、でもあるわが母萬里の歌声。ももゆうさんの朗詠。そうしてソープ嬢の合唱など、ただ空気の振動に過ぎないものが、実存の証しとして私に遺されている。

この春、江頭先生に授かったヴァイオリンを背に、私は旅に出る。風まかせ雲まかせの路を、ギーコギーコ奏でながら。

著者略歴

小川征也（おがわ・せいや）

昭和15年、京都市に生まれる。

昭和38年、一橋大学法学部卒業。

昭和39〜42年、衆議院議員秘書を務める。

昭和43年、司法試験合格。昭和46〜平成19年、弁護士業務に従事。

著書＝エッセイ『田園調布長屋の花見』（白川書院）、

小説『岬の大統領』（九書房）、

『湘南綺想曲』『KYOTOオンディーヌ』『恋の鴨川 駱駝に揺られ』

『先生の背中』『老父の誘拐』『花の残日録』（作品社）。

風狂《ふうきょう》ヴァイオリン

二〇一九年四月二〇日　第一刷印刷
二〇一九年四月二五日　第一刷発行

著者　小川征也
装幀　小川惟久
発行者　和田肇
発行所　株式会社作品社
〒一〇二-〇〇七二
東京都千代田区飯田橋二ノ七ノ四
電話　(〇三)三二六二-九七五三
FAX　(〇三)三二六二-九七五七
振替　〇〇一六〇-三-二七一八三
http://www.sakuhinsha.com

本文組版　米山雄基
印刷・製本　シナノ印刷㈱
落・乱丁本はお取替え致します
定価はカバーに表示してあります

ISBN978-4-86182-744-0　C0093